越努力越幸运，越勇敢越能有改变！

谨以此书
献给中华人民共和国成立七十周年
献给新疆维吾尔自治区成立六十五周年
献给所有曾经交流过和未来即将交流的
内高班的学生们以及新疆籍的大学生们
献给我的大江和小江

（本书所有版税献给"我从新疆来"大学生圆梦计划）

我从中国来

海外新疆人

库尔班江·赛买提 编著

人民出版社

爱是唯一的向导

白岩松

在翻看库尔班江《我从中国来》这本书的过程当中，脑海中始终非常固执地停留着诗人杨牧的一句诗：爱是唯一的向导。

爱同胞，爱新疆，爱中国，爱一个更友善更团结的未来。

因为有了这个向导，库尔班江似乎也显得没那么孤单，虽然一路上遇到这样或者那样的风险、挑战、嘲讽甚至威胁。

而这一切似乎恰恰在证明着库尔班江的这件事儿，做的是对的。

沟通与了解，永远是这个世界上最好的桥。近几年的时间，库尔班江一直在用他的书和纪录片修建着一座又一座桥。没有桥，人和人之间咫尺天涯；这样的桥多了，人和人之间天涯若比邻。这本书当中的访谈对象都是在国外，但恰恰在他们的故事当中，新疆又一次变得非常清晰和让人想念。这真印证了那句话：对于很多人来说，走得远了，家反而变得近了。

所以，作为读者，我们也应该在翻这本书之前，先默念一下那句诗：爱是唯一的向导。

然后，让我们向着这本书出发。

2019 年 10 月 21 日

心中的故土，眼前的新天

张信刚

库尔班江·赛买提是出色的摄影家、纪录片制作人和作家。近年来他推出"我从新疆来"系列的纪录片和图文集，展示了他的才华、见解和毅力。本书是他在美洲、欧洲和亚洲各国对多位海外新疆人的采访集。

我曾经八次到新疆。读了本书之后，很是感动，对这些到海外探索，在学业、就业、创业方面各有成绩的人们，不由得不尊重。他们的故事令我对新疆各地区、各族群、各阶层、各界别与内地以及国外的联系，有了更深的认识。

从受访者的言谈中，不难看到不少人在怀念家乡与融入外国，尊重传统文化与构建现代社会，以及族群认同与国民身份这几个问题上的思虑与抉择。这里略谈我自己的体会。

心中的故土或眼前的新天

与近代大多数中国留学生及移民一样，从新疆出国的人都有好奇心和拼搏精神，但也有对家乡状况的反思与对自己未来的彷徨。

因为新疆本身有多语言和多民族的环境，新疆人克服语言关的自信以及与不同民族相处的能力比较高。在国外，语言能力对适应新环境十分重要，当然也影响到个人的发展和满足感。本书中绝大多数受访者似乎都过了语言关，不少人顺利地从"留学"转为"学留"。他们的成就当然可喜，但也因此会面对究竟应该"随遇而安"还是"不如归去"的选择。

书中讨论了"月亮哪里圆"的问题，也有一个很富于哲理的回答：哪里的月亮都有阴晴圆缺。我个人在美国、加拿大和法国读书、成家、立业，共生活了二十八年；然后回到香港工作并留下退休，至今又是二十八年。如果有人问我，你的人生规划是什么？我会说，细看四周的环境，静听心中的声音。

传统文化与新型社会

本书许多受访者都出身于知识分子家庭，很关心家乡的教育和社会风气。不少人提到新疆的教育落后于东部各省市，而一般家庭里重男轻女的现象仍很普遍。

新疆的经济与文化有待进一步发展是事实。因为新疆两千多万人口中，穆斯林超过一半，所以伊斯兰宗教对新疆社会有着较大影响。

当前在全世界超过十五亿穆斯林之中，存在着不同的思潮：有希望与发达社会并驾齐驱的现代派，有害怕文化被侵蚀的保守派，还有极端的伊斯兰主义者。

伊斯兰文明的黄金时代是十世纪到十二世纪。当时的主流思想是以真主赋予人的理性探讨宇宙的奥秘。学者们虚心学习希腊、波斯和印度文明；经常有人引用据说是先知穆罕默德的教诲："学问虽远在中国，亦当求之。"因此，那时穆斯林学者在医学、数学、天文、地理等方面都领先世界。后来，伊斯兰教的逊尼派学者集团（"乌莱玛"）出现调和传统信仰与苏菲主义的方案：一方面接受苏菲教团领袖的特殊地位和世袭制度；一方面宣扬"启示之门已闭"的保守思想，不鼓励探索与创新。十四世纪之后，伊斯兰教的科学与哲学逐渐被欧洲的基督教徒超过。

由保守转为落后的情况也出现在尊崇儒家思想的汉族历史中。南宋以降，士人很少对自然界和社会现象悉心研究；许多士大夫甚至倡导妇女缠足，宣扬"女子无才便是德"。

当今全世界一个重要的问题就是性别的不平等。在人类社会已经不再依赖人力而是以智力进行生产和管理的时代，在教育上限制女性等于是放弃全社会一半的智力资源。在土耳其和伊朗这两个很不同的伊斯兰国家里，对女性接受教育没有（或是极少）歧视；在伊朗的最高学府德黑兰大学，女生多于男生。

希望从新疆出国的知识分子们，能够有机会帮助家乡移风易俗。

族群认同与国民身份

今天海外有些新疆人因为不清楚自己家乡和民族的历史，以致被误导。新疆在东汉初期已由朝廷派班超、班勇父子等人进行管辖。魏晋南北朝、唐朝、元朝、明朝、清朝以及民国时期，无论中央政权如何兴衰变更，但凡具有能力时，新疆一定是重点经营的地区。最近七十年自不必言。

新疆地域辽阔，因多样的地形气候而产生了不同的经济生产方式，如南疆孕育了独特的绿洲农业、北疆丰茂的草场上形成了规模庞大的游牧经济。生活在新疆的各民族分别源自中国的各个地区——锡伯族随清军从东北迁来；蒙古族在元朝时因察合台汗国而扎根新疆；善于经商的回族从"口内"而来；回鹘苗裔与塞人、蒙古等族裔通婚交往而形成人数最多的维吾尔族；从两汉时期就生活在新疆的汉、羌、藏等族群和中国其他省区保持着紧密的联系，成为中国文明的重要组成部分。

从龟兹的苏巴什佛寺到和田的汉文、吐火罗文等古文书简，从伊犁将军府到哈密回王宫，从风靡全国的融合了川菜与本地菜特点的新疆大盘鸡到驰名海内外的哈密瓜、吐鲁番葡萄，无一不是这种交融的硕果与见证。

近代史上，由于中国遭遇了"三千年未有之大变局"，新疆也和中国的其他省份一样经历了动荡不安的时期。面对浩罕汗国阿古柏的入侵南疆，沙俄蚕食新疆西北大片领土，左宗棠力战收复新疆。1884年清政府在新疆设立行省，新疆局势由此改观。

1949年中华人民共和国成立，新疆也进入新的时期，各民族间的交往更加密切。

近年来，大批新疆籍的中国人同其他省份的中国人一样，有了越来越多的机会步出国门，在世界上讲述"我从新疆来"以及"我从中国来"的故事。

忘年交库尔班江邀我为他的新作写一篇序。谨用以上的文字为本书序。

2019年11月4日

在远方·在这里

汪 晖

　　这本书里云集了各不相同的人：维吾尔族、汉族、哈萨克族、蒙古族、塔吉克族、塔塔尔族，或者一人、一家就有好几个民族的血脉……学医的、学工程的、学数学的、学艺术的、学语言的……土生土长于新疆的人、因为政治运动或工作久居新疆的人、随同父母成长于新疆的人……这些背景各不相同的人都是新疆人。

　　这本书里写的是新疆人的不同故事：他们在新疆生活、成长、工作、恋爱，因为不同的原因离开新疆，奔赴或回到北京、上海、南京或是其他的什么地方，又因为各自的际遇最终远走异国他乡，定居于美洲、欧洲、东南亚或其他地方……他们在不同的文化中为生存而奋斗，繁衍生息，像种子一样，在不同的空气、阳光和风雨中承受各自的命运。

　　这本书通过新疆书写了全球化时代中国人的情感和认同：因为离开新疆，他们将原本像空气和水之于生命一样的情感凝聚在新疆人的身份角色之上；又因为旅居异国，他们在他人的注视之下，将像空气和水之于生命一样的自我意识凝聚在中国人的身份之上。他们是新疆人，是中国人，也是属于另一个文化和社会的公民或居民。无论作为原乡，还是第二故乡，新疆都是他们最梦绕魂牵的地方；如同来自不同地区的中国游子，这个情感所系的故乡也正是他们的中国情感的凝聚点——那里有他们的亲人，有青春的记忆，有爱与痛，有奋斗的痕迹……

这本书源自一个因为深情而敏感的心灵，一个不断地用他人的故事克服自己困惑的灵魂。被自己的同胞误认为中国话讲得特棒的外国人，被外国的海关误认为非中国人，努力与奋斗被自己的同伴所误解，辛勤的劳作总是连带着分外的困难……在这本书所叙述的一个又一个平凡的故事背后，流淌着一个来自于新疆、生存于北京、奔走于世界的青年的深情，他用这些故事向不同的人诉说，也向不同的人证明：每一个人都各不相同，但每一个人又十分相似，我们从新疆来，我们从中国来，我们像所有人一样生存与奋斗、恋爱与抚育、思念与忘却、幸福与伤痛……

认识库尔班江已经多年了，也曾为他的第一本书写过长长的序言。我们都在巨变中思考巨变，在苦痛和危机中探求未来。我明白他的渴望与困惑，没有巨大的激情和关怀，难以支撑他一如既往的努力。我感动于他的不屈不挠，更为他的豁达与宽广而欣慰。今年夏天，他将书稿的初稿寄给我，嘱我作序，我一直记得他的嘱托，却不知如何落笔。能够说的似乎已经说过，而更深的思考还在夜空中盘旋，尚未找到新的表达，仿佛西出阳关，立于沙丘高处，眺望落日余晖中在库木塔格沙漠中延伸的古道，思念远方……

一周之前，在一望无际的黑戈壁向远方的罗布泊方向眺望，库尔班江的嘱托一再地在耳边回荡。我得写点什么。从敦煌回京的次日，他邀请我去国家大剧院观看佟丽娅主演的舞剧《在远方，在这里》，佟丽娅在创作自述中特意标出了舞剧的宗旨："家在远方，家在这里，远方在脚下，家园在心里"，我心有所感：这何尝不是库尔班江写作这本书

的动机，又何尝不是他的书中每一个人物的感受！书中的人们在远方遇见，在这里相知，他们的家园在心里，他们的生活在脚下。就像佟丽娅用舞蹈给新疆书写情书一样，库尔班江用文字和影像，通过一个个真实生动而又普普通通的故事，给自己的父老乡亲做深情道白。这是对爱的忠诚，对远方的期待，对这里的表白，对世界的宣言，平白质朴，又如泣如诉。

"你写这本书有什么用吗？"不止一次，库尔班江诉说他面对的劝告与怀疑，但他并没有因此而沮丧。"他幸而还坚硬，没有变成润泽齿轮的油。""变成润泽齿轮的油"是多么容易的事情！不知为什么，鲁迅在《柔石作〈二月〉小引》中的这句话忽而在我耳边回响，也随手记在这里，算是对库尔班江也是对我自己的一种鞭策。写这样的书有什么用吗？我不知道。但我相信有心的读者在这些故事中会找到自己的影子，在远方、在这里，用真实的渴望击退一时的困顿，为人生与世界的改善积累一点力量，以此告慰亲人、同胞和对我们的生活怀着善意的人们。

2019 年 11 月 14 日

目录

001 | 前言

2016 年 7 月，燥热的北京。结束了人生中第一部由自己担任制片人和总导演的大型纪录片《我从新疆来》的首映礼和首播，准备完新书《我从哪里来》发行前的一切事宜，做好第二部纪录片《我到新疆去》的前期策划工作，我整理好行囊，再次上路。

他们的故事 | 013

我认识了很多慕家乡之名而来的海外新疆人。聊着聊着，聊出了他们"我从新疆来"的故事；故事攒着攒着，就拼凑出了一条"我从中国来"的路。

349 | 后记

到这里，我要说的基本上都说完了，这本《我从中国来》也要结束了，所以《我从新疆来》图文集系列，也要结束了。四面八方而来的新疆人的故事，以我的角度和视野，算是讲完了。但我希望还有更多的人继续去讲。

前 言

新华社北京2016年6月20日电

大型电视纪录片《我从新疆来》20日在全国政协礼堂举行首映式。这部反映普通新疆人奋斗经历和梦想的纪录片将于6月22日在中央电视台纪录片频道播出。

据介绍，纪录片《我从新疆来》共6集，讲述了18个普通新疆人的故事，他们中有立志留在北京的烤肉贩，有在"一带一路"背景下寻求机遇的商人，有在遥远他乡创业的年轻人，他们离开家乡，靠自己的奋斗创造了属于自己的生活，每一个人都努力与不同的民族和文化融合，与这个时代融合，反映了普通新疆人的中国梦。

该纪录片的出品人和总导演库尔班江·赛买提在首映式上深情讲述了自己来北京十年的经历与成长。他表示，《我从新疆来》并不是一部传统意义上介绍新疆的宣传片，这里没有新疆的大美风光和人文风情，只有和你我一样为生活努力、为家人奋斗、为自己争取的最普通的中国人。

库尔班江的新书《我从哪里来》也将在7月发行，该书将以纪录片《我从新疆来》中主人公的故事为主要内容。

在路上

2016年7月，燥热的北京。结束了人生中第一部由自己担任制片人和总导演的大型纪录片《我从新疆来》的首映礼和首播，准备完新书《我从哪里来》发行前的一切事宜，做好第二部纪录片《我到新疆去》的前期策划工作，我整理好行囊，再次上路。

北京飞往洛杉矶的海航班机上。很不巧，我坐在了刚在候机室相识便找到了很多共同语言的两位阿姨中间，一路上隔着我她俩相谈甚欢。我实在有些不好意思，于是对其中一位阿姨说："阿姨您看要不咱们换个位子吧，这样你们能聊得舒服点儿不是吗。"阿姨盯着我的脸愣了几秒，说："好啊好啊。"换好位子后，这位阿姨扭头对我说："小伙子谢谢啊，你一个外国人中文真好啊。"这下换我愣了几秒，说："嗯，谢谢，老师教得好。"

经过十一个小时的飞行，飞机降落在洛杉矶国际机场。等待通过海关的队伍移动得缓慢而焦急。终于轮到我了，递上护照和表格，海关大哥看了一眼护照，又仔细看了看我，眉头一皱，用英语问了我一句话。我大概明白他说的是："这是你的护照吗？"由于对自己的英语水平没太大自信，我露出我最骄傲的大白牙，拿出了说得最溜的一句英文："Sorry, no English."海关大哥拿起电话叫来一位华人面孔的同事，两人悄悄说了几句话，这位华人面孔的海关工作人员拿起我的护照翻了翻，看看内页，又看看我的脸，随即带我前往海关大厅另一边的办公区。那一刻，我以为这就是要进传说中的"小黑屋"了……到达办公区后，他用中文问我："这是你的护照吗？"

"是啊。"

"你是中国人吗？"

"当然。"

"你父母也长得是你这个样子吗？"

"……对，我父母也长我这样，我们全家都长这个样。"

"抱歉，我们只是觉得你长得像墨西哥人，但是拿的是中国护照。"

"你不知道中国新疆的维吾尔族吗？"

他摇摇头。

出了机场，点上根烟压压惊。七月的洛杉矶不比北京凉快多少，硕大的太阳烤在身上的感觉像极了新疆。连说带比划地找到租车行，取到车，上了路。洛杉矶的行车高峰期和北京很像，都是"双向八车道停车场"，不过速度倒是不慢。我刚打上转向灯想要换车道，后视镜角落里出现了一辆从八百米远处呼啸而来的吉普，对着我狂按喇叭……半个车身骑在虚线上的我赶紧把方向盘转回来，一侧眼，看到一根竖着的中指从吉普里伸出来……好吧，Welcome to America！

上一次来美国是 2015 年的秋天，从东部到西部，有几段行程是自驾完成的，见识了美国的不同风景，也完成了在十二所常春藤大学的"我从新疆来"巡回演讲活动。在这些活动上，我认识了很多慕家乡之名而来的在美国的新疆人。聊着聊着，聊出了他们"我从新疆来"的故事，故事攒着攒着，就拼凑出了一条"我从中国来"的路。这条路上有从新疆到内地的经历，有从内地到新疆的回忆，更多的是他们勇敢走出国门来到海外的那份拼搏。

这一次上路，我的目标便是采访在海外的新疆人。这一次，也将成为我耗时最长、投入最多的一次采访，也是充满美好和争议的一次经历。

寻找新疆人

七八月的洛杉矶不比吐鲁番凉快，在室外站个十来分钟就有要中暑的感觉了。某天，住处附近的山后面开始冒出浓烟，看新闻才知道那边已经疏散了八万多人。全球气候变暖成为新闻里频繁出现的词汇，网络上蹦着各式各样的环保生活方式，但我多么希望这些环保生活方式在保护生态环境的同时，也能是免费的……洛杉矶是个没有车就没法生存的城市，看了看新能源车的价格，再看看兜里的钱，我狠下心花了七千五百美元从一位华人朋友手里买了辆二手的汽油车。这位朋友还答应等我走的时候再帮我把车转手卖掉，感动得我心想：身在异国他乡又不会语言的时候，有同胞真好。

洛杉矶之大是我完全没有想到的，这里的朋友都说要去某个地方，开车三十分钟算起步，车程四十分钟都算近的。洛杉矶的堵更让我始料未及，人们上下班花上一个多小时是家常便饭。为了省钱，我借住在朋友的一个暂时空置的房子里，离洛杉矶国际机场开车两个小时没问题，堵起来三个小时没脾气。每次出门前我都要看看导航，一旦目的地车程超过一个小时，就得做好充分的心理准备再开车上路。

2014年做《我从新疆来》时采访的艾克已经实现了他当时的目标——来美国留学，两年后我在加州大学北岭分校见到了他。拍纪录片时认识的小老乡马丁毛毛在洛杉矶侨报社工作，经毛毛介绍我认识了她的领导，她的领导带我去了家在当地小有名气的新疆餐馆，我又借此认识了餐馆的老板穆妮娜……

从第一本书开始，总有读者和记者会问我：你是怎么找到这些人的？其实就像找到艾克、毛毛和穆妮娜一样，有的人是已经认识的，有的人是朋友介绍的，还有的是通过在当地认识的人辗转介绍的。我什么标准都没有，你愿意说，我就愿意听；你愿意说实话，我就愿意记录。我相信每个人都有故事，因为每个人在生活中都有喜怒哀乐和悲欢离合。不是说非要你很优秀、在某个领域取得了成绩，只要你本人同意接受采访，便是我唯一的要求。在国内，同意采访这件事难度说大也不大，虽然有的人很直接地会拒绝，有的人同意后又反悔，还有的人见了面后批评我一顿说我干无用功，但大部分人还是会答应的。万万没想到，在国外，说服他们同意采访这件事，难度会翻倍。

"不安全的间谍"

某天，经朋友介绍认识了一位老乡，我驱车两小时去了他住的地方。那是靠近海边的一座小城市，街道整洁而漂亮，路两边高高的棕榈树穿插着西班牙风格的小房子。见面后的第一晚，我们又吃又喝又聊，初次见面好似神交已久，感情很是热络，也为之后的采访做好了铺垫。

第二天早上我起得很早，确认采访机有电、相机有电，做好了采访的一切准备。吃完早饭后，我向老乡提出了采访的事，拿出采访机正准备开始聊，突然发现坐在一旁的老乡的妈妈脸色变了。老乡一看马上说，要不咱们等下出去聊吧？我也觉得有些不对劲，就收起了采访机，心想实在不行就改天再约。过了一会儿我起身准备告别，没想到这时老乡的妈妈发话了，她用几乎是愤怒的语气指责我采访他儿子是想害他，希望我不要做出让他儿子没有未来的事情。我瞬间呆滞了，感到非常诧异，这时老乡也很尴尬，他赶紧支开老人送我出门。在门口他说采访这件事没什么，改天可以单独聊，希望我能理解。我疑惑地问他，为什么老人家会觉得我是在害人？老乡说，这边有种说法，就是从国内来的人有可能是"不安全的间谍"……"间谍"？我只能笑了，表示理解，然后告辞。说是理解，但我在回程那一路上都没办法理解，我怎么就成"间谍"了？邀请他们分享自己的故事怎么就成害人了？这是这次海外采访行程中第一次让我感受到了一些奇怪的情绪……

老陈

  采访从洛杉矶延伸到了旧金山，久负盛名的硅谷就在这里。听说这里还有一个海外新疆人协会，对他们来说我是安全的吗？一切都得见了面才能知道！

  一下飞机，我便按照地址直奔海外新疆人协会，迎接我的是热乎乎的奶茶、香甜的奶皮子，还有一碟馕！这么新疆的待客方式，来美国之后还是第一次遇到。协会会长老陈一脸笑眯眯的慈祥劲儿，还没两句话就描述起了他在新疆的各种经历和情怀，遇到这么积极配合的采访者也是头一回。老陈七岁时随着被下放的父母去了新疆，在那里度过了人生中最重要的少年、青年时期，那同时也是一段最困难的时期，好在他们一家得到了新疆老乡们的无私帮助，这也让他对新疆有了无法忘怀的情感。到了美国之后，老陈一直在热心肠地帮助他人，有留学生、新移民、老移民，这其中就包括了很多从新疆来的老乡。在即将退休、本该给自己放假的年纪，老陈成立了海外新疆人协会，希望以一种更加正式的方式去帮助更多的新疆人。在我这次采访的两年多时间里，老陈给了我非常多的帮助，不光介绍了很多在海外的老乡给我认识，还帮我组织了在旧金山和纽约的两场读者见面会，积极地推广《我从新疆来》系列图书。老陈说，他希望通过海外新疆人协会来团结在海外的所有新疆人，不用口号，不用宣传，就是大家一起吃抓饭，开心了就"麦西来甫"，有困难了就互相帮助。在我看来，这才是最真实的团结。

闪亮的枪

离开旧金山，我去了休斯敦，那里有好几位新疆朋友答应了接受采访。我在休斯敦的中国城订了酒店，但下飞机后先去了老朋友艾尼瓦尔家，多年好友许久没见，一聊就聊到了大半夜。准备回去的时候，他问我："你住哪儿？""住在中国城。"他皱了皱眉说："那你可要小心啊，那边不是很安全！"我开玩笑地回了句："没事，就盼着被美国的小偷拿枪指着头让我交出钱来，跟电影里一样，这样别说这次采访，我的人生都圆满了。哈哈！"当天夜里我顺利回到酒店，一切平安无事。

第二天，采访结束后时间不过晚上九点来钟，我心想这会儿路上人还很多，应该挺安全，于是慢悠悠地往酒店走。走到离酒店没多远的地方，突然面前窜出一个黑影，抬头一看，一个人穿着帽衫，帽子戴在头上，完全看不清脸，对着我叽里咕噜说着什么。我再次亮出我的大白牙，说："Sorry, no English." 只见他从怀里掏出了一样东西，在黑夜里闪闪发亮——那是一把手枪。那一瞬间，我感觉全身的毛发都竖起来了，不知道是兴奋还是紧张，大脑突然变得特别清醒，非常清晰地听懂了黑影的话："Give me all your money !"那一刻所有看过的英语电影里听到的台词都涌现在了大脑里，我回了一句："Easy, bro, I have money !"我把兜里所有的现金，大概两百多美元全部掏了出来，心想这大概够了吧，听说在美国"保命钱"也就二十美元，我这翻了十倍呢。黑影数了数钱，眼睛又盯住了我挂在肩上的单反相机——那天我恰好没带相机包，挂着相机就这么出来了。黑影说了句话，意思是要我把相机也给他。钱可以给，相机绝对不能丢！这可是摄影师最基本的准则，况且这两天采访拍的照片还没传到电脑里呢。我把相机从肩上拿下来，死死抱在怀里，慢慢退后了几步，接着一扭头转身就跑——以 Z 型路线拼命往前冲，对，是 Z 型路线，在马路两侧来回跑，一直冲到高速路边，直到看见了车灯和行人，这才气喘吁吁地停下来。大概是过于紧张，心跳声震耳欲聋，过去三十几年的人生经历开始在眼前闪过……不知道过了多久，一辆车停在了我身边，司机摇下车窗问我是不是需要帮助，我摆摆手，心情平复了一些。在路边又坐了半小时后，我换了条路，总算是平安回到了酒店。此时你可能想问，为什么要用 Z 型路线逃跑？因为我学生时代是香港电影迷，只记得在很多电影里，发生枪战时主人公都是用 Z 型路线逃跑的。那一刻我也不知道为什么自己就选择了 Z 型跑，压根没想到那个黑影要是开枪的话也是能打中我的，但我估计我的 Z 型跑应该是把那个黑影看愣了，因为我没听见后面有任何声音。回到酒店房间，浑身都被汗湿透了，我亲了亲相机，心想为了你我是命都豁出去了。没想到昨天才开了这个玩笑，今天就让我圆满了，看样子以后我应该每天念叨"捡到一百万美金"，没准儿哪天也圆满了呢。

擦肩而过的恐袭

结束了休斯敦的采访行程，下一站，纽约。2013 年我第一次来美国最先到的就是这座魔幻的不夜城，还清晰地记得当时站在时代广场，感慨自己一个从和田出来书都没读好的毛小子，有一天也站在了这里，算是一个小奇迹了，不禁佩服起自己来。不过真正值得佩服的，是我在这座国际大都市里采访到的新疆人，他们都已经在纽约站稳了脚跟，好几位还是自己所在行业中的佼佼者。

几乎每个人都告诉我，纽约是座多族裔聚居的多元化城市，想在这站稳脚跟、真正融入这里，并不是件容易的事情。但好在他们来自同样

多元化的新疆，来到纽约后完全没有陌生感，因为多元化的环境是每个新疆人从小成长的环境，加上新疆人身上有一股天生的闯劲儿，使他们每个人都能在自己的领域从零奋斗到现在。

一天晚上，我想去感受一下纽约不夜城的魅力，便和几个采访对象约在夜生活丰富的切尔西区见面。晚上九点，人潮涌动，我们来到一栋大楼楼顶的露天酒吧，音乐声震耳欲聋。正在兴头上，突然接到了朋友打来的电话，她着急地问我："你在哪儿？安不安全？纽约刚刚发生了爆炸！""没事，我在切尔西呢。""爆炸就发生在那边！"乍一听我还有点儿紧张，但环视四周，人们都跟没事一样，也没人来叫我们疏散。得知爆炸的位置离我们所在的地方还隔着好几条街道，我想应该没事，便安抚朋友让她放心。酒吧里音乐继续，快到十二点，人变得越来越多，我们下楼准备离开，没想到楼下还排着长长的等待上楼入场的队伍……纽约人，心可真大！回到住处，我想这也算是和恐怖袭击擦肩而过了，没想到第二天，我又接到了真正的威胁。

一位朋友发给我一张网络截屏，告诉我躲在美国的一些民族分裂分子刚刚在推特上发了条信息，内容是说我在美国到处找人进行采访，希望大家都不要接受，因为我是间谍，是来收集信息的，谁要是能把我打了（最好是打死），就将成为民族的英雄。朋友说，有趣的是这条推特发出来没几分钟便被删除了，大概是有人告诉他们这样做是违法的，不过这条内容还是被大家截屏保留了下来。我哈哈大笑，回复朋友说："我倒是盼着有人来打我呢！"

"三个棒球棒，顶个五百万"

转战波士顿，这是一座学术气息浓郁的城市，酒店的价格却一点都不客气，一晚上四百多美元，贵得让人肉疼。

朋友介绍了一位采访对象，采访结束后，我们一起坐在室外咖啡馆继续聊天。突然，一辆车急停在了我们身边，从车上下来了三个年轻的小伙子，一人拿了一根棒球棒。这三人朝着我们气势汹汹地冲过来，隔着绿化带就开始吵吵起来，对着我骂起脏话："你就是那个卖钩子的库尔班江，你这个间谍，今天看我们不打死你！……"我听完就笑了，慢悠悠地站起来，问他们："你们是现在就打，还是等一会儿再打？"三人听完一下愣住了，我接着说："你们准备怎么打？我希望你们最好能把我的腿打断，再一人打断我一根肋骨。听说在美国把人打残了能赔个几十万美金，我现在还准备去二十个国家采访，正缺钱，等你们把我打残了然后赔我钱，之后我就有钱去采访了，所以怎么着，现在打吗？"只见他们脸色一下就变了，说："这人是不是疯了，走了走了，今天放过你丫的……"说完三人骂骂咧咧地回到车上离开了，留下乐呵呵的我还有两位看傻了的朋友。朋友说："真没想到你能这么淡定！"我开玩笑说："太可惜了，感觉错过了五百万！"

说实话，我心里觉得可惜的完全不是钱，而是那三个年轻的小伙子。他们还只是孩子，却受到一些成年人的政治私利和不可告人的目的影响变得那么不清醒，而且冲动到完全不考虑后果，着实可惜了。我不禁去想，他们花着父母辛苦挣的钱来到这个遥远的国家，有没有把父母的辛苦和骄傲放在第一位呢？我相信，这一定不是他们的父母要求他们去做的。只希望这些年轻的孩子，在面对学习、去充实自己的时候，也能有现在要去打人的这种冲动和勇气。

退出还是曝光

某天开始，突然陆陆续续有采访对象发来信息表示不想参加采访了，

希望不要发表他们的故事。了解之后才知道，很多人收到了分裂分子发去的邮件，威胁他们不可以接受我的采访，否则就把他们的个人信息发到网上曝光，骂他们是民族败类和间谍。有的人被吓到了，便真的退出了采访。对于退出采访这件事，我其实并无意见，但如果只是由于这种原因而选择退出，着实让我很不服。我做了很多劝说，希望每个采访对象都能理解，有些同意匿名分享自己的故事，有些还是没劝住。

我原以为分裂分子所谓的威胁也就只是说说，没想到他们真的这么去做了。朋友说，2017年国庆的时候，有些新疆老乡参加了中国使领馆举办的国庆晚宴，在晚宴上拍了照片，分享在社交媒体上。这本是一件很自然也很开心的事，然而没过几天，一些分裂激进分子就在网上对他们进行了攻击，说他们是叛徒、中国政府的间谍，还把他们的个人信息公布出来，给这些老乡带来了很大的困扰。类似的事情还有不少。真心觉得，在海外做个中国新疆人真是太不容易了。

又在路上

结束了在美国的采访，我回到国内花六个月时间完成了第二部纪录片《我到新疆去》的拍摄和首映工作，随即开始准备去欧洲的采访。等结束欧洲的采访，已是2017年年底。2018年年初再次回国后，我启动了第三部纪录片《新疆滋味》的策划工作，其间又抽空前往加拿大、韩国、日本、泰国等地进行采访。2019年年初，海外新疆人的采访全部结束，漫长的编辑工作开始，直至2019年6月，全部完成。

贰

他们的故事

特别说明

本书的采访工作由于种种原因花费了三年时间才完成，第一位受访者的采访始于2016年7月，而结束最后一位受访者的采访时已是2019年年初。在这三年时间里，先前采访的很多人的生活状态已经发生了改变：有的如愿找到了工作，有的选择回国发展，有的结婚了，有的离婚了，还有的成功减去了五十公斤体重……因此我在每位受访者的照片上标注了采访时间。希望有一天，还能回访他们。

陈世义：人的天性是善良与宽容

我是 1959 年从南京去的新疆，那时我被批成了右派，要被下放。我是和老伴儿带着儿子一起去的，这一去，就在新疆生活了二十多年。

记得当时去新疆，坐火车到星星峡那个地方之后就得坐汽车了，到哈密住了一晚，第二天去的乌鲁木齐。我们先在自治区党校里上政治课，接受教育、改造思想，上了几个月课之后我被分配到了北疆的博尔塔拉。先是坐车到乌苏，然后在那儿的招待所里住了五天才等到了去博乐的班车，其实就是一个带着篷子的小火车。到了博乐之后刚开始还没有分配工作，就暂时先住在了商业局的招待所里。

当时我以为，博乐既然是博尔塔拉的首府，应该像一个城镇一样，但实际到了那边，感觉像走在沙漠上，脚踩下去那个浮土就起来了，那里商店什么的也都很小，总之是个很偏僻的地方。当时那里的汉族人也不多，主要是维吾尔族、哈萨克族、蒙古族等少数民族在那居住。

我们去了之后，少数民族的同志对我们都很客气，也很接纳。他们简朴、坦诚，对我们这些口里（长城以外的人对长城以里人的称呼）来的人有一种特别的客气，并没有什么所谓的民族仇恨，大家都在说口里多好，多漂亮。少数民族的同志还会托我们回内地的时候帮他们买很多东西，你能从他们身上感受到一种对文明、对进

步、对美好事物的向往。

我到博乐之后就去了小营盘劳动,后来因为劳动量太大,得了肺病,就让我回来休息。到了1961年的时候要"摘帽子",党委副书记叫格尔夏,蒙古族,是个非常重视知识分子的人,他找到我说:你的"帽子"正式摘掉了!你是一个知识分子,应该为祖国更好地服务!当时我非常感动,这是个多么大的鼓励啊!然后我就作为社会吸收人员,第二十八级干部,分配到了州政府的文教科,在干部的业余文化学校当老师。虽然叫学校,但是当时并没有学生要教,基本上就是在科室里头办公,经常需要去下乡到农村做调查什么的。

我老伴儿刚开始那几年一直都闲着,对于一个受过高等教育的知识分子来说,那样的闲暇真的是最大的困扰。但当时我们也是遇到了好干部,时任州党委书记是个延安出身的干部,他很有眼光,把我们这些老知识分子都集中起来,没有让我们去参加体力劳动,而是去做本行,这在那个年代是很不容易的。后来他就把我老伴儿安排到了博乐四中去教书。我老伴儿在学校非常受学生欢迎,学生们都说谢老师的课就要把耳朵支起来听。老伴儿从1974年教到1981年,教了七年书,其间还教过高三的学生,那班学生也非常优秀,恢复高考后都考得很好。

现在想想,当年去新疆对我们来说也算是一种保护,虽然做了不少农活,因此落下了腰肌劳损,但如果我们当年还留在南京,很可能会受到更大的冲击。对于我们这种出身的人来说,这在当时是无法避免的。

八十年代初我们就平反了,之后便离开新疆,回到了南京,再后面跟着儿子来了美国。刚来的时候我们都已经六十多岁了,我继续了我的学业,最终在八十一岁的时候拿到了神学的博士学位。我

陈世义夫妇

采访于 2016 年 9 月

老伴儿刚开始在一个美国人家里帮忙带小孩儿，干了六七年，等那个孩子独立后就离开了。后面因为美国这边有一些对老人的福利，比如有个针对五十五岁以上人的再就业的机会，就是先给你培训，然后再帮你找工作，我老伴儿就报名了，那时候她七十岁。培训完她就被分配到了这边的一个老年法律援助处，是专门帮助老年人的。因为有很多求助无门的老人，尤其是新移民，会经常遇到一些法律上的问题，我老伴儿就帮他们翻译，后面慢慢就成了辅导员，在华人社区也有一定的影响力。她在法律援助处工作了十六年，工作到八十六岁，其实她八十岁的时候就可以退休了，但她还在继续工作，最后因为一场大病自己退了下来。法律援助处的人对她说：等你病好了还可以继续来上班。我时常感慨，在美国的这些年，把我们曾经因为下放而想做却没做成的事都弥补回来了。

人的天性是善良、是宽容，所以才让我们这些口里来的人在新疆能够活下来，我们也愿意给那个收容、收留我们的土地做一点自己的贡献。所以我老伴儿把自己的退休金都捐给了博乐四中，捐给了新疆，一直到现在，也算是纪念留在那里的一种独特的感情。

我们来美国也二十多年了，但还是一颗中国心。

陈宣明：我爱新疆

我出生在福建，1959年我七岁的时候，父亲支援边疆建设去新疆，把我们也带了过去。那时候火车还没有修到乌鲁木齐，到了兰州之后，我们坐上大卡车花了一个多月才到乌鲁木齐，之后去了博州。

我父母都是教师出身，很幸运地分配到了教育系统。那时候新疆的环境还是相对宽松的，我们从不同方面都感受到了新疆的海纳百川。虽然后来遭受了一些冲击，但周围像我父母这样的知识分子都在一种充满同情、包容和善良的环境中生活了下来。

我在博州上了小学、初中，之后开始上山下乡，去了温泉湖的哈萨克林场放羊，在当地的哈萨克族人家住了四年。我和不同民族的朋友都相处得很融洽，无论思想上还是生活习惯上都没有障碍。印象最深的一件事是我的哈萨克族好兄弟结婚，我们帮他去"抢新娘"，跑到人家姑娘的毡房那儿唱："在那银色的月光下，飞呀飞呀我的马，朝着它去的方向……"姑娘一听就明白，拿着水桶和家里说要出来打水，等到了河坝把水桶一扔就跟着我的好兄弟跑了。一个礼拜后他俩回来，就必须结婚了，双方家里不同意也得同意，真的很有意思。

我放羊的地方是戈壁滩，每天就是在蓝天白云下和三百六十只不会说话的羊一起度过。山的另一边就是苏联，离边境很近。生活

我从中国来

很无趣，没什么娱乐活动，有时便拿收音机偷听"敌台"的节目。那时候心里会想，自己是不是一辈子都要这样放羊了，会不会有一天能结束这样的生活，去国外看一看。倒不是嫌弃当时的生活，只是不甘心就这样过一辈子。我有一个哈萨克族的诗人朋友阿肯，送了我一个哈萨克语名字叫Jinges，意思就是胜利，也有高贵的意思。我觉得他很有智慧，用这么个名字，把我的人生道路算出来了：只要坚持，就能在人生收获胜利的时刻。放了四年羊后，城市开始招工，我抓住机会去克拉玛依当了石油工人，这一干又是七年，一直到1979年，"文化大革命"结束。

1980年我参加了高考，考上了金陵神学院的宗教研究专业。四年本科，凭借着在新疆练就的唱歌跳舞的本领，我娶到了班上最漂亮的女生，毕业后跟着她去了广州工作和生活，后来在当地统战部和宗教局的批复下开始创办广州神学院。

我们用两年的时间办成了学院，但在放羊的戈壁滩上产生的出国看看的念头还没有消失。那个时候我们没有钱，但好在有贵人相助——我遇到了谢扶雅教授，他是中国著名的哲学家、文学家和基督教思想家。当时在广州我们住得很近，我时常会去跟他聊

陈宣明

采访于2016年8月

天。有一次他建议我去美国看看,我说没有钱,他便马上打电话给在美国的儿媳妇,要求把他一年的退休金作为我未来到美国后第一年的学费。就这样在贵人的支持下,我这才到了旧金山的伯克利。谢教授1991年去世,享年一百岁,我到今天还在纪念他,为他出版全集。我也希望像他帮助我一样,去帮助更多的人。

我来美国时已经三十七岁了,在谢教授给予的启动资金的支持下开始上学,还是在神学院,念了七年多,一直到博士毕业。我平时在教会打工,基本要二十四小时随时待命,随时去帮助需要帮助的人。比如有新移民来了,从接人、租房子到考驾照、找工作等,全由我们教会去帮助。这样的社工经历,给了我很多锻炼。博士毕业后我去香港工作了三年,做宗教文化的研究和相关出版刊物的编辑。回到美国后还是继续做社工,工作做得也算是很出色吧,帮助了我所在的县的议员竞选,后来议员招我去做他的助理,做了差不多十年,主要负责各类社会服务,包括新移民、妇女儿童保护、老年人服务等,还接待了很多来考察的中国代表团。

一路走来,我发现我真的很爱新疆。在美国这些年我认识了很多新疆老乡,平时有机会大家就聚会,在一起烤肉、吃抓饭、喝酒。这两年我也退休了,于是和朋友们成立了一个海外新疆人协会,是在美国政府注册过的非营利性机构,现在有一百八十多名会员,主要是新疆人或者在新疆工作、生活过的有新疆情结的人。在旧金山湾区一年一度的海外华人体育运动大会上,我们协会也派出了新疆方队,载歌载舞的出场方式,让所有人眼前一亮。每当有来自新疆的留学生或新移民过来,我们协会都会积极地帮助他们更快地适应新生活。

一个慈善家不是天生的,他们都有被帮助的经历。努力去帮助他人是一种愉快的经历,也是一种报恩。

张禾：新疆是一块宝藏

我的父母是从西北艺术学院，也就是现在的西安美术学院毕业的，是新中国成立后的第一批大学毕业生。1954年，他们去了新疆；1956年，我出生在乌鲁木齐。当时我父亲在自治区团委工作，母亲在自治区妇联上班。1961年，《和田日报》要复刊，有维吾尔文版和汉语版，急需技术设计人员，特别是在美术设计方面能够把关的人。我的父母都是学美术的，和田报社就去自治区要人，指名一定要他们过去。那时候我四岁多，便跟着父母坐上了开往和田的大卡车。那一趟可能走了有九、十天，也可能更久，同行的还有不少从朝鲜战场上回来的复转军人。

我对和田最深的印象就是风沙，特别大的风沙；最美好的回忆就是葡萄园、葡萄架，还有林荫大道，非常漂亮。我父亲那时在报社又当编辑又当记者，经常带着我下乡采访、画画写生。我很喜欢跟着他去参加当地的婚礼，和大家坐在一起吃抓饭，大家看我不会动手抓，还会给我个勺子。婚礼上，每个人都能歌善舞的，特别自然，我非常喜欢那种氛围。当时我母亲的一幅画作还得到过全国大奖，画的是一个在地毯上玩耍的维吾尔族小孩。为了画好地毯，母亲常跑到邻居家趴在地毯上仔细观察，我也跟着过去在地毯上蹦蹦跳跳。那时候没有独家独户的院子，就是一排房子，邻居们有一个

共用的馕坑，谁家打馕都会问我家要不要拿一些。

我上小学四年级时遭遇了"文化大革命"。父母险些被打成右派，但还是正儿八经在报社里工作，每天去采访、写稿，还算比较自由。不过也还是有大字报贴出来说他们是"黑画家"，吓得他们赶紧把苏联的画册和西方美术相关的一些东西藏到了床底下，生怕被别人翻出来。那个时候气氛变得紧张，他们也就不让我和哥哥再学画画了。不过我最终还是选择了美术，进行美术史的理论研究，因为从小的耳濡目染让我从心底爱上了这门艺术。

上完中学之后，我下乡去了皮山县接受再教育。那时我是知青干部，我们的任务是纯体力活，就是把沙包拉平，把红柳根挖出来，变成可以耕种的地。我当时是想要扎根农村的，压根没有想过要离开，老乡们也都特别喜欢我。我没想着要走，可是后面生了一场大病，又刚好赶上自治区知青办的同志去视察工作，他们看到我腿上大片大片的血斑，觉得病情严重，一定要带我走。我坐着知青办的车回到和田，大夫说我的病情已经非常危险了，是严重的肝炎，必须马上住院治疗。之后我就一直在养病，直到参加高考。其实我那会根本就不想养病，觉得这个事儿太丢人了，也不想让人知道。

当我们得知可以参加高考的时候，时间已经很紧张了。可能北京、上海这些大城市早就知道了要恢复高考，但等新疆得到这个消息，留给我们的准备时间连一个月都不到了。高考要回到户口所在地，我就回到农场，一边准备应考一边劳动。

我们七八个人是从农场走到公社，然后到路边拦车到县城去参加高考的。当时我们只有两天的赶路时间，第三天就要考试，只能拖着行李卷走夜路。什么车都没有，连毛驴车都没有，就靠两条腿在大沙包上走，脚下也根本没有路。从农场出来走到公社就花了整

张禾

采访于 2016 年 10 月

整一夜，第二天一大早又往公路边走，走到公路上开始拦车。那会路上基本也没有车，两头看过去都是大沙漠、大戈壁。好在最后终于拦到一辆拖拉机赶到了皮山县，赶上了高考。

即便在这种情况下我还是考了和田地区的文科第一名。但考了第一名也没上成大学，当时有人在政审上不给我过关，说我是知青干部，要走的话会影响整个知青队伍，会动摇军心；再一个就是我出身不好。那一年理科第一名的女孩也是和我同样的遭遇。后来是在我们老师的不懈努力下，好不容易才给我们争取到了走读的名额，到乌鲁木齐上学。我当时心里虽然不愿意，但也没办法，有一个机会是一个机会，抓住了就应该先去上学。就这样，1978年我去了乌鲁木齐，在新疆大学外语系读英语专业。

那时候乌鲁木齐还很小，1路车就能从南头走到北头，西头走到东头。现在的乌鲁木齐已经发展到我认不出了。我当时好像玩的兴趣也不是很大，就想学习，对我来说学习的机会多难得呀。加上高考经历了那样的遭遇，我一直不甘心，就下定决心一定要考到更好的学校去。终于，大学毕业前我考上了中国艺术研究院的研究生。

中国艺术研究院那时在北京的前海西街，就是现在的后海恭王府那儿。1982年，我到中国艺术研究院开始读西方美术史。研究生毕业后我选择留校，分配到了外国语研究所，就在恭王府的那个院子里。工作后开始经常听周围的人说起出国的事情，我是学习研究西方美术的，就想去西方看看，也没想到要留在外面，就是想出去看看那些艺术品原作。

我和我先生是在北京结婚的，他是出生在和田的新疆人，当过兵、上过大学，分配在国务院办公厅工作。后来我们一起出来了，想到好不容易国门打开了，我们都想看看外面的世界。当时本有机会让我公派到德国去，但手续迟迟下不来，于是我就自己联系，准备到美国去。结果美国那边一下就录取了，不过这样我也就拿不到公派的资金了。所以我最后走的是自费公派，即用公派的身份出来，但一切得花自己的钱。

1987年，第一次落地美国，到了纽约。在同学那住了两天后，我就启程前往中西部的俄亥俄州，在那里的一所大学学习了两年，之后我去了得州，在得克萨斯大学读博士。那时候上学没有钱，就要想办法挣钱，就像电视剧《北京人在纽约》里面演的一样，我们全都经历过，甚至比那还惨。

那时我住在一位老师家里，她是教美洲印第安艺术的。我去她班上蹭了几天课，然后就发现了"新大陆"，于是当机立断决定：我不搞当代艺术了，我要去研究古代艺术。下定决心后，心里像点着了一团火。老师告诉我，有两个教授是研究玛雅文化的，我就二话不说朝那个方向开始努力。我的申请信里面提到我是从中国新疆的和田来的，没想到他们都知道和田，因为读过斯坦因写的两大本《古代和田》。我在那之前也读过，因为父亲在和田的时候就和我说过，你到北京去读书，有机会一定要到北京图书馆去看看斯坦因写的书。我申请的这个学校的教授对和田太熟悉了，他说，别的先不考虑，单凭我是从和田来的，他就要我了。

我现在的工作就是在新泽西的一所大学做非西方艺术的研究，比如印第安玛雅文化的艺术，还有亚洲文化艺术也被我捡起来了。过去零零碎碎受到的家里的影响，加上这些年的积累，为了教学我决定系统性地整理一番，这时候我才发现，新疆是多么大的一块宝藏啊，必须要去挖一挖。后来我就开设了"丝绸之路艺术"这样的一门课，反响很好。再往后我觉得只给大学生讲还是不够过瘾，想

再回到艺术史研究上面。现在，对形象表达的研究成为我的研究重点，研究对象则主要放在了地毯上面。

现在我手头上的资料表明，截至目前，最早出土的地毯实物就是在新疆，最保守的时间是公元前八百年，在吐鲁番附近的洋海一带。我正计划去对这些地毯文物做一个系统性的梳理。总之，我的研究与新疆是再也分不开了，那是我出生、成长的地方，一切都是有感情的。我虽然是汉族，祖籍在别的地方，但是我出生在新疆，新疆就是我的家，我对所有的人说我是中国新疆人。新疆现在也是我学术研究中的一块宝藏，我最高兴、对自己最满意的一项学术成果，就是我整理清楚了所有在新疆用过的关于地毯的术语，这个研究的英文论文已经发表了，中文的发给了《西域研究》，还没有正式发表。可能现代人对这些并不那么感兴趣，但我就是想为新疆做一些事情。

去年我在参加一项国际会议时，已经正式告诉同行们我不再研究玛雅艺术了，要把全部精力放在对中国新疆艺术的研究上。因为人的精力是有限的，把一件事做好要花费时间。我现在正在写一本关于新疆地毯历史的书，希望能做到雅俗共赏，既有学术价值，也有一般读者会感兴趣、看得进去的东西。要知道，唐代以前出土的地毯，全世界只有新疆才有，这真的是一块非常大的宝藏。希望有朝一日，我能够办一个大型展览，向全世界展示这些来自中国新疆的宝藏。

哈力普：我对未来还有很多期待

我 1956 年出生在北京，父母都在中央党校工作，我在那儿生活了二十多年。"文化大革命"开始时我刚十岁，所有人都停工，学校也停课，父母被派到了农村，一年都不一定能回来一次，我哥也回新疆了。整个北京家里就剩我一个人，每天就是撒了欢地玩儿，和小伙伴们一起郊游、游泳、打闹。对我来说，那确实是很自由的十年，唯一的苦只是父母不在身边，有时候会饿肚子，更没有家庭的氛围和环境。

"文化大革命"后期慢慢恢复了一些学校的活动，十五岁时学校分派我去学工，二十岁时我就考到了二级工。当时谈到对未来的梦想，我的概念就是工农兵。我记得考完二级工之后开始工作，第一个月的工资是二十九块七毛八。当时工长跟我说这就是我从今往后的工资，这辈子也别想涨工资，我想这也可以啊，那时候二十九块七毛八能喝啤酒，能出去玩儿，能干好多事情。总之那就是我们当时的生活，也可能是一辈子梦想，就是那二十九块七毛八。

"文化大革命"结束后我参加了恢复的第一次高考，1979 年去了河南大学数学系。1982 年毕业后去了乌鲁木齐，分别在新疆大学和新疆师范大学读了两年的硕士班，还是学数学。在乌鲁木齐生活的那四年，非常幸运地赶上了可以说是乌鲁木齐文化氛围最好的时

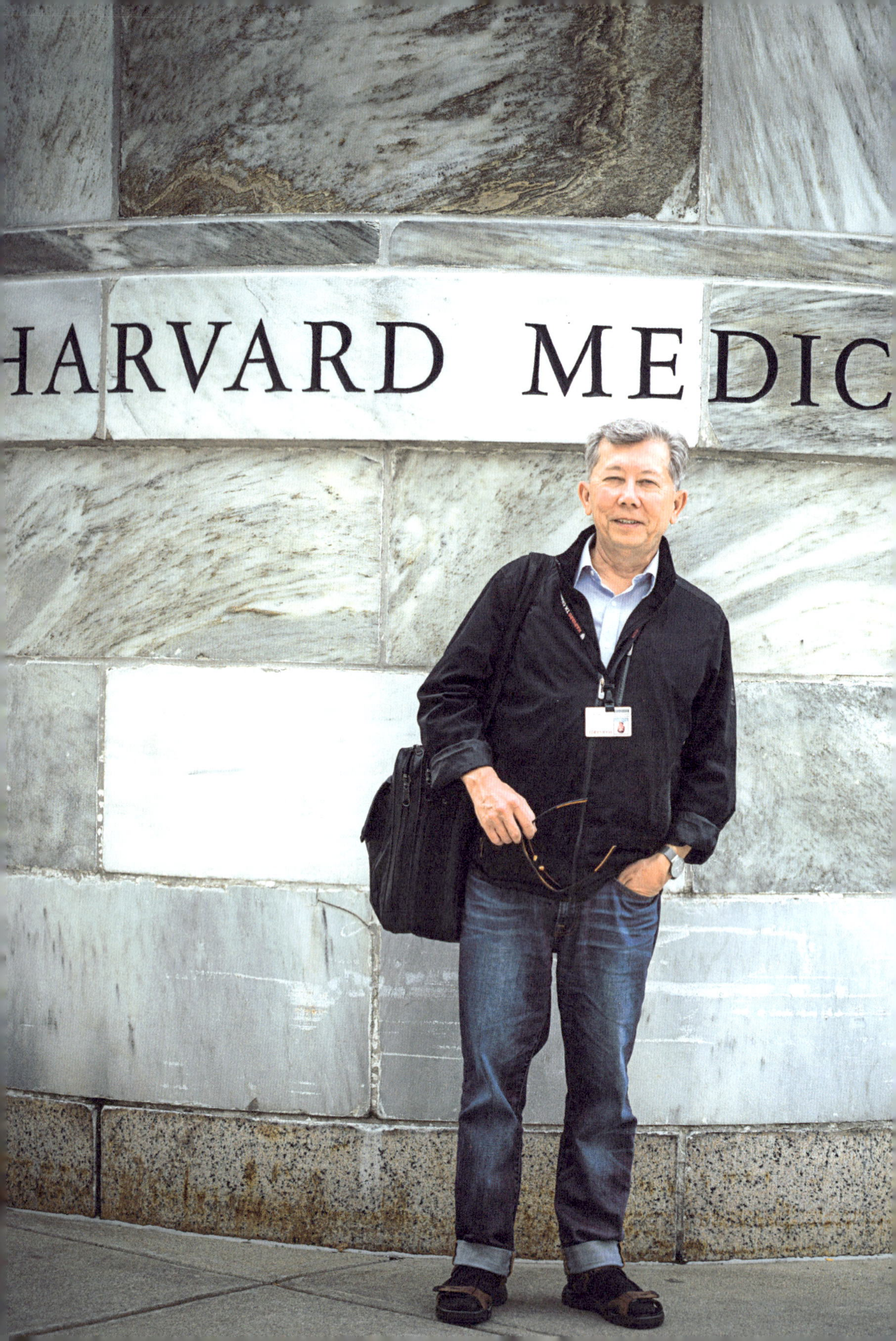
HARVARD MEDIC

期，因为改革开放，接收到了非常多的国内外的文化信息，从维吾尔语的歌舞表演，到《红灯记》，还有莎士比亚和意大利的歌剧，每天晚上都有演出，人们会去看，会去聊，当时乌鲁木齐的文化和人们的思想意识是可以进入到世界前沿的，并没有因为地理位置的原因而有所封闭。

这么说起来我的经历其实也很简单，就是生活上文化的跨度很大。因为在北京长大，直到十五岁，我都没有意识到自己是少数民族，是和周围的大部分人不太一样的。我当时对自己的文化背景的概念，仅限于自己和大家长得不太一样。十二三岁的时候我才第一次回新疆，坐了五天五夜的火车，去了吐鲁番、伊犁和南疆，这才知道除了我生长的皇城根下的北京，还有更广阔和精彩的一个地方。等我回到北京，跟同学聊起自己去新疆的经历，大家都傻了，因为他们也不知道还有新疆这个地方，我也从一个不打眼的孩子变成了大家眼中的英雄。

到了十五岁，也许是一种文化觉醒，我突然开始意识到自己其实是有和别人不一样的文化背景的，不仅仅局限于长得不一样。我开始会注意到自己的民族文化，有意识地去了解，去看一些材料，去问"为什么我们

哈力普

采访于2016年10月

不一样？""我们从哪儿来？"等。随着了解越深入也越感兴趣，特别是聚会的时候维吾尔族通常会有音乐，有舞蹈，还有酒，一下就会觉得"哇！这才是生活！"这样的感受在当时那个年代会很深刻。由于汉族朋友圈子里没有这种氛围，于是我在朋友的选择上就会出现变化，会有意识地去找本民族的朋友相处。这些在我十五岁之前，都是意识不到的。

我在北京长大的那个时期，也就是二十世纪六七十年代，北京的维吾尔族家庭还很少，主要集中在民族出版社、中央民族学院（现在的中央民族大学）、中央人民广播电台这三个单位，也就几十家吧。我在民族出版社工作期间，单位里有维吾尔族、哈萨克族、壮族、裕固族等少数民族的同事。我们生活的大环境是汉族环境，彼此用汉语交流，这毫无疑问，但又有多民族的特色，每个民族在生活上都有自己的特点，从饮食到语言等各方面，比如我们楼底下有个馕坑，我敢说在当时北京没有第二个，这种感觉其实才是真正的民族大团结。

我是1986年到的英国。记得我刚到学校报到时，学院的秘书看着我，想了半天，说："我永远不会去一个谁都不认识的地方。"意思就是我这样跑到一个人生地不熟的地方，哪怕是学习，在当时也是件很大胆的事情。我的性格属于敢说敢做，所以很快就适应了，再加上学校的老师和同学都很好，我也慢慢喜欢上了英国这个国家。从文化上看，英国人虽然有一种很衰败的感觉，但你总能从他们身上感受到不气馁的精神。后来我又去了几个国家，比如加拿大是个非常安静、适合养老的国家；美国有好有坏，很热闹，工作机会也多，对我的影响也最大。

我在几个不同的国家生活过，也去过非常多的地方，说到内心的归属，我并没有"死了以后一定要埋在哪儿"的想法，可以说是没有落叶归根的概念，我愿意落到世界上任何一个只要我喜欢，也觉得舒服的角落。英语里有个词可以用来说明这种情况，就是"Uprooted"，意思是根已经拔掉了。

现在的交通很发达，再远的地方一天也能到，信息也很发达，整个世界都融在了一部手机里面，人们的大规模迁徙和信息的发达带来的是国际化，这样的冲击带来的变化让很多人因为无法适应因而反对。比如美国，工厂都转移到了海外，这给美国人带来的好处是物价低了，能买到的东西也多了，但同时带来的弊端就是本土的工作机会都没有了。我想我更愿意适应，也更能适应这种国际化。无论是我出生的北京，还是成长过的新疆，或者英国和加拿大，现在对我来说都没有什么归属感。我更希望能每三到五年就换个工作，也许明天去哪儿还不知道，但如果我今天觉得时间到了，就一定要辞职，不管有多好都不应该再待下去了，要换个地方。在一个环境里时间久了，人就会觉得舒服了，从而变得不上进，慢慢也就颓废了，这就是人的惰性。

我在哈佛大学的工作，到今年正好是第十年，因为哈佛的学术环境让我每天都觉得能学到很多新知识，让我觉得还有很多东西要争取，这促使我不停地想要往前走。好在美国有一个年龄越大越能得到认可的文化环境，所以我也不觉得自己老了，我对未来还有很多期待。最近老板送了我一个证书，纪念我在哈佛工作十年，他说希望我能再工作十年，我笑了笑说："那不一定了。"

魏建：路是撞出来的

我父亲是 1949 年进驻新疆的第一批军人，母亲是 1952 年去的新疆，我 1958 年出生在喀什。

1964 年，我父亲从南疆军区调到了乌鲁木齐，那年我六岁，在乌鲁木齐上了小学。但没过多久"文化大革命"开始了，我参加了红小兵，也就不上学了，跟着各处宣传政府的政策、表演节目，最后就是下农村，到工厂劳动，依旧没学上。那个年代社会是很动荡的，小孩子又什么都不懂，但我实际上是幸运的，因为小学前两年多少学了些东西。中学毕业后我就直接下农村当知青了，在乌鲁木齐县公社，在南山里，算半牧半农吧，种土豆，修大渠，还要放羊。在当时的情形下，下乡对于我们来说是没得选择的事情，说实话心里会很害怕永远过那样的生活。好在后来政策改变了，我的人生也改变了。1976 年"文化大革命"结束，1977 年恢复高考，我赶上了第一批，考上了新疆大学。

我的大学同学很多都当过工人和知青，之前在农村生活得很辛苦，也看不到自己的未来，忽然能上大学了，很是珍惜这个机会，大家都是玩命儿学习。当时整个国家的经济还不太行，虽然生活条件差，但是得知国家开始改革开放，大家都信心满满。

1982 年我刚参加工作的时候，新疆的科研工作属于青黄不接，老一辈的都十几年没搞过科研了，各个单位都在找相关专业的人去当科研所的领导，所以我刚参加工作就能去北京、上海出差。但在去这些大城市参加一些国家级学术会议的时候，由于我们新疆在科研上没有什么成果，也就没有发言权，我觉得脸上没有光，回来以后就沉不住气了，每天咬着牙学，想着一定要给新疆争口气。虽然在研究所工作的时候我非常努力，但脾气还是太倔，不太会处理单位上的同事关系。我经常给领导提意见，还给自治区政府写过信，但都没得到认可。后来我在研究所待得很不开心，便下定决心出国留学。

1988年，我前往英国留学。我在英国生活了五年多，读完博士之后做了一年博士后，接着就去了加拿大。刚去的时候一个认识的人也没有，为了生存先在意大利人开的比萨店打工、送餐，做了半年后终于找到了一家实验室的工作。实验室里的主管都是本地白人，但真正在做工作的则是来自中国、波兰、越南、菲律宾的移民。还有一点很不公平，那就是白班，白人做；夜班，移民做。刚进实验室的时候，主管安排我做领班，一个班四十多个人，我一个人管三个班，排班、做实验、作报告，压力非常大。有个白人小姑娘，经常迟到、旷工，跟老板去对面酒吧喝酒，三个月以后得到了升职，老板说要给她涨工资。我新疆人倔强不服输的毛病犯了，觉得很不公平，去找老板理论，最后老板让我走人。离开实验室后，家里生活压力很大，为了钱得低三下四地给别人卖命。我心想这样下去可不行，就开始琢磨做生意，想看看做生意能不能赚到钱。

我用积蓄开了个杂货店，赚到了第一桶金。有了第一桶金之后就跟新疆老乡一块开了个电脑店，为此我还去学了九个月的电脑编程。不过电脑店不到两年时间就倒闭了，那时刚好遇到IT行业不景

魏建

采访于2017年10月

常春藤100

IVY100 EDUCATION

鼓励和培养我们的移民后代走进世界级名校,不是我们的目的。在常春藤100教育
我们的宗旨是与父母一道合作,努力确保我们的孩子们在向美国名校冲刺的过程中坚
信,果敢,顽强,带着自豪和喜悦走向成熟和成功。为他(她)们打下一个坚实的基
接未来生活和事业中的任何挑战。

气的时间段。最后是因为我的女儿考到了美国顶尖名校，当时周围很多朋友、同学都来问我孩子是怎么考上美国名校的，去美国读书该怎么做。我就天天跟人家解释，解释了半天从中摸到了一些门路，就想着直接办个考学的专业咨询好了。

我先是用了三四年时间在报纸上写关于怎么培养孩子，怎么考美国大学的文章，其实我一直都在用自己的经历告诉孩子，我们一个普普通通的中国人，要想从白人的饭碗里拿到饭是得有些绝招的，是得吃点苦头的。我经常给孩子举例，说如果在学校白人拿八十分，你拿八十分，他有饭你没饭；他拿一百分，你拿一百分，他有饭你没饭。你是外来的人，要到一个新地方站住脚，就要吃更多的苦，他拿八十分你要拿一百分，他拿一百分你要拿一百二十分，这样你才能站住脚。我的孩子也很懂事，最后考出去了。我去做讲座，会让孩子讲她的感受，很多国内来的学生和家长听了都掉眼泪。

在广泛做了这样的基础之后，我就跟朋友合伙，把学校开起来了。我们现在在温哥华做得很不错，包括国内很多大的机构都跟我们有合作。有些人会羡慕我，说我误打误撞，怎么在这个行业做出来了。我说这是我的特点，新疆人的性格，不怕，不会想半天犹豫半天，差不多想好之后就下手，一头就撞进去了。路就是这么撞出来的。

从 2009 年创办到现在，我们这个学校已有八年的时间了，这期间我们送进全球顶级高校的学生，也有上千人了。很多学生和家长都非常感激我们，说老师我们会一辈子记得你们。

作为新疆人，我感到很自豪。

永乐多斯：在父亲的指引下一路前行

    我父亲 1919 年在新疆塔城出生，1949 年从广州离开大陆到了台湾，直到 1992 年才再次回到大陆，回到新疆。他离开了四十三年，又好似从未离开，因为新疆永远是我们家里唯一的主题。

    我的祖父是个生意人，家境很不错，父亲小时候在苏联领事馆里的学校读书，因此他的俄文讲得很好。九岁的时候因为我祖父母之间离异的缘故，父亲被祖父送到了伊犁，没多久又送去了乌鲁木齐。之后父亲便基本都在乌鲁木齐生活，只有假期才回到伊犁。他说那个时候的乌鲁木齐条件很不好，远不像现在。从乌鲁木齐到伊犁要十八天，他说那段路是他最向往的，因为平日里祖父做生意很忙，又是个很严肃的人，而路上则是属于父子两人的时间，谈话的内容也不是很严肃，会讲到外面的风景，或者是我祖父小时候的事情。而且过沙湾的时候，一定要吃大盘鸡。

    我父亲说，我的出生是上天给他的第一个礼物，从医院里面出来，父亲一抬头看到满天的星星，就给我取名叫永乐多斯。我的名字太特别了，上学后总会获得很多关注。我解释自己的名字，就肯定要讲起新疆。那时候老师会把新疆、西藏、内蒙古都化成一块叫边疆民族，说他们都很落后，没有卫生习惯，平时都不洗澡什么的。小朋友听了就会笑话我。我爸很生气，就去找学校的校长，他说：

"任何一个地方、任何一个民族都有它优良的文化，也有它特殊的地理背景，作为老师要以身作则，尊重不同背景的人。"后来老师就不会这样说了。

父亲在台湾政治大学当教授，不仅自己翻译了维汉词典，还翻译过《福乐智慧》，他也栽培了不少研究维吾尔文边疆历史的学生。一直到1992年，父亲才再次回到大陆。他大概之前没想到他活着的时候还能回去，第一件事就是回伊犁找我祖父的墓地。当年他离开的时候是兵荒马乱的年代，一大家子人命运多舛，祖父过世的时候基本上没什么人在身边，他找到祖父的坟墓，做了个悼念。其次就是去见了他的一些老朋友。后来我爸爸每年都要回新疆住一段时间，所以我们在乌鲁木齐买了房子。乌鲁木齐现在已经很不一样了，有很多时尚的地段，但他都不要，就要回二道桥，要找以前住过的地方。

我母亲是汉族，我父母的跨民族的婚姻对他们来说都是当时想不到的命中注定。他们的婚姻持续了五十年，磨合得很不容易，尤其是饮食习惯，我家一直是新疆的饮食习惯，母亲不是很习惯吃面食，但为了父亲学会了做很多新疆饭菜。父亲对母亲也是一往情深，而且对我外婆非常好，他的孝顺也成了我们家根深蒂固的文化：不可以对外婆讲话不礼貌、外婆坐下才可以一起吃饭，外婆不在，就要等父亲回来才可以开饭。这个孝顺和规矩也让我母亲非常感动。

我父亲也是一个诗人，母亲又是中文系毕业的，在家庭的这种氛围熏陶下，我三年级写的文章，老师就很喜欢了。台湾有家报纸叫《国语日报》，我的文章拿去投稿，第一篇就投中了，还挣了五块钱的稿费。台湾领稿费要盖图章，虽然只有五块钱，很少，可是父亲觉得这可是一件大事，然后就花了二十块钱帮我刻一个图章，我拿着去领了那五块钱的稿费。

永乐多斯

采访于2018年10月

台湾的教育模式是压力很大的，竞争激烈，边疆学生有加分优待，但我父亲从不准我去用这个政策，都是要自己去考，我也很争气地每一次都能考很高分。我考上初中的时候，我父亲宰了一只羊，请了所有的同乡，很自豪地说我不靠加分，一样可以考上最好的学校。

我在台湾读完大学，1973年去美国密苏里大学念硕士，之后我去了英国。在和我先生认识七年后，1974年我们在台湾结婚，结婚后他跟我说他一定支持我读博士。后来我生下两个儿子，又生了女儿，到了1990年，我就跟他讲，我想要回去念书。他说支持，去读吧。所以我一直到1990年才去读博士，1995年拿到了博士学位。在那之前我也一直都在大学里教书、写专栏。刚到马来西亚的时候，他们不承认台湾的大学学位，只承认我美国的学位，所以很难找到一个工作，我就写文章给那时候最大的华文报纸《南洋商报》，编辑说文章写得很好，请我继续供稿，这一下就好像开了一条路一样。后来又有别的报纸跟我约稿。现在有五家华文报纸都有我的专栏。

有一年特别意外的，我成了一部马来西亚华文电视剧的女主角，结果一下子就变成家喻户晓的明星了，去菜场都被认出来。演完了十三集，我收到了大学的聘书，就回大学教书去了。我去演讲，每一次都座无虚席。我父亲来马来西亚的时候，有一次我们去吃饭，突然隔壁桌有人跑来请我签名，父亲问他来干吗，我说这大概是我的读者，父亲很开心，他觉得女儿成了马来西亚的名人，新疆的小孩在外面可以当作家、当老师，还可以作出很多贡献。

我的主修专业是文学，写文学评论这类的东西。写妇女话题是因为我博士论文研究了这个方向。后来一直从这方面写我的文章，演讲的范围也越来越广，马来西亚政府妇女部也请我去做顾问。1998年开始，马来西亚的教育部开始重新写小学的华语课本，就请我去做。我写小学课本的时候就发现，小朋友读的课外读物内容不太有趣，也没有辅助认字的拼音，连我女儿也不读，她都是读英文的课外书，这就有了我写的郑小强的故事的契机，写了一本以后反响也很好。因为小时候父亲管得严，我没有机会做调皮的小孩，所以我写的郑小强就是个调皮的小男孩，那时候我母亲还在，她读了很开心，一直希望我能继续写。后来母亲过世了，我一下子觉得，那是母亲的希望，父亲又常说凡事十全十美，那我就决定写出十本。现在郑小强的故事在写第八本，父亲希望我能让小强去新疆，让他去丝绸之路，去感受"一带一路"的魅力，所以我这第八本，书名就叫《郑小强西游记》。

　　我写书，演讲，跟小朋友讲的都是一些人生的故事，其实主要还是想反映我父亲的人生观和价值观，他从来没有要求我必须考第一名，但一直都能让我自己很努力，能做到的事情，要我一定要做到。我想我这一辈子，父亲对我的影响实在是太大了。

　　我现在的主要工作就是写书，还要花时间回台北照顾父亲，我希望有一天能够在新疆的新华书店门口，拿着我的"郑小强"拍个照片给父亲看，我也希望有一天能够用我自己的能力，帮助到新疆的小朋友。

热夏提：教育是最重要的

我出生在一个有些动荡的年代，家里有六个孩子，小时候父亲常年不在我们身边。我没有下过乡，1979 年参加的高考，考上了新疆大学数学系。

刚到乌鲁木齐的时候，感觉还没老家伊犁好。学校附近有很多建筑工地，感觉很乱，现在想一想当时应该是在扩建新疆大学。在学校吃饭是个大问题，中午不及时去食堂就没饭吃了。在那个年代，就算你有钱，想出去买饭也买不到。不过从八十年代开始，学校会给同学们发饭票，每个同学凭自己的饭票买饭吃，终于不用担心迟到没饭吃了。就这样乌鲁木齐也一天比一天好起来，变化非常可观。

那时"文化大革命"刚结束没几年，新疆大学的很多老师都下乡十多年了的，很多人甚至把专业知识都忘记了，总之当年学校的整体教学水平不算高。不过老师们都很努力，一边学习，一边给我们讲课。学生们也都非常认真，同学之间有一种竞争学习的氛围，通宵学习是常态。

大学毕业以后，我留校先当了一年的班主任，我当班主任时候带的学生跟我们自己比起来就已经有很大的不同了，虽然中间也就差了五年的时间。学校的招生一年比一年多，以前的老教师们的水平刚刚跟得上当时的教学要求，甚至有些时候高年级的课，会出现因为维吾尔族老师水平不够而需要请汉族老师来讲的情况。我们班到基本上都是少数民族老师上课。我们有几个维吾尔族老师是"文化大革命"前从复旦大学毕业的，还有个蒙古族老师也是，而且他能用维吾尔语上课，还有几个是从苏联毕业回来的，也有几个新疆大学自己培养出来的老师。总之新疆大学七七、七八、七九级的学生们就是被他们培养出来的，差不多从1980、1981年开始，七七级的毕业生就开始留校给新生们上课了。

1984年，学校有了一个选拔老师去日本进修的项目，第一批去了十七位老师。当年正是大家慢慢开始了解日本的时候，那时候有了日本的电视机、照相机，还有大型货车，这些都让我们感受到了日本的发达。留学项目到第二批的时候还是推选，从第三批开始才有了通过考试选拔的政策。我参加并通过了考试，1986年去长春学习了一年的日语，学得非常刻苦。其实我们当时没怎么学习语法，基本上就是跟着日本老师学习对话，这样学了近一年时间，效果还挺好，后来去日本的时候没有感觉到语言上的障碍。我是1988年10月去的日本，那是我第一次坐飞机。到了日本以后，我们先用两天时间熟悉了环境，日方很贴心地为我们举办了欢迎晚会，对我们非常关心。我们那一批赴日进修的大学老师是和日本的私立大学协会签订了两年的合同，护照也是公派护照，所以1990年进修结束之后，我们就都回国了。

1991年我重新申请以学生的身份去了日本留学，两个月后我的女儿就在乌鲁木齐出生了，过了一年我便把妻女都接过来陪读，一直到1996年，都是边上学边打工来维持生活。1996年毕业后，我在学校当了一年临时教师，1997年，我的第二个孩子在日本出生。

在日本工作两年后，我申请来到加拿大读博士后，之后又在沙

热夏提夫妇

采访于 2017 年 10 月

特阿拉伯、科威特相继工作了几年，都是在和别国合作的学校做数学老师和相关的工作。孩子上高中后我回到加拿大，现在在温哥华的一所社区大学教课。

  我也算是一个从事教育的人吧，我发现亚洲人，尤其是东亚国家的人对待教育的态度跟其他地方不一样，比如汉族同胞们、韩国人还有日本人，外界可能会说日本教育很松，其实他们的教育是走在世界前列的，新加坡、中国香港也是这样。在伊斯兰国家中教育比较强的是伊朗，科技水平也很高，数学方面的科学家也很多，国际数学奥赛里伊朗也经常进前五。其他的伊斯兰国家的教育相对落后一些，不过他们对教育的投资还是很多的，比如沙特阿拉伯，那里的大学校园里，每个教师的办公室都像大企业老板的办公室一样豪华。最近我也收到了一个来自沙特阿拉伯的工作机会，那边的工资高，各种条件都不错，不过我现在年龄也大了，也正在考虑各方面的因素。总之，从我到目前为止的人生经验来看，教育是最重要的。

陈红军：骨子里的坦荡与红柳般的坚强永不改变

1959 年，我出生在塔里木，那里是红柳的故乡。父亲为我起的小名，就叫红柳。他希望我能在最艰难的环境中，像红柳一样，在茫茫戈壁滩黄色的土地上，泛着并不算耀眼的红光，给那个没有色彩的地方，带来一抹色彩。这抹色彩会告诉你，我从不低头，也不炫耀，我深深地扎根在这里，风沙永远吹不倒我。我觉得红柳这个名字帮助了我很多。

我父亲是黄埔军校十七期的毕业生，是最早进新疆的那批部队的一员。新疆各处他都去过，他常说起阿尔泰，到了冬天把湖冰砸开，鱼就往上跳，一跳上来就冻住了，他们就拿来煮着吃，盐也不用放，香得不得了。我母亲是从上海来的第一批支疆青年，坐着火车到了甘肃，然后坐汽车进的新疆。他们结婚后，我父亲就到八一学院去学习农业经营管理，毕业后在塔里木办了一所农校，后来又去了库尔勒的尚湖公社。他在那儿教老乡们种棉花、种麦子、种水稻，老乡们对我父亲好得不得了。我小时候的记忆都是在维吾尔族老乡家里的炕上，吃羊肉、吃馕、吃烤包子。我记得特别清楚，每年公社的人都会一直给我们家送杏子，从青杏子送到熟杏子，然后送杏干。那个青杏子，肉是酸的，也很好吃，砸里面那个杏仁，像是一包水一样，特别甜。几年后，我家里遭遇了各种变故，

如果没有尚湖公社的那些维吾尔族老乡的帮助，我们全家应该就死在那儿了。

后来，我们家便陆续离开了新疆。1984 年，我从石河子医学院毕业，去了湖南，留在了浏阳。从那以后我就没再回过新疆，心中满是无比的思念。我在浏阳做了八年妇产科医生，工作非常努力，我是我们那儿的年轻医生里唯一一个入党的，也是唯一一个提拔成部门副主任的，我就是想让大家都知道新疆人很能干。

1992 年年初，我先生去了美国，同年四月我也跟着过去了。我在美国的第一份工作是保姆。我先生也是医生，他是内科的。刚来的时候他在哥伦比亚大学工作，工资很低。我刚到不久，去找合适的工作是需要时间的，于是我就先跑到职业介绍所应聘保姆，第一个介绍的人家没要我，他们说自己学都没上好，要指挥一个医生在家团团转，会不舒服；之后又去了一户人家，他们一听说我是医生反而觉得很好。

我这一生有很多的转折点，在新疆的时候住过牛棚，下过乡，当过知青班长和化学老师，后来上了医学院，当了医生，如今又当上了保姆。不过在这户人家当保姆，使我学到了大量的东西，他们夫妻两个都是芝加哥大学的博士，对我非常友好，很尊重人。他们家房子很大很漂亮，跟我说你就当这是自己家，想干什么就干什么，想吃什么就吃什么。每次我做完饭，他们回家就说，你可以开餐馆呢，但我知道我做饭并不好吃，小的时候穷的没东西做，后来做妇产科主任多忙啊，每天工作十几个小时，那会儿我光顾着做"三八红旗手"、做劳模了，根本就没时间做饭。他们夫妻俩还给了我很多学习英文的教学材料，让我看电影，跟着学。就这样我在那户人家里待了一年半，直到我在哥伦比亚大学找到了工作。走的时候夫妻

陈红军

采访于 2016 年 9 月

俩跟我说，要记得，你在这里没有亲戚，当你遇到任何困难的时候，第一个就要想到我们。这份热情让我想起了当年帮助过我家的维吾尔族老乡，对于他们的恩情，我永世难忘。

之后我就一直在哥伦比亚大学上学，先是兼职做研究，全职做学生；后来变成兼职做学生，全职做研究。到了2009年，那时候经济很不好，我在哥伦比亚大学的实验室被迫关闭了，从那出来后我就去考了两个B超的执照，又考到了人寿保险和医疗保险的执照，这样我便可以在家里工作，可以照顾家了。我现在在纽约人寿做心脏支架这部分的工作。

来美国这么多年了，我感觉我改变了很多，开阔了眼界，但不变的是新疆人骨子里的坦荡与红柳般的坚强。

仙美西努尔：只要心中有爱，到处都是阳光

我的父亲在我眼中是一个非常伟大的人，他从新疆大学水利系毕业，成为一名水利工程师，在新疆水利厅改水办工作，参与了南疆所有的改水工作。我的母亲是新疆职工大学中文系毕业的，也在新疆水利厅工作，负责各种资料的维汉语翻译。

父亲因为工作经常要出差，基本上是母亲把我们带大的。那时候的孩子没有手机可玩，都是在院子里玩，我就是"孩子王"，谁家的孩子打架了，都会跑到我家来解决问题，他们管我叫"居委会主任"。我那时只有七八岁，但是很会解决这类问题。

1985年考大学，家人想让我报考新疆医学院，但我更想去内地上学。偶然看到武汉测绘科技大学（现在已并入武汉大学）的航空摄影测量专业在招生，我觉得这个专业很有趣，就自己把志愿换到了这所学校。

上大学前我只出过新疆一次，对内地没什么印象，就是单纯地知道自己想去。我很喜欢武汉的气候，尤其是那里的雨；我也非常能接受新鲜事物，到哪儿都会有自己的圈子。在大学里，我是我们班的活跃分子，不过一上专业课我就蒙了，因为我发现我完全不喜欢这个专业。半个多学期过去，我的很多测试课考试都不及格，我就问老师能不能换专业，当时能换的只有英语专业，我欣然答应了。

仙美西努尔

采访于 2017 年 10 月

我先去旁听了英语课并通过了考试，顺利地换成了专业，也终于找到了自己喜欢的专业，后来的成绩能排到年级前几名。因为我是委培生，大学毕业后分配回了新疆工学院。但我又发现自己不是当老师的料，由于我写作比较好，就从工学院调到了水利厅，1989年开始在那儿工作。

1990年，我看报纸的时候了解到中国的股市，在工作当中也接触到了证券。看到新疆的期货公司和证券委都在招人，我就在单位办了停薪留职过去了。新疆水利的融资到上市我都有参与，当时还帮助水利厅从中国银行融资了五十万元人民币。1992年，我又做了美盘和日盘的期货经纪人，这些都是在我生完儿子坐月子的时候做的事，没想到一发不可收。可能是我从小喜欢接触新闻，吸收能力很强吧，可以捕捉到最新的东西，而且从来不会含糊或者犹豫，都是直接去参与、去体会。我是新疆第一个期货股票交易员，不是个人炒股，都是作为公司参与的，做的都是一次性五十万、一百万的交易。所以我觉得很多时候，只要机会到了你手里，什么都可以去做来试一试。一路走来，我基本没有遇到过特别困难的事情。

父亲因为工作去过国外很多地方，他特别鼓励我们也要走出去。我的妹妹们大学一毕业，工作几年后就都公派留学、移民了，她们也希望我能够移民。我当时在国内生活得还不错，有点舍不得这里的生活，但最后在妹妹的不断劝说下，决定移民。

2000年，我去中国人民大学读了两年MBA，2002年到了加拿大。初到加拿大，我感觉这里太安静了，没有家乡热闹的聚会，就特别想念家乡的亲人和朋友，觉得分离比什么都残酷。我给父亲打电话说我要回去，父亲说，刚下飞机怎么就要回来？先玩一个月再说。但玩了一个月之后我还是想回去，父亲又说，你回来的话，乌鲁木齐还

是那个乌鲁木齐，你汉语已经很好了，既然出国了就把英语学好再回来吧。我觉得父亲说得挺有道理，这才打消了回国的念头。

当时我在国内雅思考了六分，自认为英语还算不错，可到了这里发现什么都听不懂，别人也听不懂我说的。我干脆把自己关在家里，反复地看电视，练听力。后来我又上了个职业大学，学电子商务，那时候我觉得电子商务是个刚萌芽的领域，于是学习了一年半的时间。

一个偶然的机会，我正在一个网络论坛上准备找工作，刚好有个消息说微软要在温哥华开一个广告中心，我就把简历发给了他们。两天后收到了通知，直接安排了考试：上机考试一共一百道题，做错十道程序自动终止。当时很多人进去又很快就出来了，我还以为他们考得很迅速很顺利，后来才知道是做不下去了。我答完题后电脑屏幕上出现了"恭喜"的字样，然后就来了一位负责人，说我是第二个通过考试的。接下来我又通过了面试，去到美国西雅图接受了三个月的培训，2004年11月2日拿到了工作的录用通知。当时给我的年薪是七万美金，有人问我为什么选择这份工作，我只是觉得我喜欢而且能做好，甚至觉得这个工作就是为我设计的。

我在微软从2004年一直工作到2009年，然后去了多伦多，后来又去了迪拜。我很喜欢交朋友，在迪拜有很多好朋友，后来就在那儿开了一家公司，帮助想在迪拜交易所上市的企业同迪拜证券委合作。

来加拿大以后我和孩子的关系也变化了。以前因为从小就把他送到私立学校，一周只回家一次，都没有怎么陪过他。到了这边我学会了做饭，每天最快乐的时候就是早上给他做好早饭，送他去学校；晚上一起吃饭，看他学习。我觉得这样做才算是一个完整的妈妈。

这一路走来，我遇到了太多优秀的人，很多都是我们中国人，我心里很感激、感恩。我觉得只要心中有爱，到处都是阳光。

程基伟：做实事的人生，只需顺其自然

1982年2月10日，飞机降落在肯尼迪国际机场，我到了美国，怀揣着三十五美元。这一天，永生难忘。刚下飞机的时候，心中充满好奇和恐惧，因为完全不知道会发生什么。加上对这个世界的了解实在是太少，比如说，我生活在新疆了十七年都不知道香蕉是黄的。因为每到冬天，等香蕉被运到新疆以后，皮都变成了黑色。后来才知道，因为香蕉怕冻，在运输的时候就会把棉被盖到香蕉上面，香蕉皮被捂了之后就会变黑，所以，我印象中的香蕉皮就是黑色的。

刚来到美国，生活很苦。这种苦属于有苦难说的那种苦，你必须要咬着牙去做很多事情。刚开始的两个月，是在亲戚帮助下才顺利交了房租，剩下的支出就全靠自己打工赚了，割草、刷墙、摆地摊、餐馆服务员、便利店昼夜班职员等，只要能赚钱，我都去做。

后来我们家亲戚说，将来他可能会有一个保险方面的职位需要用人，正好纽约又有保险学院，是保险界的MBA，于是我就报名去学习并成功拿到学位。当时在圣约翰大学，全学校只有两个中国人。中国人很少，这让我的孤独感愈加强烈。有一天，在马路上碰到一个外国人，穿了一件T恤衫，上面写的复旦大学，于是冲上去要和他说话，原来他是曾在复旦大学读过书的留学生。直到现在，我们还是很好的朋友。

1985年，在我MBA毕业后，我进入了华尔街一家规模达五千人的公司工作，主要给富豪榜上的公司提供服务。当时整个公司只有四个中国人，而且针对亚裔的服务算是比较小的业务。于是我在想，既然我是学保险的，应该给亚裔提供服务，加上在九十年代初，开始陆陆续续有一些新移民过来，还有一些中资公司。那个时候的贸易都需要通过中资公司来进行，如果一个国内的公司没有进出口权，又想要做贸易的话，只能通过中资公司来运作；并且，当时做保险的中国人非常少，可以说几乎没有，但无论中国人多还是少，它都是优势。

因此，1992年，我和另一个中国人决定辞职创业。出来以后，我们在华人街租了一间十平方米的小屋子，开始了创业之路。中华美、五矿、中石油、中国驻联合国代表团、新华社、中国驻纽约领馆等在当时都是我们的客户。当时有人以为我们是有背景的，才能拿下这些单位，但这些都是我们一个一个、一点一点地跑回来、谈回来的业务。

做了一段时间以后，我发现做保险的亚裔越来越多，但是真正科班出身的并不多，英文也不算特别好，因此，保险公司也不会下放代理权。于是，我就开始做保险总代理，开始做大宗的保险批发业务。从1992年到现在，我依然还是在和最初的那位中国朋友一起合作，彼此很信任。在美国，保险行业大致分为四个层次，目前我们的保费额度已经到了第二个层次，规模已经比较大。

也是在1992年，在来美国后的第十年，我拿到了绿卡，终于可以回国了。在那个时候，如果没有绿卡，回去以后就没办法再回来，也因此，爷爷去世的时候我没能回去，到现在一直都很遗憾。那个时候爷爷也不让我回来，因为我们家有三个小孩（我排行老二），只

程基伟

采访于2016年7月

有我出国了，因此，他们都希望我能够在外面闯出属于自己的一片天地。

当时，很多银行把美国的业务复制到印度去做，我因此受到启发：既然我是从新疆来的，那我就把公司在美国的业务也带回去新疆，加上当时在国内，人们的保险意识还不够强，保险行业也不够规范。于是那次回国后，我就开始着手安排。

考虑到新疆的每个大学里都有英语系，但有相当一部分学生出来以后，没有地方用英语，加上在外贸这个模块，一般是俄语用得比较多，因此，我决定在国内招聘人员，为新疆提供更多的就业岗位。刚开始的时候，很多家长都不愿意让孩子来上班，认为我们在做间谍活动。因为工作需要和美国的时间同步，所以都是在晚上上班，还要在电脑上通过网络进行。好在有一些员工从刚开始就很认同，决定加入我们。

这种形式，在美国来说，我是第一个做起来的，现在也有很多人在做。但在新疆我从来不宣传，很低调，低调也能做事儿，而且，很多时候不一定要别人认可才是成功的，只要我们自己认可这份事业，问心无愧。现在，我们在国内已经有三个分点，分别是天津、嘉兴和新疆，但新疆是最大的。

现在，我的公司分为两大板块：一块是美国，一块是中国。公司规模日益壮大以后，开始陆续有人找我聊合作，意思基本都是我们还可以再往更大的规模方向走，甚至上市。但无论将来是上市也好，规模更大也好，我还是更注重做实事，其他的就让它顺其自然地去发展吧。

因为做实事的人生，只需要顺其自然。回看一路的经历，只要脚踏实地，一步一脚印，就是最好的发展。

吐尔孙江：因为热爱

　　每次回忆父母当年建设新疆时的故事，脑子里就像在放纪录片。我父母老家在莎车，从小当兵，后来从乌鲁木齐分配到了石河子。当时石河子是个戈壁滩，大家都来搞建设。我母亲说那里到处都是芦苇，他们就割芦苇建房子，还盖博物馆、农八师医院。这些盖起来之后又陆续来了几批人，有很多上海的知青，这时的石河子才有了小城镇的雏形。之后年龄大的就留在城市里，他们年轻的下放到团场。当时团场也都是荒地，一望无尽的戈壁滩，哪里有水源就在哪里挖水渠，然后把水引到每一个团场，特别辛苦。我父母那时候二十来岁，是人生中最年轻气盛的时候，他们被下放到了一三三团九连，那是一个民族连，大概有一百多户少数民族家庭。我们家六个孩子，我是最小的。我八岁那年，父亲因为长期在野外工作得了肺病，去世了，母亲一个人把我们养大。"文化大革命"结束后，我们回到了石河子市。

　　记得刚搬回石河子市的时候，那里人口也不多，基本上都是平房。我们家直到1996年才搬进楼房。两年前我回石河子时就认不出来了，城市变化太大了，人口也变多了，还有了开发区。当时我们开车回去，从高速公路一出来就进了开发区，要不是我哥在旁边指路，我连家都回不去。

我从中国来

我在石河子上的汉语学校，整个学校就我一个维吾尔族学生。班里尖子生很多，他们在别的方面学习很好，唯独英文成绩不如我，然后我的自信一下子就建立起来了。班主任希望我把英语当作专业去学，所以那个时候就埋下了出国留学的想法。后来我考上新疆中医学院，到乌鲁木齐上学。新疆中医学院有很多少数民族学生，扎针灸、搞推拿，这在北京、上海这些地方的中医学院里是见不到的。那时候民考汉有加分和照顾，很多地方的大学会专门设一个民考汉班，我当时在的班里除了维吾尔族，还有蒙古族、锡伯族、哈萨克族等少数民族的同学，是一个民族大家庭。我和我太太是同学，我们大二的时候在一起，毕业后就结婚了。那时候年轻气盛，也是最想闯荡的时候，人都想往上走嘛，我和太太就去北京进修了。在北京的时候我还在外资企业做过几年，接触外国管理人员的机会比较多，想出国的想法就变得更坚定了。我太太也想出国，我们一合计，决定趁年轻出去看看，实在不行再回来。正好当时加拿大的移民政策挺宽松的，我们就申请了技术移民。

我们是带着两岁的女儿一起来的，很快就意识到不学语言行不通，找的工作只能是苦力工。那几年工作远没有现在这么好找，现在人多了，各方面需要的职位也多。我一开始是洗车，我太太在洗衣房工作。洗车的时候经常累到不会去想有什么心理落差，每天要工作八小时，等待清洗的车排了三十几辆车，几百米远，得一辆一辆地洗，累到骨头疼。下班后，我只有五分钟的时间去到八百米外的车站赶公车，要是错过那趟车，就得再等半个小时，上课也就晚了半个小时。上车后要坐将近四十分钟才能到学校，然后去上两个小时的课，上到晚上九点，再坐地铁回家。回家后还得做两个小时的作业才能睡觉，第二天早上继续六点起床重复一天的行程。我一

吐尔孙江夫妇

采访于 2017 年 10 月

直坚信这些辛苦都是暂时的，困难也都是暂时的，所以我没有放弃，我相信一切都会变好。现在想想，那份经历真是丰富了我的人生，现在我等来了自己的黄金期，感觉比在国内更有成就感。

过来两三年之后，我们慢慢了解中医诊所的情况了，知道了要去考到执照才能动针，就先找了家香港诊所给别人打工。因为很多顾客都是说粤语的老华侨，逼得我还学会了粤语。打了一两年工之后，我们就把自己的中医诊所开起来了。

头几年还是很困难，主要在经济方面，因为没有客人，又不能说关了门再去打工，反正没得选择，必须守在店里。打广告也不行，报纸上中医广告一大堆，华人中医竞争也很激烈。我们就只能一点一点通过口碑去积累。

当年我之所以学习针灸推拿这样的中医专业，主要是民考汉的学校和专业就那么几个，选择非常有限，中医可能算是我当时觉得最好的专业了吧。但真正爱上中医，还是在来加拿大之后。我英语比较好，而我的同行们大多英语都不行，所以我的中医诊所就开在了白人比较多的地区，那里华人很少。我主要面向外国人去推广中医，重点就是不能用中医本身的那套阴阳气学去介绍，那样外国人听得云里雾里，他不会相信你；一定要从西医的角度去向他们解释中医的理论。你要把病人的情况，从解剖学的角度去给他解释为什么中医的针灸、推拿会有用，他们才会接受。我的专长是骨伤这一块，主要是颈椎病、腰椎病等的针灸推拿，治疗效果确实挺好的，况且西医在这方面没有什么好的治疗方法。时间久了，相信我的病人越来越多，很多外国人不愿意去找家庭医生直接来找我。口碑起来后一个传一个，我们现在工作非常忙。

在加拿大，很多老华侨生活几十年了，还是有不会说英文的。

这边有一个城市叫列治文，那里的街道上你都很少能够见到英文的牌子，都是中文。确实在华语圈也可以生活很舒服，用不着非要学习英语，但我是性格非常好强的人，在国内，作为少数民族，我会想一定要把汉语说好；到了国外，面对华人顾客的时候，我用中文交流肯定没有顾虑；但面对本地顾客的时候，我希望更好地和客人交流，那就要学习当地的语言。学好英语也的确为自己增加了很大的优势。

我觉得人生中最舒服的时候就是现在了。我吃过那么多苦，终于到了今天的位置。语言上已经没有障碍了，我能够跟本地人非常自然地交流，把我们的文化和故事讲给他们听，而且我也能够从只言片语里很快了解对方。我特别喜欢这种状态，我充分享受这样的文化交流，这种感觉很难用言语去形容，只能用心去体会。

在加拿大，除了华人医师，有将近三分之一的中医师是加拿大本地人。他们有去中国学习的，也有在本地学的。这里有私立的中医学院，还有中医管理局，局长就是本地人，在北京学的中医。我希望过两年能把诊所再开大一些，也能有机会招收学生，希望把祖国几千年的中医文化，传播给更多的加拿大人。在最苦的时候，我和太太都没有后悔过，坚持了这么多年，因为我们真的都很热爱中医这个专业。

艾拜都拉：要出去看看更广阔的世界

　　一个人看得越多、学得越多、知道得越多，那么他的眼界、他的见识、他的处世之道就会跟别人有很大区别。无论是来自阿图什、伊犁还是和田，无论是来自北京、上海还是广州，只要这个人见过世面，那么他就会知道天外有天，人外有人，这个人就不会满足于现状，他会去选择更好的生活，并为此努力。这种人在北上广有很多，同样在阿图什、伊犁、和田一样也有很多，那些不满足于眼前的苟且，想出去看看更广阔的世界，并为此努力的人不在少数。

　　我 1969 年出生在乌鲁木齐的一个知识分子家庭，家里有五个孩子，从小父母就没有给我们强加过什么目标，没有提过希望我们将来做什么职业，给了我们很多自由。我的父亲在新疆畜牧研究所工作，父亲的同事们大多数都是五六十年代响应国家的号召到西部来的受过高等教育的大学生，所以院子里住的教授、学者很多，什么民族都有，我们从小就是在这样一个多民族聚居，而且有很浓的书香风味的大环境里长大。我的母亲当时在畜牧研究所的图书馆工作，她常常和我们说你看这个研究员在学英语，那个教授在做研究……算是旁敲侧击要我们好好学习吧。我们家每天晚上吃完饭，把碗筷一收，父亲就会开始做自己的研究，写文献、画图纸之类的。所以有时候要对一个人产生影响，不是整天在他耳边唠叨去跟他讲该做什么，而是要通过以身作则让他去领悟。

我从小上的都是汉语学校，上中学的时候才开始接触英语。我记得是十五岁的时候，那时候改革开放刚开始没多久，研究所院子里有一些教授、学者刚开始学英语，《新概念英语》也刚开始出现。有个姓罗的教授，他有个女儿跟我年纪相仿。有次我出去玩儿就碰上了罗教授，他跟我说，艾拜都拉啊，我女儿把新概念的两本书都学完了，你什么时候开始学啊。所以从那时起就算我不学英语，这样的环境都或多或少会影响我。我没有特地去找英语书学，只是会经常翻翻看看我父亲在研究所里用的那些药的英文说明书，这也是种影响吧。真正开始学习英语是上大学之后的事情了。

我1989年考上了中国石油大学，学的是石油勘测技术。当时能考到内地大学的，都属于新疆各个城市乡镇数一数二的学生了。出发去上大学的时候我特别激动，心想好不容易来内地了要好好见识一下。当时中国石油大学是在山东东营市，我们下火车之后都被吓到了：候车室比咖啡厅还小点儿，还有牲口在闲逛，学校的条件也比较艰苦。但我们从来没想过放弃，一直都很努力地读书，因为知道这样的机会难得。刚上大学的时候都会没什么明确的目标，还有大把空闲的时间，迷失是肯定会经历的事情，头两年除了平时的学习，精力都花在了踢球和玩乐上。直到大四有一天听说我们系英语最好的一名女生保研到了北京校区，读完研就可以保送到美国读书，那之后我才重新开始认真学习英语。大学毕业之后我回到了乌鲁木齐，在地球物理研究所工作。

工作后的三四年时间都在外地勘测、研究，脏、累、差构成了那时候工作的主要特点。有一次在荒漠里差点儿被狼吃掉，那次是在离基地三十公里的地方车坏了，通信也不灵，天都黑了，我就冒险徒步回营地去找教授，狼群就在离我不远的地方嚎。也许是因为年轻，

艾拜都拉

采访于 2016 年 9 月

能那么徒步回去还没有迷路地找到营地，现在想想真的是奇迹。

工作环境再恶劣，条件再艰苦，我都没放弃这份工作，可能是出于热爱吧。但是学习英语几乎没间断过。那时候祖国因为发展加速，开始从外国进口石油，刚好我因为有长期在实地工作过的经验，英语水平也不错，就被单位调到北京总部工作，2002年又调到阿塞拜疆的巴库工作了一年。在这期间我也在不停地申请美国的学校，考了三次托福两次GRE，终于被得州大学的物理学专业录取，拿到了全额奖学金。

在美国读书期间，学费和生活费一直没有成为很大的问题，因为有全额奖学金，而且从研究院也能拿到一些生活费，但刚来第三个月的时候，我差点儿要打包行李离开：一是进入美国的课堂之后，授课、写论文、写报告、做科研等都要用英文进行，我这时候感觉到自己在祖国学到的英语完全不能胜任这些事情；二是家人不在身边，让人很崩溃；再有就是大学毕业十年后重新进入校园，难免会有很多不顺利的事情。尽管我在大学的时候学习不错，但十年后再让我重新算方程式，进行专业研究，真的有些难。当时我一个大学同学的太太也在美国上学，知道我在得州大学之后就特地来找我，带我从达拉斯来到休斯敦，让我认识了一些在这个领域小有成就的人，也让我或多或少对未来有了一些希望。就这样在身边的同学和老朋友们的鼓励之下我选择了继续学习。三年后我拿到了硕士学位，并顺利地在一家石油公司找到工作，还是做石油勘测这方面的工作。之后就把妻子和孩子都接过来了，当时我的孩子已经六岁了。我妻子来了之后也自学英语，考取了会计学研究生学位，现在在一家上市企业当注册会计师。我们就这样留在了美国，工作和家庭生活都很稳定，也已经习惯这里的生活了。

克尔曼夫妇：学习是人生的目标

克尔曼

我们家四个兄弟姐妹，我是老大。我从小就很乖，学习也很用功，一直都是长辈们眼里的好孩子。因为我是长子，所以父母会经常教育我要在弟弟妹妹前做出榜样。

1987年，我考入大连理工大学的化学工程专业。那是我第一次走出新疆，坐着绿皮火车，心情忐忑地出发前往大连。那座城市给我的第一印象就是很美、很干净。第一次见到大海，第一次接触潮湿的空气，一切都是那么的新鲜。大连就是我的第二故乡。大学时候的我满腔热血，每天早上晨跑，干什么事都很认真，对什么都很好奇，觉得接触到了不一样的文化，有了不一样的思路和想法。

1992年大学毕业后，我开始在新疆工学院教书。1996年作为访问学者第一次来美国，2000年开始正式来美国读书。读了三年硕士、五年博士。刚来的时候语言是个很大的问题，但除了语言还有思考问题的方式和看待事物的观念上的不同和变化。此外经济也是个要考虑的大问题。我和妻子两个人都在读研或者读博，需要经济上的支持，所以我们就得尽可能地去获取奖学金，并且一边上课一边帮教授完成一些课题，从那儿获得一点酬劳。读研的时候我还在一家墨西哥餐厅当过经理，花了八百美金学调酒，在餐厅当调酒师。

那时候遇到的困难很多，以至于有过想回国的冲动。可是仔细一想，自己是为了得到更好的教育而来，就能劝住自己。当时研究生毕业回去的话或许照样能有一份很好的工作，但是我选择的是科研这条路，无论如何都要走完。而且对我来说，学习是一辈子的事，只要想学什么时候都不算晚。只要能拿出决心、拿出毅力，就可以用尽所能想尽办法去学习。我是四十六岁的时候拿到博士学位的，但我还是没有放弃学习，还在不断地钻研，不停地去进步。

我在国内教的是化学，到美国以后又教了一段时间数学。因为自己是教师，就开始对教育感兴趣，于是开始做教育方面的研究。美国的教育主要靠数据制定教学方式，作为一个移民国家，常常会有不同国家、不同种族、不同教育水平的学生在一个教室上课的情况，因此教师的教课方式就会不同，这多少会成为教育系统中的一个弊端。我意识到只在教室里教课是很难对教育作出贡献的，就和妻子申请了博士学位。读博期间我组织领导了几个项目，其中一个项目是专门培养高中数理化教师的，总共培养了四十九名教师。此外我还研究如何让教师在提升自身教学水平的同时，也能够多方面地提升自身对别的科目的应用。我每年都会把论文投稿给一些教育科研机构，并参加他们的研讨会，在此期间我能有机会跟教育界各领域的专家进行交流、会谈。现在我在休斯敦大学分校给研究生教课，并持续关注数据和教学之间的关系。

我想我现在的研究项目，对中国未来的教育方式会很有帮助，因此我从新疆大学和新疆师范大学分别邀请了两位这一领域的教授

克尔曼、古丽米热一家

采访于 2016 年 8 月

来休斯敦大学当访问学者，跟我一起研究课题。我认为一个国家未来的发展和教育有直接的关系。

在教育面前，我觉得人是没有区别的，得看怎么去引导他。都说一个教师会影响一整个班学生的成绩，如果说一个教师自身的文化素养不高的话，那么他就会毁掉他所教过的学生。现在有一个全球教育考核系统，每年会对各个国家各个地区的学生作出考核，主要针对数理化几个科目，由此分析每一个地方的教育水平高低。中国在这个考核中分数很高，但是讲到中国的时候，他们就会区分上海、北京等地方。因为中国太大了，每个区域的教育水平都不相同，因此取全国所有城市的平均值时分数反而不会很高。如果我们拿北京海淀区某高中的成绩来比，可以达到全球第一，因为他们有最好的师资力量和雄厚的经济支持。但是相对于其他经济水平不是很高的三四线城市，成绩肯定会达不到这个水平，这也是现在国内教育所面临的问题。

我觉得年轻人还是应该趁着年轻把该读的该念的都读完念完，随着年龄的增长，不光生活上的压力，身体上的毛病显露出来时就会或多或少影响到自己。但是老了也还是可以继续念书的，因为学无止境，学习永远是人生中的一个目标。

古丽米热

我的母亲是一名教师，从事了四十余年的教育工作，她对我很严格，从小就让我多读书。我的父亲也很喜欢读书，家里有个很大的书架，摆着中外各类作家的著作。父亲的作家朋友很多，他们会

经常探讨文学。在这种氛围下，潜移默化地培养出了我对书本的兴趣。现在我也很喜欢跟我的女儿一起读书，我给她买了许多儿童读物，觉得孩子的成长和读书的关联非常密切。

从小我的梦想就是当一名人民教师，研究生毕业后我就追随母亲的步伐，在一所小学当了一段时间的教师。读博的时候我也会给学生上课，得到的报酬可以支付我的学费，还能获得很多社会实践经验，让我更好地了解美国的教育方式。那时我丈夫给中学上课，我给小学上课，我们还会就彼此获得的经验进行交流比较，获得更全面的心得。

我和我爱人的父母在很早之前就认识了，而我们是在朋友的一次撮合下认识的。第一次见面的时候我还在新疆大学上学，我比较喜欢成熟、稳重、大气的男生，而他刚好就符合我的择偶标准。他从小上汉语学校，我从小上维吾尔语学校，认识之后他的维吾尔语水平提升不少，我的汉语水平也提升了。我很喜欢写作，上学时我的文章曾被老师当作范文念给同学们听。我大学的最后一年是在中央民族大学上的，其中还有一段时间去了长春学习，那时候我和丈夫就通过书信交流，用汉语互相写信。我们1995年结的婚，2000年一起去美国读书。经济上的压力一直很大，我们俩的父母收入都有限，对我们不能给予很多帮助，所以丈夫在外打工我在学校当助教，就这样维持着生活。假期的时候我还在酒店前台工作过，也在星巴克工作过。

我们读博的时候女儿年纪还很小，两个人就轮流去照顾女儿，送她去幼儿园。晚上等孩子睡着之后再继续研究我们的课题，写我们的研究报告，那段日子过得比较辛苦一点。

我博士学位读的是教育教学理论，主要研究方向是如何提高教师素质及如何让教师更好地教育学生，让他们能准确发现每个学生的情绪变化以及每个学生的闪光点。比如一个班里有成绩优秀的、成绩差的、安静的、调皮的，各种各样的学生，教师们能不能发现这些，能不能根据他们不同的性格去因材施教，这是很重要的。一个合格的教师除了要能讲好一节课之外，还有许多其他的因素，我对这些研究很感兴趣，所以还去学了有关小孩心理教育的课程。

美国小学的教育就是以激发孩子的天赋为主，所以教师不会过度地去管学生，而是给孩子们适当的自由让他们自己在动手实践中学习知识。我当时教语文、数学、科学这几门课程，有很多时间去接触孩子们，每节课都有很多互动活动，学生们都会去动手，充满活力。我在讲台上讲课的时间很少，我工作的目标就是激发他们的创造力和想象力，而不仅仅是为了提高他们的成绩。

我做了八年的小学教师，当教师的经历的确给了我很多实践经验，我记得我教过的一个班里有个特别调皮、不尊重老师的男孩，给我带来过很多麻烦。虽然身为教师要去同样地爱每个学生，但作为人来说这是很难的，所以我曾一段时间还比较讨厌这个男孩。后来在家长会上我看到是他奶奶来参加，这才知道在他那样性格和行为的背后是他家庭的原因：父母离异了，母亲再婚，父亲也不管他。我开始试着接近他，给他更多的关注和关爱。我让他做我的助手，让他给我帮忙。久而久之，无论是对我还是对其他同学的态度，还是日常的行为习惯上，这个男孩都有了很大变化。那时候我意识到，孩子们是特别需要关爱的，所以作为一名教师，一定要相信每个学生都能改变。尽管有时候会因为学业压力、生活压力让我有过想要放弃当教师的想法，但是每次看到小朋友们天真的笑容，我都会尽快调整自己的状态，坚持做下去。

现在我在休斯敦大学分校当教师，跟丈夫在同一所学校教课。我发现渴望得到更高层次学习机会，到国外高等学府深造提升自己水平的学生越来越多，这是个很好的现象。但是首先要想好，要学什么、在哪里学。我看过不少学生，来到国外以后发现自己不是很喜欢所选的专业，提不起兴趣也学不好，语言也不过关，四处碰壁，最后不得不放弃。因此我的建议是出国留学首先一定要学好语言。

有的家长会在高中阶段就把自己的孩子送到国外上学，我的想法是，这时候的孩子还处于一种成长的过渡阶段，其实很需要父母的呵护、培养和陪伴，留在父母身边接受教育会更好，太小出国留学对其身心可能会造成不利影响。孩子成长的过程中，还是需要父母先以身作则，培养他们的责任感、使命感，让他们学会独立。要让孩子对自己的生活有规划、对未来有规划，比如初中阶段要做什么、高中阶段要做什么、大学阶段要怎么做，这样他们才能做到处事不惊，不至于遇到一点点困难就哭天喊地或者手足无措。因此我建议在上大学后通过申请研究生来国外读书是最好的。

一个人有了孩子后，他身上就有了相应的责任。没有一个人是天生完美的，作为父母，无论在心理还是价值观的建立上，都要做一个很好的榜样，因为孩子们需要这些教育。

阿布都艾尼夫妇：那些一路脚踏实地走出的轨迹

阿布都艾尼

小时候和很多小孩子一样，看到鸟儿在空中飞，就梦想成为一名飞行员，环游世界，但上学以后就会有不同的想法。那时候我想，一定要努力学习，走出喀什，去内地读书上学。我父亲是作家，母亲是化学老师，从他们那里我学会了很多生活和学术上的知识。父母也都去过内地，在他们的描述以及学校老师的介绍中，我知道上海是一座大城市，很发达，有很多全国一流的高等学府，所以我就很想去上海上学。

1984年参加高考，我是喀什市的状元，被华东师范大学录取。读了两年预科之后我就去了上海，虽然刚去内地读书的时候汉语上有困难，学习上也多少比内地的学生弱一点，但我很努力用功，大学毕业前拿到了有限的保研名额。

我很喜欢上海，对那儿的感情很深，就像我的第二故乡。大学生活是人生中很重要的一个阶段，所以一般在哪儿读大学就会对那儿有感情，跟同学之间的情谊也很深厚。大家来自不同民族，不同

The Roy and L
BAYLOR COLLEGE OF
GE OF MEDICINE
BCM
Aiden
Eblimit, Ph.D.
Instructor
145391

阿布都艾尼、再努尔夫妇 访于2016年8月

的地方，彼此尊重、互相照顾。到现在我们也会偶尔组织同学聚会，老同学们多年不见，依然十分热情。

现在想想，我跟我太太在大学里的时光已经是二十七年前了。我们年轻时都经历过不少事情，但和我太太在一起这件事情，永远让我倍感幸运。她很优秀、很刻苦、有主见、自尊心强，我们三观很合得来，在思想上能碰撞出许多火花。我觉得她和别的女孩不一样，我很尊重她。她给我的评价是，像她哥哥一样，和我在一起时不会有顾虑、不会担心，完全信任我。我们谈恋爱那会儿，也就是周末见个面、约个会，其余时候都在忙自己的学业。我同学都开玩笑说，你有那么好看的对象还不赶紧天天去见，干吗还泡图书馆。我说，我也想每天都能见到她，但毕竟我们在上大学，首要任务还是学习。我们既然从新疆来到这么远的城市上大学，就该把握好机会，面对挑战，好好学习。

研究生毕业的时候，上海浦东中药研究所已经决定录用我了，但我想到新疆的人才少，我就选择回到中科院新疆分院工作，也回老家和我的爱人结了婚。

工作一年后，我认识了一些想要做维吾尔医学研究的同事，在团队的一起努力下，

我们在自治区卫生厅建立了维吾尔医学研究所。1993年到1997年那几年，我有三年在中科院分院工作，剩下时间就和团队做研究。那时候自治区领导对我们很关心，给了我们三十一个编制名额，还把研究所定位为自治区的一级单位，解决了我们的工作场所问题。

1997年，我儿子出生的时候，我得到机会去俄罗斯列宁格勒医学院读生物化学博士。初到俄罗斯，最大的困难就是我的学业和研究方向。语言上我有一定基础，一年的俄语语言学习我在三个月内就完成了，随后很快进入了研究所。结果发现许多文献是英文的，我只好从零开始学习英语，一年之内俄语与英语都得到了很大程度的提升。科研工作耗时耗力，而且不容易出成果，需要潜心研究，因为我提前完成了语言学业，给自己赢得了一年的时间。

博士毕业后我没有接受俄罗斯导师的邀请，坚持回了乌鲁木齐，在研究所当副所长兼副教授。在工作的过程中我产生去做博士后的想法，因为这样才能得到更深层次的研究和学习，就申请了清华大学的博士后。那时候国内刚刚开始有博士后制度。在清华大学我做的研究还是人体呼吸系统方面，主要针对肺结核病症。2004年我被评为清华大学优秀博士后，只有成绩前百分之五的人才可以获得这项殊荣，我是生命科学学院唯一得到此荣誉的人。

科研是学无止境的，人就该有这种对知识的持续渴望，求知若饥。离开清华大学后我想去美国，但我母亲不支持，她觉得美国太远了，希望我留下。可我仍然希望能去美国，来到贝勒医学院之后，我的确感受到了很多。贝勒医学院在世界享有盛誉，我在人类基因组测试中心做人类基因遗传相关的研究和遗传病防治的研究。现在也和中科院新疆分院物理化学研究所进行很多合作，研究基因和药物疗效。我会经常回国做一些分享，也常跟到我们这边做研究的学者交流，我以前在国内的研究领域，现在依然有很多人在继续推进，我希望自己像一座桥梁一样，可以带给他们世界上最新的一些理论研究成果。

我们一家已经在美国生活了十三年。儿子在这里学习成长，正在准备申请得州大学地质图像处理系的硕士研究生。他的目标是取得更好的成绩，达到比我们更高的高度，作出更大的贡献。我们也时常告诉他，我们属于第一代移民，你属于第二代，你比我们条件要好，所以你一定要超过我们。我认为这才是社会发展的规律和动能。

从研究维吾尔医学到研究呼吸系统，再到研究遗传学；从喀什到上海，从俄罗斯到北京，现在又到美国……我们走的每一步，都是脚踏实地，都在人生中留下了轨迹，而这些轨迹与我们之后的一切休戚相关。一路走来的这一切使得我们有了今天，所有的付出都没有白费。

对于我们自己，一路奋斗虽然小有成就，但在人才济济的这里，能工作生活并作出成绩也是相当不容易的。当然我们也能回国工作，但我更希望在海外工作的我们能作为桥梁，把新鲜的事物和知识、资源输送回祖国。中国改革开放之后涌现了很多人才，总有一部分人要走出去，但无论是留在国外还是回国发展，我们都在为祖国作出自己的贡献！

再努尔

我 1970 年在喀什出生，住在一个很有喀什特色的大宅院里，一大家族人都在一起生活。在童年的记忆里，家中的女性似乎承担了所有大大小小的家务活，遇到家庭暴力要忍气吞声，连娘家都不管。

我到现在都记得我姑姑被家暴，跑回娘家后，我奶奶指责她不听丈夫的话，把她送了回去，还给婆家道了歉。从小我听长辈们说得最多的一句话就是，女孩子生来脆弱，就该听天由命。我每次都会问大人为什么，难道女孩就不被这个世界所喜爱吗？他们也答不出个所以然，反而叫我不要多问。那时候我就坚定地认为维吾尔族女性不该过这样的生活，我暗下决心，一定要离开这个地方，改变自己的命运。

我上学的时候家里还算富裕，父亲每个星期会给我点零花钱，我把钱都攒起来，全部拿来买书。那时候有很多不同国家的作家写的书籍，读书让我发现，这个世界特别大，人生也有很多种活法。我学习成绩非常好，高考填志愿的时候，我本着离家乡有多远就走多远的想法报考了上海的大学，那时候从喀什到上海要坐三天三夜的火车。家里人劝我报考喀什师范学院，又搬出了"女孩子离家太远不好"那一套话，但我还是坚决要离开家，一整天不吃不喝向家里人示威抗议，看我如此坚持，他们只好选择了让步。

到了上海，我发现这里的环境和文化与家乡完全不一样，我决心一定要融入内地的环境里，去和内地的人们打交道，去了解、学习内地的文化，去适应他们的生活习惯。非常幸运的是我遇到了七个特别好的汉族室友，直到现在我和她们都保持着联系。

我在大学上的是心理学系，我丈夫当时大我两级，在生物系。他那时候学习特别好，还得到了保研名额，这个名额本身就很少，能有维吾尔族学生拿到更是少见。因为是老乡，他那时候就比较照顾我，嘘寒问暖的。我大学毕业时他还在读研二，我就先回了新疆。

毕业时面临很多选择，父母希望我回喀什。喀什虽然很好，但一想到在那里女性的地位很低，回去的话结婚以后一定还会缠身于复杂麻烦的婆媳、亲家关系中，我就觉得以后的人生还是要自己决定，不能被父母的意见所左右。原本我想留在乌鲁木齐，但后来我丈夫要回喀什工作，我也就跟着回去了。我的婆婆是一位老师，她是很开明的知识女性，可即便如此，仍然还是发生过一些我之前所担忧的事情，这绝不是我婆家人要强加于我什么，而是周围的人，是那个大环境里根深蒂固的一种思想观念，这很难改变。

儿子出生十个月后，我被调到自治区团委旗下的新疆青年杂志社工作，这时候我丈夫要出国去俄罗斯读博士。两年后，我也跟着他去了俄罗斯。那是我第一次走出国门。俄罗斯很漂亮，给我印象最深的是那里的人们，特别是女性，拥有绝对的自由，男性都非常尊重女性。俄罗斯父母对自己子女的婚姻的尊重爱护的态度，也让我很吃惊。我当时在圣彼得堡医科大学心理系进修，那里的一切都让我觉得特别新鲜。当时我有一个口语私教，她带我了解俄罗斯的文化，逛博物馆，喝咖啡，她还会带我去她家，给我介绍饮食文化与习俗。我们游遍了俄罗斯的很多地方，我学到了很多文化知识，也思考了很多，深深感到我们自己需要改变的地方真的很多。这些生活和思考都在无形中让我产生了变化，回国后大家说我连发型和服饰都变得和以前不一样了。

完成学业后我们回了国，我丈夫去了中科院的研究所工作，我继续回到杂志社工作，但我感觉到我丈夫还是有想要继续学习的愿望。我鼓励他去做博士后，他在北京大学的一位熟人把他推荐到了清华大学，很快得到了面试邀请，顺利通过了。之后我就准备辞去在乌鲁木齐的工作，带着孩子去北京。但是我婆婆不同意，她觉得工作怎么能说辞就辞，而且孙子还小，我应该留下来工作，照顾孩子，等待我丈夫学成归来。我很坚决地反对了这个建议，我们都是

一起从零开始的,一家人也应该在一起,我在北京一定能找到出路,我不希望分开生活让我和丈夫之间发生变数。

到了北京以后我先在北京大学学了四个月的计算机课程,刚好有老师说想要成立一个中俄国际合作实验室,进行轻工业方面的合作学习与交流,希望录用我做杂志编辑的工作,薪水待遇都非常好。两个月后杂志出版了,我成为副主编。那几年我有很多出差还有主持国际会议的机会,曾经带领代表团去俄罗斯轻金属研究院考察,那次考察还决定在清华大学成立中俄国际交流合作实验室的项目,并举办了很隆重的挂牌仪式。

2003年我丈夫收到了美国大学的邀请。当时在北京,去美国对我们来说已经不是什么遥远的事情了,我们就决定一起走。我当时在北大的领导不赞同,他们想留下我,而且提出了很多诱人的条件。我婆婆也发话了,说我丈夫要去美国就去吧,但我应该回到乌鲁木齐或者喀什。我口头上虽然答应了婆婆,但心里早就决定了,我一定要去美国。

初到美国时,最大的困难便是语言,一切都是从零开始学。刚开始遇到需要交流的时候我都是躲在丈夫身后,依靠他。之后我也去学校,跟儿子一样从零开始学英语。后来我丈夫工作的医学院出现了一个工作机会,而我刚好也有一些生物学基础,他就让我去参加面试,那时我的英语水平已经有了很大的进步,便通过了面试。之后的每天晚上我丈夫会把我送到实验室,我就反复做实验,别人做实验时我也仔细观察记笔记。就这样,一年后我做实验就驾轻就熟了,我的英语水平也突飞猛进。现在我在急诊科儿科工作了八年多时间,在著名学刊上也发表过论文。

对我而言,在适应新环境的过程中,喜欢与否已经无关紧要了,最重要的是我的丈夫和孩子在哪里，我的家就在哪里。我当然也很爱我的父母，但是成家之后，我自己的家庭在我心里就永远是第一位。在美国，人们结婚成家后也都是将自己的家庭看作第一位，这并不是说抛弃父母，他们依然很爱而且尊敬自己的父母，也将他们照顾得很好，而他们的父母也会正确理解。不与父母生活在一起不是冷落父母更不是抛弃父母，而是独立自主、自立的一种表现。但在我们民族中恰恰相反，因为父母年迈了，父母与子女就必须相互依赖，相互道德绑架。

一直以来，求知欲和反抗精神让我走过了一段又一段路。未来我希望自己能多思考，多写一些文字，把我的想法和经历传递给家乡的人，特别是女性同胞们。

夏克尔：用固执的态度去学习和努力

我的母亲是一位坚强、勇敢、善良，而且积极的女性，她十八岁就入了党，还积极组织妇女参加劳动。她的第一段婚姻因为夫家反对她这么积极，一气之下离婚带着孩子走了。后来她遇到了同样离异带着孩子的我父亲，两人结婚以后又生了五个孩子。

我母亲下乡的时候才二十多岁，那时候村子里总是付不起工资，到手的收入等交了税就剩不了多少，又没有合理的分配。我母亲就自告奋勇去当队长，第一年就有了分配，引起了村里的关注。我大哥在母亲的教导之下，成为全村第一个大学生。后面一个接着一个，家里五个孩子都考上了大学，这背后离不开母亲的认真栽培。

我上学期间考试一直都是第一名，上完高一就去参加了高考。1989年我考进了新疆大学预科系，当时内地的大学会从这个系的学生中按成绩来录取。两年预科结束后，我的成绩在全年级一百名学生中排第一。

考大学的路上我遇到过很多坎坷，原本十七岁时有机会能够进入北京大学。当时系里有两个副主任，其中一位有选拔权的副主任已经告诉我并且在全班公布，北大的名额会给我。结果趁这位副主任出差的时候，另一位副主任把名额安排给了别的学生，还各种心理灌输希望我放弃。我怎么可能放弃？这时候北大也发现选报的学生有了变化，就专门安排了考试去选拔。没想到考试当天那位副主任想办法把我锁在屋子里，让我硬生生错过了考试，对外称是我放弃了。我的班主任知道后跟他大吵一架，所有人都很气愤，我也气得想不开，还写过投诉信，但也没有一个结果。

最后我被中国石油大学录取，选择了石油勘测专业。我知道这个专业非常难，但还是希望能从事对祖国和家乡都有用的工作。在第一年学习的过程中，我发现学校考虑到少数民族学生学习上跟不上内地的学生，就安排少数民族学生单独一个班去学数理化这些基础课。这样不仅基础课放低了要求，在英语方面也降低了通过门槛，汉族同学需要过大学四级才能拿到毕业证，少数民族学生拿到二级就可以了。失去压力会让人懈怠，这让我感觉很压抑，甚至觉得没有得到尊重。当时高考少数民族加分是五十分，清华北大的录取分数线是507分，我的成绩是581分，不加分都足够被录取。我认为我的能力完全可以应付和内地同学一样的成绩要求。我找到负责新疆学生的辅导员，告诉他我觉得被剥夺了接受好的教育的权利，这样拿到的毕业证也没了含金量，希望他能帮我办理一年休学，等第二年全年级就只有我一个少数民族学生时，就不会单独开班授课了，我也就可以按照同等要求学习了。

于是我拿着一张医院开具的"神经衰弱"证明回到家乡，瞬间人们谣传："当年从新疆大学以第一名的成绩毕业去内地的学生精神出问题回来了!"这还是我母亲告诉我的。我没有受到影响，这那一年里我充分调整好了自己的心理状态，家人也给了我很多精神上的帮助，我也不再去想之前没能上成北大的那些经历。一年后，我回到了中国石油大学。

这一次教导主任找我谈话，建议我换个热门专业，比如经济管理或者计算机。但我还是坚持当初选的石油勘测，希望能在这个专业里学到更多，成为对社会和国家都有用的人才。主任听到非常感动，表示会全力支持我。只是没想到还是遇到了被怀疑能力的事情，当时的英语老师怀疑我没法通过考试，甚至表示我的水平会影响他的年终奖金和荣誉称号，要求我换班。我当时非常气愤，开始疯狂地学习英语，昼夜不分地背单词，把词典都背熟了。大二那年我去参加了英语大赛，写了一篇关于天池的文章，最终荣获特等奖，是唯一拿了满分的人。这让那位英语老师大吃一惊。教导主任握着我的手说，你不仅仅是所有新疆籍学生的代表，更是全校学生的代表！听到这番话，我热泪盈眶。

毕业的时候我是全专业第七名，教导主任总结学习过程的话让我印象深刻，他说：这世界上聪明的人很多，但是缺少固执是发挥不出自己的长处的；幸运的人也非常多，但没有一定程度的付出是抓不住这幸运和机会的。

专业前十名的学生有自主选择工作的机会，我收到了一家意大利企业北京分部的录用信，有机会去国外发展。但我放弃了这个机会，回到新疆，参加了石油局在克拉玛依的分配。因成绩优异，去了我最想去的石油勘探岗。六年的工作时间里，我发挥了自己的各种优势，一路从工程师做到队长，也渐渐发现自己想要再去深造。这个时候刚好单位安排我去读研究生，我就抓住机会要求出国留学，因为开销太大，单位不能支持，我就决定自己考。托福、GRE一路过关斩将，申请了六所学校，最后收到了印第安纳大学、波士顿大学、休斯敦大学的全额奖学金录取通知，以及普林斯顿大学的半额奖学金录取通知。我最终选择了印第安纳大学，开始了我的留学生活。

夏克尔 采访于 2017 年 2 月

毕业六年后重新回到学习环境中，我觉得压力非同一般。但是我很快适应了，并且在各方面拿到不错的成绩。在各大企业来提前面试的时候，我就收到了两家公司的邀请，选择了其中一家之后，实习到第二个月时我就收到了他们的正式聘用通知，这时候离我毕业还有一年半。毕业之后的第一份工作任务是让我负责一个旧油田的技术工作，我在规定时间内完成了比分配任务多几倍的工作。之后他们派我去了更大的城市，去海里寻找石油。

几年之后，公司领导认为我比较适合从事经营管理工作，在技术工作做得很出色的人当中选择了我去深造。升职之前，派我去战略部门锻炼，学习了几个月之后，又让我去莱斯大学学习管理方面的理论知识，读了EMBA。跟我一起学习的都是一些有经验，甚至已经稍有成就的公司CEO或者管理者。完成两年的学业之后公司又让我去从事风险投资工作，负责引导投资者以最合理的方式去引进技术开发，这个工作我又做了四年。

这一路下来我付出了很多，最明显的是头发都要没了。我觉得是我对学习的固执态度将我带到了这里，如果没有当年那些坚持不懈，我可能就止步在哪一个阶段了。还有就是我在很多事情上的前瞻性，让我抓住了机会。

每个人对成功的认识是不一样的，其中的满足感也是不同的。如果一个人种两亩地得到丰收就是他的梦想，我们要尊重他。但如果一个人有足够的野心，要去更远的地方，那我们更要全力支持他。无论在何处，只要能够实现自己的价值，这都是让人很欣慰的事情。我从十六岁开始拼搏，到现在有三十年的时间了，在国外发展也已经十六年了，每一段对我影响深刻的经历我都记忆犹新。从小我就梦想着要去国外开开眼界，因为生命很短暂，我一直相信用知识武装自己，带着自己的灵魂和良好的品德一步一步向前，一定会走到自己所期望的那个地方。

　　在我奋斗的路上，我有支持我的妻子和影响我最深的母亲。我母亲最初是不愿意我出疆工作的，渐渐地她也想通了，觉得不能这么自私地让我留在他身边，应该让我出去勇敢地闯，去完成自己的梦想。很遗憾在我工作之后的第一个月，她就突然去世了。她一直是个报喜不报忧的人，全程没有一个人知道她的病情，所以对我们来说她走得很突然。我母亲教会我的，一是勇敢，二是不怕苦，要有迎难而上的精神。在我的经历里面，每一个阶段都是从最低处往上爬的。我最不怕的就是竞争，有比较才能让人有想要获胜的激情，才能够有发展。而且一定要跟比自己优秀的人去比较，这样才能够提升自己。

　　说到未来，如果满足现状的话，我完全可以继续做我的工程师工作，等着工资一年比一年高，享受当下。但我并没有停下来，并没有满足现状，谁都喜欢待在舒适区，但重要的是你喜欢做什么，做什么会让你感到快乐。正因为我喜欢挑战自己，突破自己，所以我没有停下脚步，我会选择继续往前走。

苏丽娅：要么不做，要么就必须做好

要么不做，要么就必须做好，我对人生里的每个目标都会有很明确的计划。刚来法国时，我就给自己定下了很多目标，比如说两年以后我要到达什么水平，五年以后我要做成什么，七年以后又要达到一个什么位置……今天我已经成为一家大型医药公司的医药部总监，我为了达到这个目标付出了所需要付出的一切。

我老家在新疆奎屯，家里面三个女孩子，我还有个哥哥。我的父母都是兵团农七师的医生，工作特别忙，小时候都是爷爷奶奶照顾我们。我最开始学的是汉语，然后才学会了维吾尔语。那时候兵团里的少数民族家庭就我们一家，大部分都是从上海来的支边青年，大家之间关系都特别好，经常一起吃饭、聚会。

我父亲总说如果你想做人上人就得学知识，这是最基本的；另外就是做个好人，这是最重要的。他始终把病人放在第一位，可以不吃不穿，但病人的利益要保证，那真的是一个全心全意为人民服务的年代。我从小就听我父母在家成天说医学方面的事情，听他们讲病人、症状、诊断、治疗什么的，以至于我两岁那会儿被问长大了想干什么，我说："我要当医生，要穿我爸我妈的白大褂，拖得长长的。"从上学开始我就很努力，学习和各个方面都争第一，很要强，也很前卫，还没人染头发的时候，我就去染了紫色的头发，喇叭裤也是第一个穿。我父母在这方面从没对我提过要求，觉得只要干净漂亮、大大方方的就行。

1988年我十六岁时参加的高考，二十二岁开始，我就从学生转变到了工作状态。实习的时候在医学院，那时候碰到很多伯乐，他们视病人为第一的工作作风和精神打动了我，心想一定要跟着他们学习。工作里我依然很好学，也定下了目标就是一定要继续读书，去看世界。

我人生中的很多事情都是提前规划的，唯独结婚这件事并不在我的计划之内。我大学毕业的时候父母的朋友来家里提亲，说对方也是大学毕业的，工作也不错，我们就见面吃了顿饭，约会了几个月就闪婚了。结婚后我才发现了很多问题：我是个工作狂，做事又特别有主见，而他完全不是这样的人，我就知道我们两个是走不到最后的。我们很快就协议离婚了。这段婚姻给我唯一的惊喜就是我的儿子。我儿子今年二十二岁了，我经常跟他讲他爸爸是个好人，只是我们不合适。

我1993年参加的工作，直到十一年后的2004年，我才实现了出国留学的愿望。我的工作单位是有公派留学机会的，但必须做满五年住院医师，再考试当上主治医师以后才有机会去申请。我当时已经读了硕士，就想博士一定要在国外读。机会是自己一步一步争取来的，虽然花了十一年。

我2004年到的巴黎，来法国前我在北京语言大学学过一段时间法语，但到了法国什么都听不懂，跟学习时的感觉根本不一样。而且我一来就直接到医院工作，更是一句都听不懂。最难的就是开始的三个月，每天拿《汉法词典》背单词，晚上回去把背的单词拿纸条贴得满屋子都是。那会儿我室友是个四川小姑娘，我说我要贴好

苏丽娅

采访于 2017 年 11 月

多词条你不反对吧？她说太好了，刚好跟着你学。三四个月之后，我就能用法语交流了，在同事、朋友的帮助下，我的法语每天都在进步。

作为访问学者只有一年半的时间，但就在那段时间里我认识了我现在的老公，就结婚了。我当时跟我后来的博士导师关系特别好，她是法国糖尿病协会的主席。她说如果我想来读博士，可以给我发邀请。于是2005年年底我辞了职，正式跟着老公去了法国。我不是法国籍，没办法申请奖学金，就依靠老公的工资支持我读书，他一直都是全力支持我。第一年我注册了硕士，第一节课我根本听不懂，第二节课开始我就拿录音机把整节课都录下来，回家反复放，那时候我每天最多睡四个小时。第二年我就注册了博士，那时候就能领到奖学金了，一半来自法国政府，一半来自我工作的实验室。博士在法国一般都是三到五年毕业，我只用了两年半。毕业后我选择去医药公司工作，做医学研究代表，从区域级做到国家级，最后升任了医药部负责人。今年年初意大利的凯西医药公司来邀请我进入他们公司最高领导层，现在我是凯西医药公司的医药部总监。我在这里的主攻方向是移植呼吸系统疾病、新生儿呼吸道疾病，还有一些基因方面的罕见疾病。我现在的工作职位是我当初的目标，在这条路上自始至终我都在延续的，是对医学更加深入的学习。

我老公经常说我是外星人，惊叹于我的工作能力，他觉得七年时间做到公司的决策层，法国人也很难做到，我一个中国人，从一开始法语都说不好，到做到现在这个位置，太不可思议了。其实他并不知道在这背后我付出了多少努力。

在法国这些年，我也慢慢了解了这里人们的生活，了解了他们的性格特点。在法国人的观念里，他们觉得如果什么都不抱怨，就

得不到想要的，所以一定要抱怨。工作上也是，总是喜欢抱怨。我很少在工作中去抱怨，总是鼓励大家，他们就觉得这是我从中国带来的一种正能量。

  我儿子十二岁来的法国，来之前汉语、维吾尔语、英语都很好，也许是比较有语言天赋，来了之后很快就学会了法语。我们也一直送他去最好的学校，他在班里一直是第一名，在学校又学了拉丁语、希腊语、德语，还有一点西班牙语，考大学的时候数理化都是满分。刚来法国的时候，我给自己定的目标里就包括给我儿子最好的教育环境，我想这个目标我也做到了。

邬丽娅：人生需要投资

从小到大我受父亲的影响非常大，他认为年轻时就应该出去闯，他一直告诉我们四姐妹，"新疆"二字并不是我们的命中注定，我们应该出去看看。

我家一直有一种积极向上的学习氛围。父亲对我们要求很严格，我们四姐妹天天背着个特别大的书包一起去图书馆，每个人都有各自的借书任务，借回来之后每天晚上就看书，互相比着学习。母亲原本只会维吾尔语，为了帮助我们学习，她就自学了汉语。我们开始上初中的时候母亲才开始去上大学，她是在培养我们的过程中，通过一点一点自学，把大学上完的，最后成为一名翻译。

现在我们四姐妹都在不同的领域打拼。大姐去了武汉，读了武汉测绘科技大学；二姐学的水利水电，得到过公派留学的机会，现在在喀什做水利项目；小妹在西北民族大学读的数学专业，是我们家第一个出国留学的孩子。我本来想要成为一名工程师，但是母亲对我说，我们家一直都没有一个医生，希望我能当上医生，所以我最终选择了医学。

我是个特别恋家的人，而且太喜欢新疆了，不想离开我的父母。就连高考考上了北京医科大学，我都说太远了不想去，后来就在石河子读的医学院。毕业后我被分配到了自治区人民医院的心血管组，主要是负责老年心血管疾病。作为医生，做到某种程度你会需要一个

质的飞跃，需要用新的知识充实自己。因此，我下定决心要去留学。

我开始学习法语的时候单位并不支持，在我犹豫不决的时候，是我小妹告诉我，人生需要投资，这一年就相当于你用钱买出来的，你就去试，说不定会有一个不一样的结果，要相信自己。于是第二年我就去了北京语言文化大学学法语，最后拿到了法国一年半的留学项目。

在国内语言学的再好，到了法国之后发现还是不太行。我花了半年时间在急诊室免费看病、免费值班，天天抄病历，目的就是想学会怎么用法语下医嘱、询问病史、记录病程。可以说，我的法语是从医院里学出来的。

那个时候我的目标不是做医学研究，而是做临床医生。法国当地法律总在变化，我第一次准备考行医资格证的时候，我的身份是不能参加考试的。当时觉得很遗憾，恰好那个时候得知了有一个非常好的研究生专业课程，是当时法国最年轻的科学院士主讲的，于是我去申请并被录取了。研究生课程的学习给我之后的科研提供了明确的方向，甚至让我重新认识了医学。以前的我觉得做个合格的临床医生就够了，但通过学习我才发现，只做一个临床医生并不能带动医学行业的发展，不能只想着眼前的事，止步于治好眼前遇到的病症。

偶然的机会，我发现一位心脏外科医生在招有心脏科工作经历、会彩超的医生，我又去申请了。三天后接到他的电话，说这个位置是我的了。我跟着他去了很多研究中心，一起工作了两年，结识了这个领域里的很多精英，对自己的要求提高了，各方面都有了很大提升。

两年过去后，法律变了，我又可以参加行医资格证的考试了。第一个发现的人是我之前的一位老师，他一知道这个消息就马上打电话，让我一定要参加考试。这一次我一击即中，在2014年拿到了梦寐以求的行医资格证，等于前后花了十年的功夫才拿到。在追求梦

邬丽娅和两个女儿

采访于 2017 年 11 月

想的这十年期间，我读了研究生，带着问题去学习，做了自己很喜欢的课题……我想，只要坚持下去，将来一定会取得更好的成绩！

现在我在巴黎第十二大学心脏中心心衰组工作，在法国顶尖的科室当上了临床医生。法国医学会的朋友告诉我，我是第一位在法国心血管医学领域考到临床医生资格证的中国人。我也在考虑做心脏流行病的课题，并且把它跟中国的情况联系起来。在国内的时候我见过各式各样的案例，所以临床经验比较丰富；在法国又参加了各种心血管培训，自己也专门做过心脏彩超，所以我有双重的从医经验。接下来我还要继续从事心脏老年心衰和心脏彩超方面的研究。我既然走到了一个很好的平台，就希望能把我学到的东西跟大家分享。

这些年下来，我把自己献给了工作，还经历了离婚。但我也很幸运，在法国遇到了我现在的丈夫。我们在同一家医院工作过，遇到他，我就再也离不开法国了。我说我很幸运，他却告诉我，我不是幸运，而是一直都在为机会做准备，机会只会留给有准备的人。

在法国奋斗的这些年，最大的遗憾是缺席了我大女儿生命中的一段时光，在她最需要我的时候我没能陪着她，这是无法弥补的。她五岁多时我就去了法国，不过在她十一岁生日前，我终于争取到了她的签证，把她接来了我的身边。我的丈夫对我的大女儿视如己出，对她非常好，大女儿刚来法国的时候一句法语也不懂，我丈夫就每天陪着她读书，给她听写，努力带孩子融入法国的文化。在这样的陪伴下，大女儿的进步飞快，在学校著作考试的成绩很高，老师都很吃惊，感叹一个外国的孩子能对西方经典著作有那么透彻的了解。后来我们又有了小女儿，现在一家人相亲相爱，其乐融融。

我一直以来的梦想，就是成为医生，治病救人。这也是我最为珍视的职业道德，而人这一生最不能失去的就是自己的道德。

莎吉达：生活是种平衡

我的老家在新疆阿图什，父亲是商人，母亲是家庭主妇。我父母对我们兄弟姐妹六个人影响特别大，他们非常注意细节，不光关注我们的教育，还会不遗余力地去支持整个学校的发展。

1991年，我离开家到新疆大学医学院的护理学专业读书。大四时在英语培训班遇到了我的丈夫艾力江，他是中文系的学生，来自和田。毕业后我们开始交往，后来他下乡去了阿克苏一年，等他回来后我们想方设法争取到双方家人的支持，结了婚。结婚后我在乌鲁木齐做护理工作，有时间会出去兼职当英语老师，期间还在乌鲁木齐广播电台主持了两年的英语节目。艾力江在自治区语言文字委员会工作，主要工作是编词典。

我们俩在结婚之前就有出去看看外面世界的想法。我是很早就以出国为梦想而开始学英语，认识艾力江之后，知道他也有这个想法，非常志同道合。2001年，艾力江拿到了公派留学的资格，但收到的是一所瑞士学校的邀请，这就意味着需要学习法语。那时候乌鲁木齐还没有学法语的地方，所以2002年他申请了北京语言文化大学的法语专业。

当时我通过我所工作的单位也申请了出国进修，一路还算顺利，就差最大的领导那里没有通过。那个领导是第一年任职，不了解我的工作能力，我一气之下一个星期没去上班，两个星期后就干脆决定辞职了。辞职后我去了上海，在一家英语教育机构找了份兼职的工作，一边赚学费一边学习，工作了一年。当时我们开的是成人班，学生里各行各业的都有，他们会问我是哪个国家的，我就让他们猜，等课程结束的时候，我才会告诉他们我是从新疆来的，是维吾尔族。其实这样也是出于一种无奈，因为担心他们知道我是新疆来的维吾尔族，会影响上课的气氛和大家的积极性。我不想因为这些和我能力无关的外在因素影响我的工作机会，便很少说自己是从新疆来的。

因为艾力江在北京上学，我就申请去了北京的分校，从兼职变成了正式员工。在教学的过程中依然会面临大家的好奇，学生们会问我在新疆是不是一年就洗一次澡，是不是出门要骑骆驼。我惊讶于他们对新疆的误解，后来我就请了几位同学和朋友来到我住的地方，给他们做了手抓饭，我们的屋子布置的很有家乡的感觉，也是希望我们身边的朋友能对新疆有多一些的了解。

2005年，艾力江如愿以偿的出国去日内瓦读研究生，我也回到乌鲁木齐分校工作。那时儿子也开始上学了，我承担起了家庭的重担，一切经济上的压力都聚在我身上。艾力江为了解决家里的经济压力，找了份工作挣生活费，每年只回一次家，我们就这样一直坚持着。这之间也有遇到过一些流言蜚语，但我们彼此信任，没有受到任何影响。单独承担起一个家庭的责任真的很难，有时候我自己手提着大包小包回家，一路走一路掉眼泪。想到那些独自把孩子带大的女人们，心里就由衷的敬佩，也更加思念远在国外的丈夫。因为一直心怀想提高自己人生价值的追求，我们克服了那些困难。2008年，我和儿子去到艾力江身边探亲，玩儿了三个月。那是我第一次出国，非常激动，我完全没去想过自己如果在那里长期生活会

莎吉达

采访于 2017 年 11 月

遇到多少挫折，我总是相信自己能找到一条出路。

艾力江本来打算毕业就回国，但他的上司非常喜欢他，想留下他，他也愿意试一试，就让我把孩子们带过来一起在这里生活。我就这样过来了，没想到会待这么久。

等真的来了这里，我才突然意识到我在这儿能做什么呢？我是继续护理学专业还是教英语？我能不能融入这个社会？这个社会又能不能让我融入？……那时候才知道事情没那么容易，一瞬间发现自己变成了没用的人。之后我就去参加了法语培训班，那年我三十三岁，一切从零开始。

现在我和艾力江在同一家公司工作，但我心里还是喜欢当老师，我也找到了一份教英语的工作。我教的孩子年龄不一样，四岁到八岁的一个组，八岁到十一岁的一个组，还有十一岁到十六岁的青少年。这里的孩子很自由，思考方式上和我们有很多区别，所以需要更多充分准备。我现在也习惯了，面对学生不能简单地命令，而是要跟他们解释这个命令的合理性和必要性，他们才会听话。

现在我家老大十七岁，老二十二岁，小女儿也七岁了，我在家会教他们汉语和维吾尔语。当我把自己的孩子带到一个对我来说都陌生的文化当中，我便开始思考怎么把自己民族的文化传递给我的孩子们，这其实是个难题。国外的孩子和父母之间的关系是非常独立的，而在我们的文化和社会里，孩子和父母之间的关系要更紧密一些。这两种生活方式想要平衡，真的是个很难的问题。我想按自己的想法去工作，又不想失去教育孩子的机会，在两边的权衡和三个孩子的陪伴下，我逐渐找到了自己的价值，这才慢慢觉得没有那么多的遗憾。

艾力江在公司很受重用，因为他中文、英文和法文都会说，语言有优势，为人也很真诚，领导很欣赏和重视他，他负责采购和销售，经常出差回中国。我们一直靠自己，一切都是我们俩一点一点积累的。从刚开始结婚遇到的阻碍，到后来留学深造的过程中的分离，直到现在的团聚，我们的每一步都走得并不容易，这其中的价值有多深重，只有我们自己知道。我们深知今天的来之不易，所以会更珍惜能够在一起的日子，并继续努力为孩子们提供更好的生活条件。

穆妮娜：也许，还是要落叶归根

我出生在二十世纪七十年代初，家在新疆军区文工团的部队大院，我父亲就在文工团工作。部队大院里汉族、维吾尔族家庭都有，邻里关系非常热络，大家从来没什么芥蒂和分歧。我们的汉族邻居特别喜欢吃新疆手抓饭，经常夸我母亲做的手抓饭好吃，我母亲也会经常做，做完就分给邻居。春节的时候，我们维吾尔族娃娃感觉更开心，大院里的人会聚集在一间很大的排练室里一起玩游戏，然后互相发礼品。我印象最深的就是当时邻里之间什么都能借，今天借两个鸡蛋，明天借两碗米，现在可能没有这样的事了，但我会经常回忆起这些细节，很怀念。

我生长在一个邻里关系很熟络的年代，也生长在一个文化开放且丰富的年代。小学的时候我父母就经常带我去看话剧、电影。比如莎士比亚的一些很经典的话剧会有维吾尔语版，在剧院里公演，什么《一仆二主》啊这些我都看过。还有维吾尔族自己的故事改编成的话剧，像《艾力普和赛乃姆》。记忆特别深的还有《雷雨》，当时看了一遍又一遍，特别好看。大家都把看话剧、看歌舞晚会当成一种享受，我到现在都还能记得很清楚。

现在回想起来，当年的新疆人真的很时髦。八十年代，生活条件其实还没有很好，可是去看话剧，男的都是穿西装、打领带；女的一定是穿裙子、化上妆。我记得最清楚的就是我母亲有一个烫头发的东西，很像那种火钳子，每次出门她都要给头发弄个造型出来，化妆品也得抹两下，还会喷月亮牌香水，是上海产的，装在紫色的瓶子里，真是忘不掉那个香味。

　　我家能有这样好的文化氛围，也是因为我父亲本身就是文艺工作者。他来自南疆和田的于田县，家里特别传统，对于男人去从事艺术工作有很大的偏见。但我父亲从小就特别喜欢和向往艺术，当时他的家人不让他去看演出，他就逃学偷偷跑去看，回来免不了挨打。父亲十一岁时赶上艺术学院去招生，他的声音条件特别好，去考了声乐，然后遇上了新疆著名的舞蹈艺术家康巴尔汗，被挖掘去学了舞蹈。父亲从艺术学院毕业时，优秀的毕业生可以自己选择去处，他就准备去塔城，因为听说那边生活条件不错，有饭吃。就在这个时候，父亲的另一位恩师出现了，是新疆军区文工团的舞蹈艺术家方老师。方老师看过我父亲上课，点名要他去文工团。一开始父亲觉得文工团的汉族人多，他们的舞蹈基础都比较强，自己肯定比不过，方老师就劝他说我们会很好地照顾你，一定让你吃饱肚子。父亲去了文工团后，很长一段时间都是方老师在照顾他，专门为他去买羊肉，单独给他做饭、补身体。我出生后也是天天在方老师家窜来窜去，两家孩子玩得很好，直到后来方老师一家调去了北京。总之，我父亲就是这样成为一名专业舞蹈演员的，他三十多岁开始当老师，在解放军艺术学院、北京舞蹈学院等全国著名的舞蹈院校里都教过课。

　　那个时候可能大家都不太会想走太远，都会觉得从哪儿来的，上完大学之后还会回到原来的地方。我上中学时特别想当记者，因为可以到处走到处看，可惜考大学的时候没能坚持自己的选择。当时艺术专业提前来招生，我也遗传了一些我父亲的基因，学过一些舞蹈，很轻松地就特招进了兰州的西北民族学院艺术系。

我是1985年上的大学，1990年毕业回了新疆。那个时候工作包分配，我因为普通话标准，声音也好，再加上民族舞专业，就选去了东疆的军区。但是后来听说要先下基层部队工作，那边的环境真的很恶劣、很辛苦，我犹豫了一下就没去，自己跑去少年宫应聘当了老师。虽然我很喜欢当老师的工作，但一个月工资只有七十八元，过年的时候发现这一个月的工资都买不了一条我想要的裙子，我就坐不住了，半年后辞了职。之后我就开始做起了生意，在乌鲁木齐的地下时装城开了一间店。

1996年我去深圳寻找机会，刚开始帮朋友开餐吧，后面就把餐吧接下来自己做。深圳给我的印象特别好，全国各地来的人都有，是一座年轻的城市，很干净、很漂亮，物质上很丰富，文化也比较融合，气候很舒服，冬天不冷。我在深圳待了五年多，那是我第一次离开新疆那么久。当时新疆人在内地也是面临着不少困难的，比如在社会上的信任度不高，人们总是觉得只要是新疆人做的事情，随便一个新疆人肯定都知道。我遇到过一些让我挺伤心的事情，最后离开深圳是因为我女儿面临上学，需要回户口所在地，没有别的办法。所以2001年我就带着女儿又回到了新疆。

第一次来美国是跟朋友一起来的，那时候拿到美国签证很难，周围人都挺惊讶的，感觉出国是一件特别隆重的事。我在旧金山待了半个月，感觉那里的文化特别多元，又听到了很多过于美好的信息，把美国描述得太美好了，回国我就把孩子一起带过来了。这种听信美好的信息带来的冲动的背后，是我忽略掉了很多现实的东西，忽略了我语言不通，忽略了我三十岁了要重新开始，也忽略了那些

穆妮娜
采访于 2017 年 2 月

美好的描述其实很多是假象，美国并没有描述的那么完美。

在旧金山待了半年后我搬去了洛杉矶，因为在旧金山生活的压力真的太大了，那里的广东人比较多，要去餐厅打工不会广东话都很难进去。洛杉矶来自中国各地的华人都比较多，而且也有我的发小，多少算是有个熟人。就这样，我在洛杉矶一待就是十几年。

我在洛杉矶的第一份工作还是在餐厅，我看很多人来美国后的第一份工作好像都是在餐厅打工，感觉没从餐厅开始打工就不算来过美国了。之前我一直比较顺利，从来没有那么辛苦地去找过一份工作，也从来没有那么辛苦地去干过一份工作。第一份工作就是洗碗打杂，在一个北方馆子，干了二十天，学会了包饺子。第二份工作的时候，我看客人也不多，就主动跟老板说可以帮忙卖点羊肉串、做手抓饭、包饺子，这样店里的生意也好了起来。第二份工作做了两三个月，我在报纸上看到一家日本餐厅在招拉面师，我想反正我会做新疆拉条子，就去应聘了。在那儿我不光做各种日式的拉面，还学会了做寿司等日本料理。那家日本餐厅的老板娘很信任我，后来在她出国的时候把整个餐厅都交给我管理，每天帮她结账、进货等，信任到这个程度。我在那家餐厅工作了好几年，和老板娘也成了很好的朋友。

来美国从零开始到现在，我一步一个脚印，从住一间房，到住一套房；从把自己的事情打理好，到把孩子带来照顾好她，这是个很漫长的过程。在这边，我一直会遇到一个问题，就是不管我去哪里，对方都会先跟我说西班牙语，以为我是墨西哥人，当我说我是中国人，对方永远是"一脸问号"。在外国人看来长得不像东亚人就不是中国人，他们可能知道中国除了汉族还有蒙古族、藏族，但一说其他民族就都不知道了。特别是仅凭长相就拒绝承认你是中国人的那种感觉，让我很不舒服。洛杉矶也是一座融合了全世界文化的城市，可这里有蒙古餐厅、藏族餐厅，就是没有新疆餐厅。因为这些感受，从很早开始，开一家新疆餐厅成为我的目标。2010年，我的新疆餐厅在洛杉矶开起来了，我可以很自豪地说这是洛杉矶的第一家。

开业二十来天后，《洛杉矶时报》的记者就来了。第一次来了一帮人坐在那里，点菜吃完就走了。第二次他们带了个翻译，又点了很多菜，吃完后翻译对我说他们是《洛杉矶时报》美食版的记者，想写写我的家乡菜。我挺震惊的，心想这可能吗？洛杉矶那么多餐厅，我开业还没一个月，就能上报纸了，而且是美国三大报纸之一的《洛杉矶时报》！我说可以。后来我才知道那位记者不仅是美食版的主编，还是当地非常有名的美食家，她说特别喜欢大盘鸡、肉饼和拉条子，还说美国本地人肯定也会喜欢这三样，给了我很多很好的建议。后来还真的被她说准了。就这样，餐厅开业没多久就登了报，之后那两个月我快要忙疯了，每天都有人看过报纸后慕名而来点肉饼和拉条子。后来餐厅在一些华人论坛上也引起了关注，毕竟是洛杉矶的第一家新疆餐厅，反正每天都是爆棚的状态，评价也一直都特别好，但也有遇到个别把美食文化和政治挂上钩来进行攻击的，让人很无语。

在各路媒体的报道下，有研究中国民族文化的老师带着学生来吃饭，边吃边介绍维吾尔族；还有不少在学维吾尔语的外国人来吃饭，一进门就用维吾尔语打招呼，感觉他们来这儿比新疆老乡还要激动。学中文的美国人我觉得挺正常，但看到他们操着一口标准的维吾尔语，真的让我很震惊，也让我惊诧到这里真的是有热爱不同文化的人。还有些人本来对中国、对新疆一概不知，来吃饭的时候

开始拿手机查，然后就变成了常客。还有个人说因为拉条子，他把意大利面都戒了，以前不吃的鸡爪子，因为大盘鸡也接受了。餐厅开业以来，收获到的肯定、支持和喜爱还是最多的，ABC电视台来报道过，还有《洛杉矶周刊》前年推出的洛杉矶九十九家最好吃的餐厅里，也推选了我的餐厅，让我真的很自豪。

虽然我人在美国，可是我家里的整个环境，从饮食到装潢，地毯、挂饰等这些都还是新疆风格的，所有东西要么是我父母给我寄来的，要么是我回国的时候自己带来的。可能我以后不会回到新疆生活，但还是希望生活中能有熟悉的家乡味道。无论是来自哪个国家、哪个民族，人可能到最后都会希望"落叶归根"。

布哈丽且木：一直走在春天的路上

我丈夫是新疆最早一批下海经商的人，我则是第一批下岗职工。我们从很小的民营企业做到全球知名服装品牌ZARA的供货商，每一步都走得并不是那么容易。

我们是1991年结的婚。我丈夫之前在自治区经贸厅工作，虽然是人人都说的好单位，但当一家民营企业向他抛来橄榄枝时，他当即决定要离开经贸厅去民营企业试试。他在那家企业工作了三年，后来企业的资金链断了，贷款也贷不上，我丈夫发现是因为老板有些"小动作"，那是在服装行业，质量不行，信誉一下子就没了，生意也就完了。所以他又一次选择离开，我当时也选择了下岗，我们问朋友借了六万元钱，正式下海自己干。

我们从新疆出去的第一个落脚点是浙江宁波，那是1997年。在宁波的那段日子，遇到的最大困难就是建立信任，还有随之而来的资金问题。我们做的第一单生意是跟在广交会认识的ZARA采购商做的，我们跟着他赚不到多少钱，只是够养活自己。做第一单的时候ZARA是在六个月后才给我们结的钱，这也算是服装行业的行规，一般订单就是制作的人自己出钱先做，做完以后把东西给采购商，他们验完货以后六个月之内付钱，等于先要把货卖完了才会付钱，反正外贸都是这么做的。ZARA的订单不是谁都能做下去的，你需要跟工厂的人把关系搞好，时间长了，你的为人、你的人品、你的信誉度有了，才能做到一定的位置上。我丈夫慢慢积累了这三样至关重要的"法宝"，我们也逐渐在当地的工厂圈子里获得了信任，其中一些人后来还成为我们的合伙人，我们拿到好的订单也会让一些企业和工厂一起做。

从1997年到2001年，我们在宁波做的都是相对比较小的单子。后来ZARA在上海建立了一个中国总部，我们要经常跟总部的人见面，给他们提供样品，从2002年开始就进驻到上海了。刚好我们认识的一个客户应聘去ZARA的童装部当经理，他会把一些订单交给我们，我们的机遇就来了。ZARA这样的大公司的单子一般都很难拿到的，除非你的信誉度特别好。比如说他让你做到一百分，我们就得做到两百分，绝对要超过他要求的质量，才能拿到订单。刚开始我们都是硬着头皮借钱周转，想着不管怎么样都要把ZARA的订单做好。信任建立起来之后，我们开始能够提前三个月就拿到钱，这样子我们也可以把工厂的钱付掉了。我们在欧洲聘请了设计师，一年一百多万美元，做了大量的样品给ZARA寄过去，同时还必须保证质量。就这样，我们把ZARA大量的订单都拿到手上了，一直做到ZARA全球供货份额的百分之二三十。

在所有ZARA的供应商里，我们有自信做的是相当好的。出口创汇在上海排在前二十，每年都做到两千万美元以上，给上海也带来了不少税收。但是2008年以后，劳动力成本开始上升，辅料价格也涨了，我们的利润开始下滑，ZARA的订单也有了更多的竞争者。权衡之下，我们觉得好像生意做得差不多了，就决定收摊退休。我们和ZARA的合作延续了十年，当我丈夫给ZARA总部写信说因为种种原因，无法再继续延续合作的时候，ZARA也觉得非常遗憾。

布哈丽旦木和小儿子

采访于2017年10月

2008年，我们移民加拿大。我是先带着孩子来的，我丈夫把我们送来就回国了，因为公司还很忙，家里只能靠我来照顾。刚来的时候我一句英语也听不懂，一个认识的人也没有。而且那时候我弟弟因为心脏病突然去世了，两年后父亲也去世了，接二连三的打击让我痛苦不堪，我几乎一直在哭。刚来那会儿大儿子十六岁，小儿子五岁半，大儿子刚好处于最叛逆的年级，最让人头疼，一生气就离家出走，出去我也找不着他，反正有种"叫天天不灵，叫地地不应"的无力感。好在有个邻居，是广东人，她帮助了我很多。后来我在这儿上课学习，慢慢也学会了英语，认识了很多新疆老乡，也认识了很多上海人，因为做生意的时候学会了上海话，让我很快也跟他们打成一片。2012年，我丈夫彻底结束了生意，过来加拿大陪我们。一家人团聚在一起之后，我们的生活才开始稳定起来。

从2008年到2012年那四年时间真是不容易，现在想想当时自己胆子也挺大的，什么都不会就来了。可当时去宁波不也是什么都不知道的状态下就去的吗！我们一直都在冒险，好在有宁波、上海的那段经历，也让我习惯了离开家乡的生活。经历了最亲的人去世和在陌生的环境里扎根，我变得很坚强，再没有任何一件事情可以打倒我了，我相信总能等到彩虹出现的时候。我现在的首要任务就是培养儿子，希望能把他送入美国名牌大学。

从新疆到宁波、到上海，再到加拿大；从事业单位到赤手空拳下海，再到做强做大一个民营企业，每一步我们都走得很不容易，但很踏实。我们现在在加拿大也一样一步一步地走，很小心，很认真，特别是要严格遵守当地的法律法规。我丈夫是个很认真的人，来这里后的五年时间一直在学习、打基础。前不久他去美国参加了一个展览会，回来后他说："我们的春天又要来了！"

迪丽热巴：努力攀登去看山另一边的风景

在登上一座山之前，山另一边是怎样的风景，你无从所知。

1986年我父亲去美国深造，我们家三个女孩儿，当时我八岁，大妹六岁，小妹三岁，母亲为了照顾我们留了下来。父亲在去美国前曾在新疆教育局和新疆大学工作过，母亲也在新疆大学当老师。那些年因为学费很高，父亲一直半工半读，从硕士到博士，从五年延伸到十年，十年后他博士毕业，已经五十岁了。他虽然很早就想把我们都接过去，但为了不让我们吃苦，只能在完成学业、在大学找到了正式的工作后才来接我们。那十年间，父亲每年都会回来看我们，我们并没有因为他不在身边而伤心，因为在当时出国本身就是一件很不容易的事情，我们都为父亲在美国留学而感到骄傲和自豪。在那种心境下成长，我们都很努力，父亲也给我们安排老师教我们英语，但他从来没给我们灌输过要出国留学的思想，一直告诉我们要在新疆好好上学，在那里长大成人。直到高中毕业时，我们才确定要去美国的。即便如此，我还是在国内参加了高考，我的高考成绩在全校排名前十。

考虑到等美国绿卡还要一两年的时间，我就决定先去匈牙利上大学，学习计算机技术，再去美国读研。等绿卡办下来的时候，两个妹妹一个高中毕业，一个初中毕业，她们和母亲先去了美国。直

迪丽热巴

采访于 2016 年 8 月

到 2000 年，我才终于去美国和家人团聚。

我离开乌鲁木齐的时候，感觉那里的信息还比较闭塞。当时雅虎这些网络公司已经成立了，但是在乌鲁木齐，人们对此了解得很少，更不会就计算机技术类话题进行交谈、发表言论。那时我觉得，我们在计算机技术方面落后美国挺多的，那个差距让我印象很深。

2000 年我来到美国，网络时代兴衰起伏，泡沫经济破灭，迎来了经济萧条时代。硅谷有很多新的网络公司成立，比如 PayPal、eBay 等，股票在一天之内就由几美元升到几百美元。可是虽然他们有很大的点击量，但其实没多少获利，那几年信息技术发展很不景气，各个公司都开始裁员，许多网络工程师都面临失业。我当时找不到工作，况且我在匈牙利学的是匈牙利语，计算机用语也全是匈牙利语，所以我就开始通过各种渠道申请读硕士，并且找学校学习英语，在卖电脑、电脑维修的店铺打工，全面去了解美国的软、硬件。

2003 年我考上了研究生。刚好当时微软启动了一个项目，要将世界上所有的语言都引入他们的输入法，包括中国五大语言中的维吾尔语。他们找到了我父亲做顾问，父亲顺势推荐了我，这样我就在微软工作了一年，做维吾尔语语言输入法的项目。

那时我初出茅庐，还不太懂我专业的发展前景，没有想太多，只是想既然学了这个专业，那就一直学下去。2005 年我研究生毕业，一位教授很欣赏我，引荐我去了一家防火墙公司实习。我在那里工作了八年，公司由一开始的二十多个人的团队扩展到之后的六百多人，我也从一个小实习生晋升为产品负责人。2008 年公司 IPO，2010 年被惠普收购了，收购后工作就不会太繁重，我就开始做一些手机软件开发的工作。

2008年迎来了苹果系统软件开发的热潮，我当时跃跃欲试，之后的一年设计了大概有十几款软件，也参与了脸书的APP制作。那会儿人们觉得脸书主页上推送的东西很乱，我就想到刚好我从事过防黑客的工作，可以设计一个净化脸书主页环境、屏蔽那些乱七八糟的APP。设计完成后，当时就有一两万人来购买，销售情况很好。从那之后我就开始重新思考自己想做的事情。2011年我递交辞呈，去了一家关注教育，专门帮助学生学习的公司，但一年后那家公司被收购了。之后我开始向苹果、谷歌、网飞这些大公司发简历，通过面试，最终选定了在脸书公司工作。我对脸书还是比较感兴趣的，觉得它是一家很有发展潜力的公司。

我是属于专注于眼前、专注于当下的人，所以我不会制订那种太大的计划，只是脚踏实地走好当前的路，做好当下的每一件事，享受当下的每一天。进入脸书公司之前我的目标便是进一家大公司工作，我也没有想过自己该往哪个方向发展，去另辟蹊径，只是觉得应该把自己的工作做好，未来的路自有他的安排。在我进入脸书工作两年之后进入了一个由六个精英组成的团队，进入了那个团队后我还是一如既往，没有过太多奢望和设想。我从2012年开始在脸书公司的广告部门工作至今，和阿里巴巴、亚马逊等客户合作，负责管理四个组，共四十多个人的团队。

如今，我的目标是要当脸书公司的总经理。

艾尼瓦尔：每天都是零起点

我出生于1979年，在母亲的照顾下长大。第一次见到我父亲是我七八岁的时候，小时候什么都不懂，对他的印象就是断断续续一年见一两次面，吃个饭，给我送些礼物，就这样了。上高中时，母亲在一次工作中摔伤了腿，我要照顾她，就在乌鲁木齐石化工作了。1998年我去新疆职业大学读了汉语专业，2002年毕业。1999年，我参加了新丝路模特大赛，那是第一次在新疆设有分赛区，那之后的三四年中，我每年都在参加，每次都拿第四名。

在拿了三次第四名之后，我开始增加体育锻炼，增强体格。2005年，我参加了首届央视模特大赛，拿到了新疆赛区的亚军，之后又拿到了全国亚军。从那以后我的人生有了很大的转折。参加完比赛后，有公司找我签约，我有了经纪人，还成立了一个组合，参加了很多央视的电视节目。比如当时的《开心辞典》《非常6+1》《梦想中国》等，还进了《星光大道》总决赛，又是第四名。

怎么说还是拿了个奖，所以回到新疆后各种采访、电视报道、鲜花掌声……也颠覆了我母亲以前对我选择这条路的一些看法。后来我就去北京发展了，可一下飞机我非常失落，托朋友租的房子是在一间地下室，里面就只能放下一张床，我心里面特别委屈，昨天还是各种鲜花掌声，现在就只能住进这种地方。那是十一月中旬的北京，我穿着秋衣秋裤盖了两床被子还冷得直哆嗦。地下室手机信号也没有，完全是一种与世隔绝的状态，我非常失落，而且不服。我在地下室住了差不多半年的时间，后面慢慢有了演出，有了收入。有演出的时候我就可以住酒店了，就这样住几天酒店，再回地下室，再盼着去演出住酒店……那种飘忽不定的感觉，让我对"北漂"这个词有了深刻的理解。后来参加各种演出，收入慢慢上来后，我赶紧租了个两室一厅，虽然是合租，那个房子也特别阴，但毕竟我可以看到太阳了。

参加《星光大道》我最大的收获不是得到什么奖，而是遇见了我现在的太太。她当时是《星光大道》的舞蹈总监。她是一个非常棒的艺术家，她对艺术的理解、她的理念都与我很合拍，我们有很多共同语言，我觉得那是一种心灵的碰撞，是种非常温暖的东西。有一次我在大连生病了，连着三天每天都烧到快四十度，病到最难受的时候，她赶来带我去了医院，然后每天陪我去医院打针、一起吃饭。那是2006年的五一，当我最需要帮助、最需要有人关心的时候，上天把她派到了我身边，我觉得特别温暖。后来我回乌鲁木齐休息了十五天，回来之后看到她把我那简陋的出租房布置得像家一样的温暖，在那样飘忽不定的日子当中，出现了这么一个女孩，给了我这样一个看似特别简单，但是特别温暖的礼物。当时我就有了一个非常准确，而且永不改变的决定："我要娶她！"2008年，我们结婚了。结婚以后她一直支持我的工作，虽然我一个月可能在北京的时间也就三五天，其他的时间都在全国各地到处演出。

2008年的时候，我和日本的艾回音乐签约开始做唱片，出了两张专辑，然后去日本学习。签完艾回后我就更忙了，每天都是准备专辑的录制，选歌、录音、录歌等。

艾尼瓦尔一家

采访于 2016 年 8 月

我从中国来

2009 年 6 月，在我最忙的时候，我的女儿出生了。我从产房里把她抱出来的时候，就像做梦一样，突然怀里就多了一个生命，那种暖暖的感觉，我想要永远都陪着她。但工作还是特别忙，总是陪不了多久。我一个月最多在北京待一个星期，其他时间都在外地跑。家里找了个阿姨帮忙看孩子，后面开始早教之类的，每个礼拜六去上音乐课。有次我送她去，好像是因为换了个老师，她就觉得特别陌生，哭着从班里跑出来，越过我直接去抱住阿姨。那一刻我很失落，我觉得我是她爸爸，但对她来说却连亲切感都没有。工作、名望、鲜花、掌声我都得到了，但却失去了女儿的拥抱。

从那以后只要有时间我就在家待着，跟孩子在一起，不必要的聚会我都不去参加了。我是陪着太太看着第二个孩子在她肚子里越来越大的，我每天陪着我女儿说话，也让她和妈妈的肚子说话。宝宝出生后，我负责给孩子换尿不湿、冲奶粉，对孩子的那种付出，让我觉得自己太幸运、太幸福了。那时候我的组合基本上也就解散了，因为我要以家庭为主，没有办法配合去训练和演出。

之后我开始做自己的公司，时间就比较充裕了，可以自己控制时间。我觉得自己要在家庭中分担更多的事情，多陪陪孩子们。慢慢地孩子们长大了，我就决定出国试试，再寻找更大的一些平台去释放自己的一些能量，多给祖国争争光，多给民族争争光。

于是我们全家搬到了美国。第一关是语言，我是零基础来的。初到美国，人生地不熟的这种紧张感又回来了。我是又害怕，又不能害怕；又紧张，又不敢紧张。第一次去超市买沐浴露，我不会说 bodywash，就用手比画沐浴的动作，超市的服务员一个一个地帮我找，问是不是我要的。我就是在这种状态下开始学英语的。作为一个丈夫、一个父亲，这些是我必须要面对的，而且得永远面对。我要告诉孩子他们的父亲什么都不惧怕，什么都敢去做、敢去闯。

　　陪着孩子长大，我觉得最大的收获是我正确地认识到了自己，以前对自己的了解很少，现在明确地知道自己该做什么。虽然是刚知道，但我觉得也不迟，对我来说每天都是零起点的新开始。这条路是条单行道，每天都要往前看着走，过去的昨天永远回不来。对于昨天就该总结对的，然后放下一些该放弃的东西。

　　刚来美国，有那么三到六个月的心态转换过程。毕竟以前走南闯北做文艺工作，后来发展得还不错，去哪儿都是有专车，住星级酒店，有助理、经纪人给服务。突然一下所有的事情都必须自己面对，想往后躲一步都躲不了，必须要往前走。在这种情况下，我的确有些失落。但每天其实连失落的时间都没有的，孩子小，一会儿这个哭，一会儿那个闹。早上给他们做早餐，送他们去学校。女儿上学，儿子还小，就自己带着。太太工作忙也没关系，我就守着家，当全能老爹。等他们晚上睡着后，自己看着星空、看着月亮，深深地吸口气，想想原来的生活，这才会觉得有些失落，但从来不觉得后悔。

　　有人问我将来的理想是什么？我的理想就是将来等我的孩子长大了，他们能够说：谢谢我爸，我爸是最棒的！这就足够了。

高峰：用自信去赢得别人的尊重

几年前新疆拍过一部动作冒险电影叫《骆驼客》，讲的是民国时期的事情，故事虽然是虚构的，但骆驼客是存在的。我妈妈家最早就是骆驼客，我姥姥从山东到甘肃，赶着骆驼一路往西，到新疆定居，住在了红山脚下，那时候她也就五、六岁的样子。爸爸家去的更早，我太爷爷是晚清时跟随左宗棠一起去新疆戍边的副将，从我爷爷开始就是土生土长的新疆人了。新中国成立后因为一些历史原因，家里很多人就下了农村，在呼图壁县的一个村子住了下来。我妈妈家有十一个孩子，爸爸家有十个，我的表亲少说也有一百多人，是一个很大的家族。现在在呼图壁和乌鲁木齐，我家的亲戚特别多。

我妈妈年轻时学医，进了卫生院，又保送到昌吉卫校读了几年书，拿到文凭后回我们县当上了全科医生。她擅长给小孩看病，在我们那儿非常有名。我爸爸最早在工业局（当时叫企业局，后来又改为二轻局）工作。90年代初企业改制，有了企业承包制，我爸就承包了我们当地一家濒临破产的工厂。经过三年调整，工厂在1994年的时候盈利就达到了两百万元，1997年的时候光是新楼都盖了好几栋了。但我爸爸也因为工作太忙，把身体搞垮了，得了癌症，之后没过几年就去世了。

我考大学的时候就想要出去看一看，于是报考了安徽铜陵的一所职业大学的法律系。虽然去的是座中等城市，也就短短三年的时间，但的确让我的眼界一下开阔了。那是 1997 年，在那之前我去过最远的地方是乌鲁木齐。当时从家去学校要坐将近七天的绿皮火车，中途在南京站转车，我看着车窗外就想，原来这个世界是这样的，有那么多高楼、那么多车。

我在铜陵安安静静读了三年书，毕业后本来想在外面闯一闯，但是因为当时我爸患病，就打算回家。回到新疆，我爸爸就去世了。之后我在法院找了份工作，在派出法庭工作了两年，接触了很多基层的工作，让我整个人生观发生了很大改变。我发现自己还是应该出去看一看，那是我从小的梦想。一次饭局上，一位朋友撺掇我一起出国看看。我喝完酒，回家一想，可以啊，出去看看为什么不行？于是 2003 年我辞去工作，去北京学了法语。

我是把房子卖了筹的钱去北京外国语大学学法语的，没有退路了。当一个人真的想干一件事的时候，就没有什么难不难的。将近八百页的法律书我都能背下来，几千个单词还背不下来吗？以前上学的时候我英语很差，可是学法语之后，把自己的潜能量激发出来了。我每天背一百个单词，背不会就不吃饭。2005 年 3 月，我成功拿到签证，来到法国。我到巴黎的时候，用法语对话已经没有问题了。

到巴黎那天，我坐的是凌晨五点到的飞机。我没有找中介，是自己摸过去的，一块学法语的一个师兄比我先过来，我出发前一天给他打了招呼，他说会来接我。结果到了之后我就傻眼了，我之前去过的机场一般只有一个出口，那儿却有好几个，不知道该从哪个出去。我向一个台湾人借了手机，给师兄打了个电话，没想到他跟我说：地铁罢工了，你等一会儿吧，我八点以后再来接你。我只好在机场等了三个小时，期间我就开始琢磨：怎么会罢工呢？大家都不想吃饭了？不想要工作了？师兄来了之后告诉我，在法国罢工，就像在新疆吃大盘鸡一样，想吃就吃，想罢就罢，慢慢你就习惯了！

我在巴黎待了半年，之后去了利摩日，在那儿又读了三年法律。法律专业对语言的要求太高了，我很难达到，当时我已经快二十八岁了，最后就放弃了。不过我没打算就这么离开法国，我已经完全习惯法国的生活了。2008年，我注册了一家公司，开始做生意。先是摆地摊，卖新疆的艾德莱斯绸，卖得相当好。一次偶然认识了一个英国人，也是摆摊卖纺织品的，算是同行。他从我这儿订了一个集装箱的货，没付定金，结果货到了之后他不要了，给我气的。没办法，咱中国人吃苦耐劳，我就租了辆卡车把货拉到市场上，在他对面卖。他卖一百欧元我就卖三十欧元，最后逼着他没办法，只能从我这儿进货。慢慢地向我进货的人越来越多，我就租了大仓库专门做批发。2009年以后，因为中国市场的棉花涨价、劳工涨价，产品也就涨价，这个生意就开始走下坡路了。

我经历过经济危机、汇率暴跌的时候，也赔过。不过最惨的还是被偷的那一次。2009年的一个星期五，我去巴黎进货，两天没有回家。回来一开门就傻了：家空了。一楼仓库、保险箱、办公室；二楼电脑、电视、首饰；全没了，空了！那次的损失至少在十万欧元，相当于我就快破产了。半夜，我坐在台阶上打了两个电话，一个是给我妈打的，一个是给发小打的。我妈说：东西丢了就丢了，人没事就行，不行再回来，咱不差那一点钱。发小说：我这儿有钱，多的不说，五十万、一百万人民币我随时给你准备。听了他们的话，我心里一下子就舒服了。我当时就觉得，出门在外，有几个支持自己的人、几句暖心的话，真的就够了。

高峰 采访于2017年10月

2012年，我开始往中国出口法国的红酒。我周围接触红酒的人很多，我自己也喜欢红酒文化。在法国，想进入当地人的圈子，最简单的就是从红酒入手。你跟一个法国人聊历史、天文、地理，他没兴趣，但是你跟他聊一瓶红酒，他就会很有兴趣。对法国人来说，红酒是他们的骄傲。

我也开始在家乡呼图壁做酒庄，在这个过程中遇到了很多有意思的事情。有一次我给一个新疆朋友推销红酒，我讲它的历史、它的收藏价值，讲了一大堆，然后老乡就问了我一个问题：喝几瓶能喝醉？我说啥意思？他说，我们喝酒就是要喝醉，白酒一人一瓶就醉了，你这个几瓶能喝醉？我说不知道，那试一试吧，然后搬了一箱过去几个人喝个光，感觉像没喝酒一样，又再搬一箱，再喝……最后老乡说：你这个酒喝不醉，不好。

我在法国这些年，开阔眼界就不说了，收获了许多朋友还有我的家庭。我爱人是我朋友的同学的师妹，2006年我们在打工时相识，她当时岁数还不大，刚毕业。后来我们在法国结婚，2014年有了孩子。

这些年我也在总结，为什么我们中国人走到现在，很多外国人还是瞧不起你，看上的仅仅是你的钱，觉得你中国人就是有钱而已。我觉得我们需要自信，把自己最好的东西展示出来，去赢得别人的尊重，这个很重要。我现在正在打算办一个中法协会，主要以旅游商业服务为主，推广文化，让大家认识新鲜事物。现在再谈赚大钱没有意义，我的能量就那么大，所以我在有限的时间里，就想做一些更有意义的事，做点自己喜欢的事。我喜欢读书，喜欢历史，那么我就在读书和历史里，做回我自己。

程浩：寻找热情与安逸的平衡

从小我就有一个很强烈的愿望，那就是离开乌鲁木齐。不是因为那里不好，只是觉得自己一定不会只蜷在那一个点。

我小时候特别乖，从小到大都没让父母操过心，一路都是三好学生、优秀学生，但我也有自己的想法，还挺倔。我父母都在机关单位工作，一直希望我能去学经济、金融这类的专业，我偏偏就报了北京第二外国语学院的英语专业。去北京上学之后，我才知道新疆的教育水平跟内地差距很大，你在老家学习再好，跟内地的孩子相比基础都差了一大截。大学前两年我在班里的排名很靠后，我觉得不能这么一直在后面落着，当大家都忙着谈恋爱的时候我依然把精力都放在学习上。当时还有留京指标这个政策，比如说你是全年级前十名的话是可以留北京的，还能有户口。我的目标就是要留在北京，竭尽全力留在北京。最后大学毕业的时候，我是全年级第三名。

有些时候你再怎么想规划人生，结果通常都不是你想的那个样子。大学毕业时我参加过外交部的公务员考试，拼尽全力进入了最后一轮面试，那时候就只剩三个人了，但结果没被选上。现在想想这可能也是一种安排，因为这样就把我推进了新闻圈子。那时一些电台、电视台在我们学校招聘，我都去考了，最后考上了中国国际广播电台。正好那个时候北京秋高气爽，我一下就觉得，还是这个地方最适合我。我义无反顾地和国际台签了约，也有了正式的北京户口，感觉挺知足的，毕竟是个铁饭碗。工作之后也学到了很多东西，从最基本的怎么写稿、怎么编节目开始，日复一日，年复一年。或许是因为自己表现很稳定，而且拿了很多新闻类的奖项，台里给了我驻外记者的名额。当时我可能是全国际台最年轻的驻外记者，那年我二十五岁。

我是 2002 年进入的国际台，2005 年去的澳大利亚，2008 年结束了驻站。澳大利亚当年没有什么大新闻，算是一个很安静的记者站。驻站三年，我跑遍了南太平洋的国家，因为我想要主动去找新闻，借着报道的机会去寻找一些故事，那段经历让我觉得很难忘。

我在一次陪同领导到北美做调查访问的过程中，去参观了联合国。当时就觉得能在联合国工作应该挺不错的，跟随行的导游聊了一下，她说只要是联合国一百九十多个会员国中的一员，通过考试都能够获得这个工作。回去后我上网搜索了一下，的确联合国每年都有一次青年专业人员考试，我觉得挺有意思的，就一直在关注。应该是 2006 年，新闻专业有给中国的名额，我就报了名，参加了笔试还有几次面试，之后就没音信了，当时我还在澳大利亚悉尼驻站。一年后接到通知，说可以参加第二轮考试，可考完又没音信了。六个月之后来了个电话问我能不能去纽约面试，提供机票，我觉得挺好的，就当免费去玩一玩，请了两天假就去了。面试之后再次没了音信，其实我在这整个过程中并没有报任何期望，考完就完了。

2008 年我驻站快结束的时候，国际台希望在悉尼建一个地区的新闻平台。因为我已经在那待了很长时间，比较熟悉，台里希望我留下来做这个平台。就在这个当口上，联合国的录用通知来了，合

程浩

采访于 2016 年 10 月

同也都发过来了。我一直对纽约有一种向往，觉得那是一个世界的中心，诱惑力自然要比安静的悉尼大很多，同时联合国的这份未知的工作也充满了吸引力。于是我就从国际台辞了职，去了纽约。

刚到联合国工作，全部都要靠自己，一切都得重新开始。我先是住在法拉盛这边的华人区，当时正好赶上美国金融危机，房地产大跌。2009年年底，我把北京的房子给卖了，在布鲁克林买了一间公寓。反正现在看来这是一个正确的选择。

联合国一直在强调语言平等，六种官方语言里中文是其中之一，但是所有的重要会议文件，首先出来的是英语和法语稿，这倒不是一种歧视，但起码不是语言平等。其他官方语言的稿件都要在英语和法语稿出来以后，才会被翻译，没有办法做到现场同步。我觉得联合国的很多中国籍员工其实工作都很出色，但升职的机会很少，虽然是在联合国这样的一个平台，能进来的都一定是非常优秀的人，但是中国人在口碑等各个方面始终比不过欧美国家的人。我发现在这里，即便你再怎么努力，该不用还是不用你。我想与其这样，不如就放轻松去享受一下生活，所以我整个人也就一下放慢了很多，性格上不再像以前那样争强好胜。

虽然态度上不再那么激进，但这份工作还是让我基本上没有个人的生活。早上五点就得起来准备新闻简报给秘书长，要汇报全世界过去二十四小时内发生了什么事情，之后要开始给发言人做午间的通报会用的热点问题，还要跟其他部门去协调怎么处理事情。上班早，下班也没点儿，有时候晚上九点多还要陪秘书长去参加晚宴，写发言稿，记录他说了什么，回来还要做报告。以前对这些工作还挺仰视的，后来才知道，一个人的背后有那么多人去支撑，幕后的工作是最难、最有挑战性的。

我是有名校情结的,到了纽约后,觉得周围人都是各种光环,心里头也有点不太服气,就报了哥伦比亚大学新闻系的研究生,还拿到了奖学金。这个过程中最大的挑战就是怎么兼顾工作和上课。每天下班后要赶紧往学校赶,学校的作业也要同时做,好在我有工作的经验,很快就适应了。中文的新闻写作方式和西方不一样,欧美国家的新闻比较喜欢夸张,标题一定要吸引人,而在国内给我的灌输就是必须实事求是,不能夸大。读研期间,刚开始我的作业返工返得很多,每回写完教授就打上一堆红叉退回来,我就及时去适应新的规则,到后面基本上是一稿就过,不会再有任何的返工,毕竟知道要投教授所好。

联合国的员工来自世界各国,大家在文化习惯、生活信仰等各个方面都不一样,这样不同的人在一起工作会产生很多不同的火花。我经常能从一些其他国家的同事身上看到让人钦佩的、无私的奉献精神,还有勇往直前的勇气。有的同事甚至都六七十岁了,还对工作保持着无比的热情,我也挺羡慕的。而我们中国人的这种希望安逸与追求平淡,我觉得也很好。

阿特丽柏：在命运的海浪里前行

回想我最初的规划，是大学毕业后来德国上研究生，毕业后回国找一家世界五百强的德国公司工作，然后在国内成家立业。而现在我直接定居在德国，结婚生子，唯一圆满的是能够在西门子这样的大公司工作。感觉是命运把我一步一步推到现在，就好像在海浪里面一样。

我家是典型的知识分子家庭，民族成分挺多，有维吾尔族、塔吉克族、塔塔尔族。我外公是新疆当代文学的奠基人，家人都围绕着新疆日报社和周边单位工作。父母各自接受的家教都非常严格，对我的要求也就特别高，从小必须考第一，汉语必须要学好。

1998年，我考上了北京广播学院（现在的中国传媒大学）广告学专业。大二开始就一心想要毕业后去国外深造，那时候我特别喜欢法国，女孩子嘛，就是向往浪漫。后来我母亲说还是德语更有用，很多机械行业、跟经济有关的行业，德国都很先进。再三考虑后，我决定学德语。

刚开始接触德语时真的觉得它是世界上最难的语言。英语即便语法不标准你也可以把你的思想表达出来，甚至不用去关注什么主谓宾。但是德语你要是不懂四格和一些特殊的语法环境，人家根本不会知道你在说什么。我当时想着语言学完后就可以直接到德国来上研究生了，但当时得到录取通知的学校需要我过去再上一年语言，而这一年的学费是我父母一年收入的十倍。因为实在不想给父母带来经济压力，我就决定先工作两年。

我在新疆的阿尔曼公司市场部工作了一段时间，在那儿认识了一对奥地利来的夫妻，他们觉得我的德语很好，问我有没有兴趣做翻译，但是要去宁夏银川。我这辈子都没有想过要去宁夏，但还是去面试了，见了公司的董事长。这是一家非常大型的中奥合资企业，做的产品是非常高规格的铸钢和铸铁件，需要一个人来做中间的协调和翻译，工资给得非常高。我想既能练德语，又能学到新的知识，最重要的是工资还那么高，就跟父母商量了一下，背上行囊去了银川，一待就是三年。

那之后我又去了上海的一家德国公司，福利待遇都非常好，也有机会去德国培训，平时都是在家办公，经济上是非常宽裕的。那时我甚至想过要在上海买房，后来还是想先结婚再说吧。我父母是很开放的人，三十岁前没催过我结婚的事情，但一过三十，他们就开始担心我的婚事了，经常说我的朋友的孩子都上小学了，我也得抓紧了。其实也不是没接触过很好的男性，但我对大男子主义很抵触，我就是没办法去对付大男子主义这样的事情，在我看来尊重彼此是两个人在一起最基本的要素。

在上海工作了三年多，就遇到西门子招人，我就去面试了。四、五个德国面试官给我面试，用德语面试了一次，然后又用英语面试了一次。最后通过三次面试，我就进入了西门子做战略采购。在西门子做了差不多快两年的时候，我认识了我的老公。他是供应商，负责质量管理。因为我们做的工作性质差不多，经常会一起出差，慢慢就产生感情了。当时商量过要么他去中国生活，可以在上海西门子；要么我来德国。最后权衡考虑，加上我会德语，他就觉得我

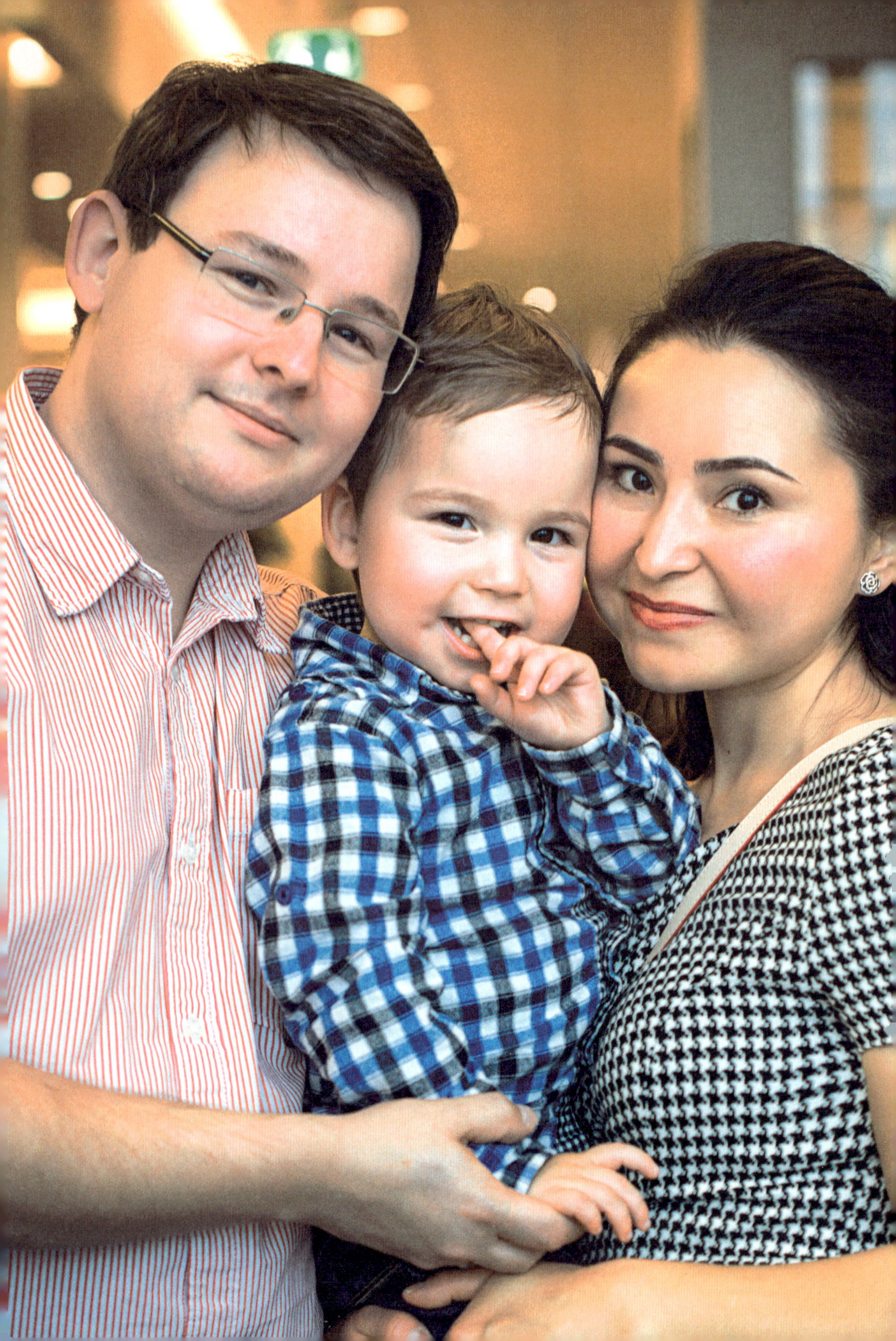

阿特丽柏一家

采访于 2017 年 11 月

来德国肯定会很快就适应。于是 2013 年，我来到德国定居。我老公还开玩笑说，我学德语其实就是因为未来要嫁给他的。

都说德国人很古板冷漠，但我老公一家人非常的热情。第一次见面的时候，我一进门婆婆就给了我一个很大的拥抱，说他们一直在等待我的到来。我老公都没跟他们说我会德语，就说是中国女朋友，后来我才知道我婆婆为了和我交流，还特地提前看了两天英语书。在知道我会德语后，公公婆婆都特别高兴。我婆婆曾经在波茨坦能源部工作，是非常权威的一位女性领导，她经常跟我说她是怎么走到这一步，因为在德国作为女性要做到中层或者高层领导的位置是不容易的。虽然说德国人一天到晚嘴里挂着男女平等，但同样的岗位，女性的工资还是比男性要低好多，女性要进入到管理岗位也非常困难。第一次见面我婆婆送了我一本关于柏林和波茨坦历史的书。她超级爱看书，在她家可以找到一百年前的书，每次有处理旧书的活动，她都会去买很多书回来。我记得当我跟一个朋友说我婆婆第一次见面的时候送了我一本书，那个朋友反问为什么没有送金首饰，按照新疆的规矩，第一次见面要送首饰，但这在德国是不存在的。我就觉得那本

书比十个金戒指还珍贵。

  经常有人跟我说："你是女强人，肯定不会哭"，但在某一时刻，我也会掉眼泪。想想十几年前我学德语不过是为了来读书上学，现在却结婚生子定居在此，身在异乡最需要耐得住的是寂寞。不是说我的生活很寂寞，而是内心深处，我的一部分心始终是在家乡，在父母身边。虽然我很庆幸我还有个妹妹在父母身边照顾他们，但那永远是我的一个牵挂。心情不好或者是家里遇到事情的时候我就会想，我在这儿干什么？我为什么到这儿来？慢慢成了一些略带哲理性的问题。虽然我一直有计划将来要怎么走，但冥冥之中生活好像海浪一样，就一直推着我走到了这儿。总结起来就是：既来之，则安之。既然来了，就要接受这份寂寞，踏踏实实地走现在的路。

曹新丽：用运动员精神去生活

我父母是1967年从河南支边去的新疆，直接去的若羌县。若羌县在塔克拉玛干沙漠最南边，当时去那边只能穿过沙漠，听我母亲讲当年我父亲差点就丧命在沙漠上。虽然他们来的过程很苦，但对新疆有一种特殊情结。他们作为年轻的建设者来到新疆，组建了家庭，开始新的生活，又陆续生下我们五个孩子，人生的大部分时光都留在了新疆。在那个年代，我想可以纪念岁月的方式更多的是留在孩子的名字里，也许这就是我家五个孩子的名字里都有个"新"字的原因。我在乌鲁木齐长大，记忆中的乌鲁木齐没有几条特别宽的公路，冬天下很大的雪，很冷；夏天就很好，大家一块儿到红雁池水库去游泳。儿时的记忆都挺美好的。

成为运动员好像是天生的。我小学三年级参加冬季长跑比赛，跑了个全校第二名，只有一个六年级的学生比我厉害。之后学校就把我招到田径队，稍微一训练我就成了全校第一。从小学到初中，我是各种田径比赛纪录的保持者，大家都说我很有运动天赋。我当时没有想过要成为职业运动员，要练什么项目都是教练说了算。因为我田径方面的突出表现，五年级时教练把我送到了摔跤队，练了几个月后拿了沙依巴克区少年组冠军，之后参加了乌鲁木齐市少年组比赛，也拿了冠军。初二的时候我被特招到乌鲁木齐市体校，项

目从摔跤改成了柔道。在体校就只有一个目标：好好训练，拿新疆冠军。后来我又开始练举重，乌鲁木齐体育局把我们整个举重队送到内蒙古训练，当时的教练送了我一本关于健美的书，对我说："你适合练健美。"可我那时对健美完全没有概念，也压根不想去了解。

我从体校毕业后做了小学体育老师，每天朝九晚五，突然觉得人生没什么追求了，进入常态的生活，让我觉得很不习惯。一天偶然路过一家健身房，进去看了看，教练看到我身上的肌肉，说你举个深蹲看看。我就哐哐举了八组八十公斤，就是原来体校传统的训练方法，举完之后教练就惊呆了，他说我具备拿全疆健美冠军的资质，可以免费训练我，我就开始练了。练了一个月，我就拿下了新疆的健美冠军。

1999年我拿到新疆冠军之后，获得了参加首届全国体育大会的资格。教练说全国比赛水平要比新疆高很多，有那么几个运动员已经练了好些年了，很厉害，我如果想拿到好名次，必须要超常发挥才行。为了这次全国比赛我付出了很大的努力，2000年6月，我拿到了全国冠军。2001年9月，我去参加亚洲比赛也拿到了冠军。拿到亚洲冠军后，新疆体育局开始重视我了，把我借调到体育局，我就全身心投入训练。2003年我被特招到了北京体育大学的健美专业，以前没有这个专业，我成了当时唯一的科班出身的特招运动员。2000年到2009年之间，我陆陆续续拿了十次全国冠军，两次亚洲冠军，两次世界第三。

其实健美运动在新疆发展得挺早的，但只有屈指可数的几个人才，比如罗建群、苗德彬，都是拿过全国冠军的。新疆的女性健美运动员里，可能我是最早的。从整体上来说并不普及。我以前训练摔跤、柔道、举重，其实都要比健美辛苦得多，投入的精力很大，

曹新丽

采访于2016年10月

而且当时都是带着任务去比赛，压力真的很大。但练健美没有人强迫我，我是本能的喜欢，靠着这个感觉推着往前走，后来想想其实主要是靠我以前练摔跤、柔道、举重而留下的底子。练习健美期间家里面也出现过分歧，主要原因一个是我需要停下工作专心去练健美，家人肯定不同意；另一个是女性健美运动员参加比赛只能在大庭广众之下穿件比基尼，家人思想传统接受不了。但是我们运动员都是热爱自己所从事的行业的，而且我们都有一种自信，我就觉得肌肉是好的，是美的，是健康的。如果有人说女人太壮不好，疙疙瘩瘩的不好看，应该细胳膊细腿什么的，我只能说他的审美还停留在初级阶段，而我已经达到高级阶段了。而且我的性格就是，我认定的事情一定会坚持，不会因为别人让我不要做了我就不做了。

在我的人生中，我没有刻意策划过要干啥，只是按部就班地把每一件事情尽最大努力去做好。我也是以这样的人生态度走到了美国。当时在国内，每年都在忙碌地参加各种比赛，从没想到要出国。是我姐姐到了美国以后，想把自己的亲人都接出来，所以就张罗给我办杰出人才移民，办好了我也没多想就来了。

来美国之前，觉得这里被描述得像天堂，高楼林立，美得不得了，但是来了之后，尤其是刚来的时候去的纽约华人聚集区法拉盛，看到那个景象非常失望。且不说脏乱差，放在当时的中国完全就是三线城市的感觉，我说这哪像美国呀。之后很快出现的一个问题就是语言，虽然在法拉盛生活出门基本不需要用英文，但是我总不能一直待在家里。首先我就想去干老本行，想要先训练，但没有只说中文的华人健身房，找到的健身房全部得说英文，语言成为一个很大的困扰。心灵上也很孤独，在新疆的时候，家人和朋友都是我的精神支柱和靠山，但来了美国之后，刚开始还经常和他们通电话，时间久了就没什么可说的了，前男友也因为远距离而慢慢疏远分手了。我很茫然，一下子找不到人生的价值。我会想我到底是要接着训练比赛，还是去找找别的生存技能呢？

我在国内从十几岁开始就是运动员，不停地行走在去比赛的路上，感觉自己的使命就是不断地为新疆拿金牌，为中国拿金牌。来了美国突然没了这些任务，也没有教练给你下指标，一下进入了普通人的生活模式，生存成了面临的最大问题。在学语言的过程中，我先试着找了一家健身房，想先找个地方练着。也是很感谢能有这个机缘，我去报名的时候健身房的一个主管发现我有肌肉，身材很好，我就给他看我拿亚洲冠军时的照片。他说，你要不要在我们这当教练试试？就这样我找到了第一份工作。

经过两三年的历练，我才慢慢开始喜欢上美国。在这段时间里，我慢慢也能听懂英语了，自己也会说了，出门看了看美国的其他地方。我发现除了法拉盛，其他各个地方其实都是各种文化的大融合，大家相处得都挺好的。尤其是去了曼哈顿，大家对我这一身肌肉还挺喜欢的，觉得很健康，很厉害，我也找回了自信。最主要的是，这段时间也是一个重新打造自我的过程，是我的内心变强大的过程。

经过这些年的打拼，我现在已经和搭档成立了一间私教工作室。健身依旧是我热爱的行业，就像一种本能，感觉闭上眼睛都可以把学员教会。我还和老公开了一家亚洲多元风味的餐厅，最近推出了新疆菜，算是第二个产品。同时我也在大学兼职当老师，专门教健身，一个星期上两次课。我的老公就是我最初当教练时教的学生，他很欣赏肌肉型的女孩，这也是一种缘分吧，我们顺理成章地在一起了。我是2006年认识的我老公，我们2009年结婚，2011年第一

个孩子出生，我们现在有两个孩子。

　　新疆是生我养我的地方，是我最留恋的一个地方，那里有我的家人和好友，还有非常难忘的童年。美国也一样是我的家。我现在并没有非要把自己定位在我是新疆人、中国人或者是美国人，我的心态已经放得很普通了。不管在任何地方，我就是我，我会继续用我的运动员精神，去努力地把自己想要做的事情做到最好。

月亮：明月出天山

李白有一首很著名的诗句："明月出天山，苍茫云海间。"我的名字就来自这首诗，我叫月亮。

我在新疆的奎屯出生，从小看着天山长大。我的外公外婆是王震部队的，父母也在新疆出生长大。我成长的地方汉族比较多，去了乌鲁木齐之后我才发现新疆很多元，什么民族都有，而且好像没什么区别，无论哪个民族都是从小就生活在一起，大家接触到的事物都是一样的。

我大学考入了新疆艺术学院的影视表演专业，2000年就开始接戏了。第一部戏是中央电视台电影频道的电影，演了女二号，还参演过新疆第一部实验短片和第一个小剧场话剧。当时新疆的电影女一号都会从内地找演员，除非是少数民族电影才会在新疆本地找，像我这样的汉族演员在新疆的电影里能拿到的最好的角色就是女二号了。我在学校里收获最大的就是汲取了各种各样不同的少数民族文化，我当时身边的汉族朋友不多，少数民族朋友倒是一大堆，少数民族文化上的熏陶至今都影响着我。2004年我大学毕业，先在儿童村做了一年义工，因为我觉得我一定会离开新疆，所以想要在离开前为家乡做一点事情。

我和弟弟学过古筝，他在全疆拿过第一名，我觉得我比他更强。从上大学开始我就参加演出弹琴，演出就能挣到钱，自己交学费。离开乌鲁木齐，我去考了北京电影学院的导演系研修班。进校后我就被现代箜篌的创始人崔君芝老师发现了。我当时对箜篌这件乐器没什么兴趣，觉得挺简单的，但听到崔老师的弹奏后就感觉很不一样，特别有气质。当我把箜篌抱在怀里的时候，我觉得这就是属于我的乐器了，特别当我知道箜篌与新疆的关系后，更加坚定了学习箜篌的决心。

我们国家仅有的两台箜篌文物都在新疆出土，一个在且末，一个在吐鲁番。汉乐府的时候有卧箜篌；西方的竖琴从西域传到中原，被人们称之为竖箜篌，相传汉灵帝特别喜欢这两种箜篌。箜篌发展到唐朝进入了一个鼎盛时期，尤其是竖箜篌变得特别出名，在敦煌壁画上留有非常美丽的展现，在文人墨客的笔下也有特别美的诗篇形容，但是后来失传了。清朝的时候人们想要复原这件乐器，就把卧箜篌和竖箜篌结合起来，变成了中西结合的乐器，就是现代箜篌，等于说箜篌是多元民族文化融合的产物。当我了解到这段历史，我觉得我和箜篌很有缘分：我出生在新疆，从小接受新疆的多元文化，这些多元文化塑造了我的性格。我决定一定要学好箜篌，梦想着有一天能把这件乐器带回新疆去表演。

我一直都对古典音乐和汉文化很感兴趣，在新疆能吸收到很多少数民族音乐的东西，但汉文化比如古诗词的就少了，到了北京感觉懂得汉文化和古诗词的人多，但懂得新疆的那种音乐文化的人就几乎没有了。我发现内地的人在演奏新疆的曲子时那个味儿都不对，他们觉得少数民族的东西就是打鼓点，我说你们应该到新疆看一看，除了鼓点节奏，人家还有缠绵的情绪。那个时候我就希望自己能够多演奏一些新疆的音乐作品。

我在北京经历了很多文化上的不适应，还有人情冷暖，甚至欺骗。当时我已经二十九岁了，别人都觉得我差不多该谈恋爱、该结

月亮

采访于 2016 年 10 月

婚生子了。我觉得他们没有意识到我的价值，我是快三十岁了，但我还在追寻自己的梦想。

2010年的时候我来过一次美国，当时是参加中央音乐学院的一个中国音乐比赛，去了加州。第一感觉就像回到了新疆一样，太阳很大，水果很甜，周围的人很简单，人们脸上的表情很轻松，见面认不认识都打招呼。在参观了一些专业的音乐机构之后我发现我需要去学习更先进的文化。虽然当时面对着国内很多很好的机会、很不错的条件，但我一心就想找个安静的地方弹琴。2012年，我把心一横，决定放弃一切来美国。

我来的时候特别决绝，我把我的钢琴卖掉，换了一张来纽约的机票。带着箜篌、乐谱和一本王羲之的《兰亭集序》，我踏上了行程。到了纽约之后我觉得自己来对地方了，博物馆、美术馆、歌剧院、音乐厅……全部都是我最喜欢的东西，这里就是我一直以来想要的艺术天堂。我从小到大就想做艺术，一直很难有人理解我对艺术的热情，为了艺术，我可以放弃名利。总之，来到纽约越发觉得这里很好，尤其是待了这几年之后，更是感觉非常神奇，我发现纽约其实和乌鲁木齐的感觉差不多，我可以迅速适应这里。在国内提起新疆好像比较落后，但到了国际上，我们太先进了，我们从小就在接触不同的语言、不同的长相、不同的文化、不同的信仰……而且在新疆长大，性格会不一样，我到现在还改不了新疆人那种特别真诚、特别直的性格，哪怕经常会被人骗也好、坑也好，但是骨子里会觉得就是应该这样做事儿。这样的性格可能会在生活上给我造成一些阻力，但是其实也会有一些助力，因为总会有人喜欢你这种性格。

刚来纽约时我住在华人区法拉盛，然后一直在搬家，过了一段很颠沛流离的生活。有一次竖琴国际协会的主席和他太太来我家听我弹琴，那时候正是大夏天，我住的屋子很小，没有空调，床旁边就是箜篌，再有个衣柜，也就那么大了。当我给他们演奏完，看见他们都汗流浃背了。主席先生问我："你觉得你放弃之前的一切跑来弹箜篌值得吗？"我说："当然值得！"他觉得很不可思议。我曾经借住在朋友曼哈顿中城的房子里，正好经历了纽约夏天里最热的三天，房子没有空调，窗户上没有纱窗，晚上蚊子把我从头到脚咬了三十多个包，我照样天天在家里练习，别人敲门我都听不见。朋友说你真能吃苦，一定能成事儿。我觉得如果说我小的时候喜欢艺术，却不能接触，都能坚持下来，那这些对我来说还算事儿吗？很多时候别人佩服我，说我做到了别人做不到的事情，我觉得这些事情都不是指弹琴这件事本身，艺术本身对我来说没有任何难度，我所面对的困难是，我需要把大量的精力花费在，要么去对付世俗，要么去对抗周围的不理解或者莫名其妙跟艺术毫无关系的事情。

在美国这些年，我在联合国弹过箜篌，在林肯音乐中心成为第一个在那里弹奏现代箜篌的人，在一个多国演奏家共同举办的名为"爱地球、爱和平"的音乐会上，我代表中国弹奏了箜篌，最让我感动的是，主办方在介绍我的时候，特别说明我和箜篌都是来自中国新疆，我当时眼圈就红了。我还回国在CCTV中国民族器乐大赛上弹过箜篌，是唯一一个来自海外的独奏选手，也在上海和爱乐乐团合作弹奏过箜篌。多么希望有一天，我能够带着箜篌回到新疆，和家乡的民族音乐家一起登台合作，弹奏最正宗、传统的新疆民族音乐。那真的是我最大的梦想。

每当想家的时候，我就会坐在阳台上，唱《可爱的玫瑰花》，唱很多新疆歌曲，想象着带着箜篌回到新疆的那一天。终有一天，我要让箜篌在家乡、在中国再度流传。

姚康：远走，却不愿高飞

从小我就有一个梦想，那就是远走，走出新疆。对于大部分生活在新疆的人来说，我们会对外面的世界有一种不一样的憧憬。

我的父母都是湖北人，他们在新疆相遇、相知、相爱。父亲是上中学的时候当兵去的新疆，那时当兵能减轻家里不少负担；母亲是八岁的时候跟着三外公一家去的新疆。1982年，我在新疆乌苏出生。三岁那年，父母第一次带我回湖北，见到了年迈的祖父，也吃到了父亲经常提起的家乡美食。对于出生在新疆的我来说，湖北让我产生了一种找到根的感觉。

父亲从部队转业后学习了做面包，母亲停薪留职帮他创业，当时乌苏市最大的面包房就是我们家开的。记忆中童年家里很富裕，那时问我未来想做什么，我的回答是：面包师。后来父亲关了面包房，在市中心开起了餐厅，生意一度很红火。可惜好景不长，随着母亲在单位的要求下返岗，父亲一人无力支撑，餐厅被迫关门了。全家的收入顿时只剩下母亲微薄的工资和一点点积蓄，面包房里的机器设备和餐厅关门后剩下的锅碗瓢盆，最终成为一堆连废品收购站都不愿收的破烂儿。

我在乌苏一中上的中学，初中一直在班里担任学习委员，每次考试排名前三。中考时，我以全市第八名的成绩考入了本校高中部，可到了高三，我突然决定要转学去奎屯的一所私立学校，因为我认为的好老师都去了那里。为此我毅然让出了预备党员名额，拿着全新的档案，成了这所新学校的"试验品"。昏天黑地地学了一年后，我考上了北京第二外国语学院，顺利离开了新疆，第一次走进祖国的心脏，也算是第一次实现了自己远走的梦想。

因为分数的原因，我被调剂到了当年最没人气的朝鲜语专业。班里的同学来自祖国天南海北，但新疆对内地来说还是一个相当陌生的地方。也许是因为我浓眉大眼的长相，常常被误认为是少数民族，还会经常被问在老家是不是骑马上学。新疆与内地在语言上的差异更是闹了不少笑话：从小喝到大的"奶子"（牛奶），被同学听后说我耍流氓；在餐厅里让师傅少放皮牙子（洋葱），他们从来都听不懂；我口中的眼眨毛（眼睫毛），同学们更是不知所谓。

当时看到周围的同学有的公派去了朝鲜平壤，有的拿着奖学金去了韩国釜山，我暗自下定决心：要学就学最标准的朝鲜语！于是，我动用了父母留给我成家的所有积蓄，2003年只身一人来到韩国首尔，开始了自费留学生活。当时中韩两国的物价水平悬殊挺大的，我在北二外食堂一顿饭只需要三元，但在韩国最少需要三十元。为了供我留学，父母背上了不少外债，好在我背后始终有一位永远支持我做任何选择的母亲。

我一边学习，一边在补习班教汉语，就这样在首尔大学完成了剩下三年的本科学业，然后选择继续深造，考入了首尔大学的研究生院。

在北二外的时候，我的老师常说他有一个梦想，就是考入韩国外国语大学高级翻译研究生院，成为一名专业的同声传译师，但由于各种原因未能如愿。他的梦想让我对韩国外大的高级翻译研究生院产生了一种莫名的敬仰，也萌生了去挑战的想法。那时正好听说

姚康

采访于 2018 年 5 月

同声传译在韩国很有"钱景",一天能赚大约八九千人民币,这在当时相当于一线城市高级白领一个月的收入。于是我给自己定下目标:考入高级翻译研究生院,在短期内挣更多的钱让父母还债,让他们过上更好的生活。

确定目标后,我一边在首尔大学读硕士,一边在补习班教汉语,还要挤出一天中仅有的几个小时备考。这时的生活紧凑感绝对不亚于高三,每天也就只有四五个小时的睡眠时间。经过十个月的努力,我顺利地考入了韩国外大高级翻译研究生院的韩中系,是那一届唯一的男生。对于一个后天学习韩语的汉族学生来说,想突破重围,成为二十多人中的一员,绝非易事。因为同时备考的有很多朝鲜族的华侨,对他们来说汉语、朝鲜语都是母语,此外竞争者中还有已经备考了两三年的韩国学生。

暗无天日、蓬头垢面、魔鬼训练营式的两年高级翻译研究生院课程转眼即逝。除了学习、赚学费以外,家里的债也被我还清了一部分。2009年刚一毕业,我就被聘到了韩国忠清南道的一所大学担任外籍教授。人这种存在,确实很奇怪,过了几年快节奏的生活,突然慢下来,各方面还很不适应,所以没过多久我又选择报考了韩国外大高级翻译研究生院的博士课程。一边上着博士课程,一边在大学任教,一边做口笔译,这样的生活又是一晃几年。现在我留在了韩国外国语大学,成为这里的外籍教授。

有人说多学一门外语,可以多看到另外一个世界,让你能够看到在自己的母语中看不到的色彩,品到在自己的母语中不曾有的味道,而翻译则可以为你的人生增加更精彩的阅历。对于一个来自祖国大西北新疆普通家庭的孩子来说,我连做梦都没有奢想过,有一天可以和中韩两国高层政要交谈,更没有想过能走进韩国总统府,在那么近的距离，亲眼看到习主席和韩国总统。

  2016年我回了一次新疆，对在东亚生活了十几年的我来说，回到新疆已经有了很多的不适应。我不习惯晚上十一点天还是亮着的，吃多了羊肉会上火，最爱吃的葡萄、哈密瓜也甜得让我难以下咽。当年大把大把吃的葡萄干，现在两三粒儿就能让我上火，更让我难以接受的是乌苏建了新城，记忆中的老城区早已面目全非。我上过的小学、中学都已迁走，我喜欢吃的抓饭店、凉皮店荡然无存。唯独让我感到亲切的是这里浓浓的乡音和乡味，这是我在任何一个地方都从未感受到的亲切，也许这就是家乡的感觉。

  儿时的我一直想走出新疆，离开这片荒凉的戈壁滩。但远走了这么多年，始终有一个牵挂的地方，那就是新疆。也许某一天，我会再次踏上回家的路，落在这块熟悉的绿洲上。因为，我从未想过一去不复返的高飞。

米兰：新疆是创作的源泉

在新疆基本上每家每户都是大厨，尤其是少数民族。我家也不例外，家族里面开餐厅的特别多，什么凉皮摊、烤肉店、回民拌面馆……我妈以前也开过餐厅，我从小基本上是吃百家饭长大的。

我十九岁离开家，想吃家里的饭了，就自己动手做，很想做出家里的味道。那时我虽然一直都是自己做饭吃，却从来没有想过将来会从事这一行。因为我一直在学医，虽然不是我自己选择的专业，但一直读下来，时间久了好像也就没有办法再退缩了，怎么变都是在医学这行里面。我大学去了一所军事院校，是在吉林的第四军医大学的附属院校；研究生在广东的暨南大学读的，学的外科医学。三年的研究生让我成长了非常多，整个人的状态都改变了，感觉人生变得开阔了。在我研究生导师的眼里我应该算是他带过的最好的学生之一吧，当时无论是实验还是临床实践方面，我都还蛮令他骄傲的，这一点让我非常开心。

我很小的时候我妈就想把我送到国外去读书，但那时出国留学还是件蛮难的事情，就一直没成行。但想到国外去的这个想法一直没有变过。而我真正出来的原因，是因为我先生先出来了一趟，觉得这里很好，问我要不要也去看一下，我说那就去看看吧。我是2013年来的美国，那年我三十岁。

一次我看了一部关于马卡龙的纪录片，就买了材料在家自己做，后来还专门买了一个烤箱。马卡龙做起来其实挺困难的，就像那个纪录片所说的，它很漂亮，但是很难做。一开始总是失败，好在我上研究生的时候特别喜欢做实验，实验记录做得很详细，所以我就把做马卡龙当成做实验一样，专门用个小本子来记录，比如什么样的时间做出来的结果是什么样，以及温度对它的影响等。我觉得自己似乎比较擅长去做一件专一的事情，而且我一定要做到我认可了为止，不管别人是否认可，我先要认可，如果自己不认可，我就不会放弃它。

也正是因为做马卡龙，使我突然想在餐饮行业发展一下看看。我在网上咨询洛杉矶有哪些烘焙学校或者厨艺学校可以学习，这样就找到了蓝带烹饪艺术学院洛杉矶分校。我本来是想学烘焙的，但是发现同样的学费不如去学料理，那儿也能学到一些烘焙知识。我在蓝带学院一直是A级学生，毕业时还拿到了最高荣誉。在从学院毕业前我就已经决定要在烘焙这个行业做下去了，所以我开始去找一些烘焙店打工，也算是练练技术。我的同学都非常了解我，虽然我是学料理的，但是他们知道我烘焙做得很好，有知道关于烘焙的信息都会分享给我。我刚刚在一家烘焙店实习了一个半月，洛杉矶一家非常有名的餐饮集团的主厨就在脸书上给我发私信，询问我愿不愿意去他们那儿实习。我在蓝带学院上学的时候就感叹过，毕业后如果能到帕蒂娜餐厅去工作该多好呀！当时只是一个小小的梦想，从来没有想过真的会实现。

到了帕蒂娜餐厅那边，一开始真的被骂得很惨，有时候甚至要躲到冰箱里去大哭。餐厅里的工作节奏其实非常快，那么多客人在等着美食上桌，这个时候如果怠慢了或者出了任何的差错，客人都

米兰

采访于 2016 年 7 月

要等很久，这是不允许的，尤其是我们这种餐厅。所以你一旦出错，就要被骂，没有任何的余地。到后来，成就感就慢慢出来了，激情也越来越强烈了。人的工作状态和心情有很大关系，如果一直被骂，那做出来的东西也不一样，但这也没有办法。这个就是西餐行业里的一个普遍现象，都说法国厨师的脾气不好，所以这一套全都是沿袭了法国餐厅里厨师的一个规矩。任何主厨都是从我这样子一步一步做起来的，也是被骂过来的。但我身体不是很好，在重压之下，心脏突然痛了很多次，当时很担心自己得了心脏病，就决定休整一段时间，好好对自己未来的职业做一下规划。休整了大概一个月后，主厨给我发来短信，说餐厅正好有甜品师的职位空缺。我说那太好了，可以做甜品的话就最好了，心情好，心脏也会好受一点，于是我就回来继续工作了。

我们餐厅里的烘焙和外面烘焙店不太一样，餐厅里的烘焙更有挑战性一些。客人的主菜全部吃完以后，要上你做的甜品，那个过程跟打仗一样。我们要非常快地去摆盘，有时候几十位客人同时需要上甜品，每一分每一秒都不能停止。那种感觉其实很好，整个人的肾上腺素、交感神经全都处在一个应急的状态，人是非常兴奋的。我遇到过的最大场面是有一次给艾美奖的颁奖典礼做服务，四千名客人，我也算是借这次机会见识了一下美国的明星们。

在我从医生到厨师的职业转变中，我遇到的阻力全部来自我妈。我妈到美国来，知道我不是在学医而是在学厨，就非常反对。到现在她也还不能完全接受。在她的观念里厨师是干苦活的。我一直在给她看我做的东西，我说：妈你看到没有，我做的不是普通的饭菜，是一种艺术。可是她回到新疆都没敢告诉亲人我在这边到底在做什么，怕被笑话。直到我从蓝带学院毕业，我妈来参加毕业典礼的时候才一下子开心起来了。那个时候她才告诉亲人我在这边是在做什么，她自己也在说，我做的是艺术，不是普通的料理。

我依然经常在思考，也经常去做实验，比如如何把新疆菜作为我创作的源泉。其实之前已经做过一些尝试，把回族菜里的"九碗三行子"做了一次改变。"九碗三行子"是回族款待客人最高级的一种宴席，一个方桌，上面有九个碗，每个碗里面有不同的菜式，花样很多，我就把这个做了创新。那次尝试让我妈对我的整个态度都有所转变，她甚至拍照发了朋友圈，得到了很多的赞赏。

我发现我离中国越远，好像看中国越深。以前只缘身在此山中，对周围的一切习而不察。出来了以后再去看，中国对比全世界，一下子就会知道中国哪些地方是真的挺好的，哪些地方还不够好。离开之后反而能看到一些骨髓里的东西。

热依汗：为全世界女性权利的发展而努力

我从小的梦想就是当律师。2002 年我第一次出新疆，去武汉的中南财经政法大学读法律专业，连着几个暑假都在学校学习，就算特别热也没有回家。大学毕业后我进入新疆大学法律系工作。

2008 年，我的老师给了我一个任务——去北京接一位加拿大的律师到武汉来。我带她在北京转了一天，然后坐火车去武汉。路上我们聊了很多，我向她介绍了我的家乡新疆是一个多民族共同生活的地方，她说加拿大也是这样的。于是我就对加拿大产生了兴趣，有了想去留学的梦想。当时加拿大对学法律的中国学生有奖学金，我就申请了学校的项目，在 2009 年去了加拿大学习法律。

在加拿大留学时我对系统学习法律产生了很大的兴趣，那时候我还只是说对法律有特别高的追求和热情，但后来在学习的过程中，因为接触了很多案例和法条，我想要当律师的想法开始变得强烈。学习期间我还有机会去参加世界顶级大学的各种研讨会，2009 年新中国成立六十周年，学校里举办了一场国际型研讨会，请了很多国家的学者，大家从不同方面来介绍中国这六十年来的发展。我也被邀请参加了这场会议并做了演讲，介绍了中国法律在保护女性方面的进步，以及妇联在中国的重要性。就在准备这场演讲的过程中，我研究了当时很多家庭暴力的案例，这在中国很多地方都还是很严重的事情，其中有一件事给我的印象和影响很深：我发现在中国的一个城市，有一些男性会自发成立反家暴小组，挨家挨户敲门，去给家里的男性进行教育，讲解对女性施暴的严重性，用这样的方式保护女性。这在当时是一个非常好的现象，我在那场研讨会的时候也介绍了这件事，去说明中国社会在保护女性方面的进步以及法律的完善。当时在会上我也提到了很多关于反家暴方面的建议，很欣慰的是之后的几年，我看到了这方面的不断改善。

从加拿大去土耳其也源于对法律的热情。当时我给一篇很喜欢的文章的作者写信说想去研究土耳其的法律，对方非常认真地回复我，而且推荐了一位导师。我就又给导师写信，没想到导师的回复也非常积极，希望我能去他所在的土耳其马尔马拉大学进行学习，一起在中国和土耳其的法律界之间做交流。于是在2012年，我就去了土耳其。

去学校报到之后我们就迅速开始了行动，三个月内就筹办了一场为期三天的"在法律对话中，重开丝绸之路"主题会议。我从中国邀请了十七位来自武汉大学、中南财经大学、新疆大学等不同学校的教授，也邀请了我在加拿大的老师，这个活动得到了一些很大的法律机构的资助。当时的土耳其副总理为那次会议做了开场致辞，中国驻伊斯坦布尔代总领事田开生也发表了讲话，我作为会议的组织者之一进行了发言，活动办得非常成功。第二年我们又在武汉做了第二届，还把会议中展示的文章整理成书，成为第一本关于中国与土耳其法律交流的书，书名叫《"在法律对话中，重开丝绸之路"论文集》，由我担任主编。

在那之后，我就开始在土耳其最大的律师事务所工作，主要做国际商业纠纷的项目。我自己很喜欢学习语言，在工作中就慢慢掌握了土耳其语，在国际会议的时候还会当翻译。2013 年我离开土耳其的律所后又换到了一家英国在土耳其的分公司工作，经常有机会往返于北京和土耳其之间。2014 年，我们公司和北京仲裁委等合作办了一场活动，向中国的律师介绍土耳其的法律，商务部还专门跟我约了一篇关于建筑工程法律相关内容的文章发表。

在土耳其，中国的建设工程企业很多，而且享誉国际。安卡拉到伊斯坦布尔之间的高铁就是中国企业完成的，当时能有机会在两国的经贸合作上展现自己的价值对我来说是件很重要的事情。记得在做完中海运的一个项目之后，他们的总公司给我所在的公司写了封信，说正是因为我的努力项目才能成功完成，这件事让我特别感动。

在任何国家当女律师都很难，我觉得更难的是当维吾尔族女律师。虽然我的父母都是高级知识分子，我家的教育环境很好，父母也为我做的事情而骄傲，但他们一样还是希望我到一定年龄就结束单身结婚生子，拥有家庭。特别是当我的一些朋友都结婚生子的时候，他们就会更加焦急。每次我都会告诉他们："为什么不想一想自己女儿目前做的事业也是在给维吾尔族女性做榜样呢？"

在维吾尔语里丈夫叫 Yoldax，就是汉语伴侣的意思。寻找到一位在任何事情上都能相伴的伴侣不是件容易的事情，人生是一条很长的路，我希望他在任何事情上都可以是我的伴侣，特别是思想上。很多人会认为像我这样在外面奋斗努力的女性不容易，有时候需要自己扛两件大行李、自己刷房子什么的，但女性依旧可以有自己的人生选择。

我们在人生中寻找的是爱，目前我的爱来自我的朋友、同事和工作。在土耳其学习的时候，偶然间读到一位曾在大马士革生活过

热依汗 采访于 2016 年 10 月

的澳大利亚女性的故事，得知她在土耳其建立难民学校，教孩子读书，我就打电话给那位女士，下班后就去跟她见面，了解到她做这件事的困难，我很快就加入进来，承担了全部的法律工作，建立了一个非政府组织。当时土耳其也是第一次正式接收难民，有很多新情况，很多人一听是要给叙利亚儿童用，就拒绝租给我们场地。但我们不停地奔走解释，终于感动了很多人，把中心建了起来。看到那些小孩脸上的笑容是我们最开心的事情，这件事也得到了很多国际媒体以及联合国的报道。

在学习和探索的过程中我的人生发生了许多变化，我对世界的看法也好像每年都在改变。去土耳其的时候，我以为能在那里找到一些和自己民族相似的东西，能找到根。但后来我发现我的根不在任何一个民族上，而是在自己身上。我是一个从事法律的女性，而我的民族文化里还有很多对女性的压力，我觉得女性不应该只以结婚为标准，女性可以做很多其他事情，活出不一样的人生。而我自己就想做这么一个榜样，2015年，我去了全世界最好的大学之一的哈佛大学继续深造。

在哈佛大学，特别是在法学院，班里的学生都是非常杰出的人，竞争很激烈，选择的课程也很难，老师都是最好的，能在这样的环境里表现出不一样的自己是很有挑战性的。我依然会选择去面对这样的挑战，去参加一些研讨会，去受邀演讲，和最好的律师和学者讨论交流。有一次一个活动是介绍在你人生中对你影响最大的女性人物，我推荐了那位在伊斯坦布尔建难民学校的澳大利亚女性。她也从所有的推荐人中脱颖而出，在国际妇女节那天哈佛大学举办的最具影响力的女性会议上，她受邀进行了演讲。

在哈佛大学的学业结束后，我进入了一家我很喜欢的公司工作，让我最终做出决定的唯一理由是我们公司体现出来的对女性权利的尊重。而且这里的员工来自世界各地，有着丰富而且各异的文化背景，非常多元化。

还记得第一天上班，电脑上有一封信，写着"当我们丢掉了自己特点的时候就丢掉了自由"，这是一位法官说的，看完我竟然一下子哭了出来。那一瞬间我意识到，我这一路的选择是多么正确——我不能丢掉自己，不能轻易去模仿别人，而是要保持自己的特点，发挥自己的特长，为自己是自己而自豪。曾经我想找到自己是哪个类型的人，在看到那句话时才真正觉得找到了人生的位置和奋斗的方向。

这些年来，我在四个国家生活过，体会着不同的文化和环境。我认为在一种文化中女性地位有多高，这个文化也就会有多强盛。就拿我们中国来说，女性地位发生了很大变化。相比于我们的上一代，今天的中国女性有了很多选择和机会，在这种环境下如果我们不珍惜，不去拓展自己的工作能力，不去抓住更多选择的机会，就是对于人类文明进步的一种侮辱。虽然说每个国家女性权利发展的起点是不同的，但从整体上看，全世界女性的地位还是在慢慢提高的。但这条路还很漫长，我们要持续去推进，号召全世界的女性都去为自身能力和地位的提升而努力。

枫叶：新疆给了我广阔的胸怀

我出生在秋天的阿克苏，我妈妈觉得秋天里面只有枫叶是最独特、最美丽的，于是决定给我起名"枫叶"。这不是小名，就是我身份证上的名字。

童年时最喜欢的状态就是在家里的葡萄架下，录音机里放着《牡丹汗》，我妈画画，我跳舞。我妈妈是一个非常有才华的画家，年轻的时候特别酷，她的衣服都是自己设计然后找人做的，经常带着自己缝的大草帽，围上很时髦的丝巾，骑着摩托车在阿克苏四处采风。她每次去采风也会带着我，住在当地农民的家里，他们人都非常好，就像一家人一样。我妈妈还会自己做子弹，出去打猎，带野味回来，然后叫上一群艺术家好友聚会，他们会弹琴、唱歌、跳舞、吟诗，我也总是和他们在一起。我的童年就是在这样一种充满了生命力的环境里度过的。

记得是在四岁的时候，我妈妈带我去听音乐会，台上开始演奏《梁祝》，我听到音乐后就像着了魔一样，开始在观众走道特别投入地跳舞，把我妈妈都给吓到了。从那以后，我只要一听到音乐就开始跳舞，无时无刻不在跳。那时候我学任何东西都坚持不了，但是唯独舞蹈是怎么跳我都愿意，就觉得好像舞蹈是我的生命一样，完全着了魔。

小学五年级的时候，新疆艺术学院去阿克苏招生，我想都没想就报名参加了，拿到了当时在阿克苏唯一的名额。我妈妈说："你一个人，年纪也还小，我给你三天的时间来做选择，如果一旦要是选择这条路，中间就不能放弃。"我当时就说："不用三天，我就选择这条路，绝对不会放弃。"我就这样一个人去了新疆艺术学院，三年后以优异的成绩毕业并进入上海歌舞团。我妈妈还是问我想好了没有，我说没问题。

刚去上海的时候我也就十五岁，很多人一听我是新疆过来的，就问：你是不是从小骑着马上学？你们家住什么，毡房吗？我就觉得很不可思议。那几年其实我过得很压抑，我在新疆艺术学院一直都是全班最好的，可是到了上海以后我成了最不好的，因为我永远跳的都是没有训练过的东西，所有东西都要从头再来。在生活里，周边的人对女孩子的标准是要特别大家闺秀那种，要很温柔，甚至要修饰自己到不自然的状态，但我们新疆女孩儿都是喜欢纯天然的，我的豪放带来了很多不理解，让我感觉到好像找不到自我，永远要把自己缩起来。我觉得自己遇到了瓶颈，于是就去考了北京舞蹈学院，考进了民族民间舞专业。

大一、大二都在学中国的各种民族民间舞，我一窍不通，从头一点一点学。大三开始学新疆的少数民族舞蹈了，这也是我一直盼望的内容，心想一定要给所有人露一手。我看课程表上写的新疆舞，心里就想新疆有十几个少数民族，说的是哪个民族的新疆舞呢？我这人也是直，就跑去问老师，新疆舞是什么新疆舞啊，是维吾尔族舞蹈还是哪个民族的舞蹈？老师说，当然是维吾尔族的舞蹈了，维吾尔族舞就是新疆舞。我说，不是啊，新疆还有很多少数民族有自己的舞蹈。当时老师可能觉得我是个学生，就把我打发走了，但我

我从中国来

心里特别忐忑。

等到开始上课,我想终于该轮到我露一手了,结果一看老师教的,我连自己的舞蹈都不会跳了。上完第一堂课我又冲到办公室对老师说,你这样教不对,我在新疆学了很多年,维吾尔族舞蹈根本不是这样的!老师说,我教什么你就学什么。我们那一届就我一个新疆人,最后新疆舞这一块的分数我还是最低的。

这件事情一直让我耿耿于怀。到了快毕业的时候,正好赶上很有名的舞蹈比赛"桃李杯",比赛前在学院内部有选拔,所有的教授和老师都会去观看。我当时已经确定了工作去向,也没什么顾虑了,时间上也正好合适,我没想要参加比赛,一心只想借这个机会去展示我真正想要表现的新疆少数民族舞蹈。我去中央民族大学找了一位维吾尔族老师,向她表达了我这几年的学习感受和找她的来意,她一口答应帮我,用三天编好了整个舞蹈。等到选拔那天我跳的时候,全场都惊讶了:我们舞蹈学院还有一个新疆舞跳这么好、这么地道的人呢!当时我觉得总算出了一口气,这才感觉自己能够理直气壮的毕业了。

无论我在舞蹈上面做了多少事情,有很

枫叶 采访于2016年8月

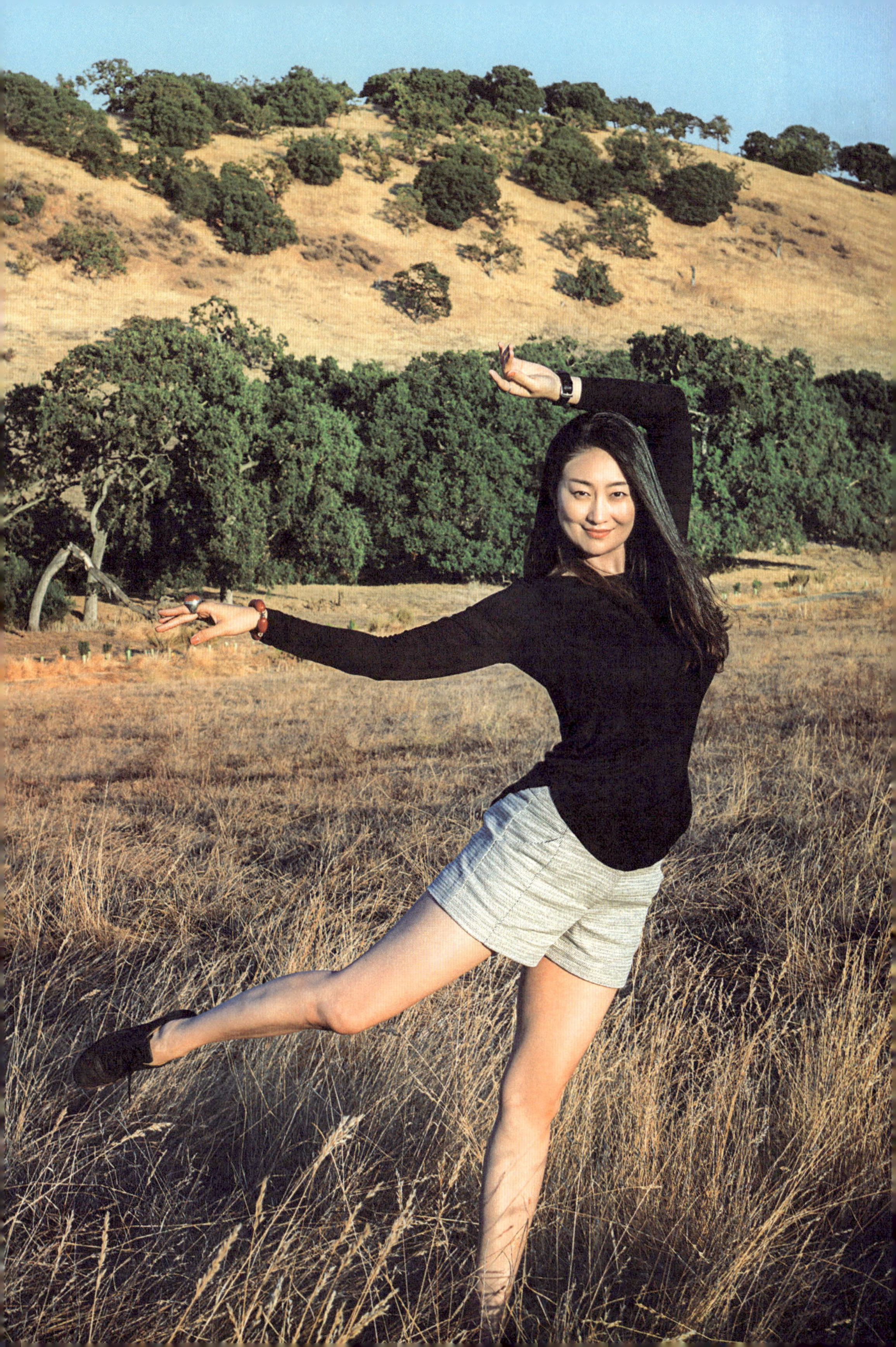

多碰撞点都是和在新疆的成长经历和感受有关。其实我平时也不是一个胆子很大的人，就像毕业前的那次选拔比赛，放平时我可能不会胆子大到就为了展示一下就去做了，但为了新疆，我这个胆子也不知道为什么就一下子放出来了。毕业后我进入了上海的中国歌舞团（后来经过合并成为东方歌舞团）。我在团里成为领衔主演，也是一级演员。那几年参加了很多国内外各种顶级的舞蹈比赛，都拿了最高的奖项，我一直处在冲向最高级别舞蹈演员的路上，关注点也慢慢从比赛转向了舞剧这样大型的项目。至于后来成为编导，也是因为一次机遇，就觉得还是骨子里有一根和新疆有关的线在那里永远没有断过。

记得是 2007 年，我无意间关注到一项国内顶级赛事的金奖作品，是维吾尔族的舞蹈，但歌曲是塔吉克族的，服装不对、音乐不对、动作不对，这一下又刺激到我心里的冲动点：这样的作品竟然是金奖？我当时就想我一定要做一个真正的塔吉克族的舞蹈，去参加这个比赛，让所有人看看真正的塔吉克族舞蹈是什么样的。我就一个人去了塔什库尔干采风，在当地四处转了一星期，然后回到母校新疆艺术学院，找到我原来的班主任、已经成为院长的王勇老师，表达了我的意愿，最后就用学院的学生把这个舞蹈排出来了。服装是我和我妈妈一起设计出来的，音乐是专门找了一位塔吉克族的歌唱家。那个比赛是三年一季，这件事我就用了三年去准备、去等。等到下一届比赛的时候我就带着这个塔吉克族舞蹈去参赛，并且获了奖。这是我做编导的处女作，我的编导生涯也就从这一次开始了。

2011 年的时候我在团里已经是领舞，成为骨干，被提拔负责舞蹈团。我一直觉得我会跳一辈子舞，从来没想过去做干部。我从培养演员开始，希望能做出一个中国最好的舞团，同时自己开始退居幕后，其实心里很难受，离开舞台是我从来不愿意去想的事情。但慢慢地我看到年轻的演员们就好像看到了曾经的自己，看到我走过的那条路，而我知道那很难，所以就突然开始特别希望能够去给他们机会。当演员在舞台上呈现出来我想要的内容和画面时，就像我自己在舞台上用我的肢体诉说情感，能和观众引起共鸣，我感觉一切苦和累，流的血和汗都不重要了。

我创作的作品都很好，也慢慢地被提拔为团长，作为执行总导演和舞蹈总监做了两台打破传统舞蹈形式的作品，一台是以中国的多民族为内容，另一台是融汇了不同国家的舞蹈文化。无论是中国的少数民族还是国外的舞蹈文化，我都选择的是每一个民族或者国家最认可的舞蹈艺术家，感觉好像不传统，但实际上是回归了一些本真的东西。

但我还是有一种孤独感，不仅仅是艺术上的孤独感，还有生活上的。在外面，在上海、北京那么多年，好像处处都要很小心，好像不能走错一步。我可以继续享受眼前很好的生活，有钱赚，什么也不缺，但慢慢地感觉离我想要走的那条路越来越远，我开始思考到底是怎么了。

我觉得人生能够再活一次是我的幸运，是上天给我的一个礼物，但放弃在北京优渥的工作机会和生活环境，是要承受很多很多的。抛弃所有，拎着两个箱子来到这里，是因为我愿意去尝试，愿意来到这样一个地方去寻找。十年前我来过加州，就是来的旧金山湾区演出，那时候我就觉得这里很舒服，所以十年后我还是选择了这里。

2016 年我通过杰出人才计划来到了美国，选择了旧金山湾区生活。刚来的时候我连过马路都不会，更别说英语了，听也听不懂。刚开始走了四个月的路，因为没有车。那种感觉说是孤独，但是是

另一种孤独，是让我完完全全能够沉淀到最深处去思考的孤独，我无比感谢这样一种经历。

之后我开始找学校学英语，又找教室办舞蹈工作室，从选址、装修、招生等，全部自己一个人去摸索，从什么都没有一直到现在。来了这边我才知道很多喜欢舞蹈的华人都知道我，也有在学习我创作的作品，靠着一些知名度，我的工作室也有不少学生了。

新疆给了我一种很大的胸怀，那是融在我血液里的一种包容的态度，也是每当孤独的时候能让我坚持下去的理由。碰到困难的时候，是那种胸怀让我能够坚持去寻找美好。我相信当我为一些美好的事物去付出的时候，我也会得到美好的反馈。我有时候会希望一定要做中国的东西，要给中国人争脸，但同时我也明白我已经身处在脚下的这样一个环境，喝这里的水、吃这里的东西，身体里所有的东西都开始吸收和新陈代谢这里的气息，这是一种融合，我会把自己看成一个地球公民，去从更高、更广阔的视野看待一切。

米尼万：性格决定命运

我爷爷那一代是养路工出身，是当年克拉玛依开始建设的时候从喀什过来的。他在这边工作了七年之后，等稳定了才把奶奶和其他家人接了过来。虽然出生在普通的养路工家庭，我爸爸是个特别好学、能吃苦的人，他很爱学习汉语，拿到初中文凭之后还继续自学。他也非常重视我们兄妹四个人的学习，我们都上的汉语学校。

我从小就想当医生，这个梦想和我家人有很大关系。我姥姥是因为宫颈癌去世的，我一直都记得姥姥在癌症晚期时有多么痛苦。我大姐夫是妇产科的医生，从南京医科大毕业之后回到家乡，是一名很优秀的医生，他对我影响也很大。高考那年我没考上北大医学部，之后复读了一年还是没考好，就上了西北民族大学的医学部。那不是我理想中的大学，我姐夫就给我做思想工作，他说命运就是这样的，总会设置一些关卡给你，你必须想办法越过这些东西。

2002年上大学的时候是我第一次离开家，第一次离开新疆。到预科班我才发现班里有来自全国各个省市的学生，不光是少数民族，还有汉族学生，而且我自己的汉语甚至比一些南方的孩子还要好。

我本来并没有任何出国留学的打算，毕业后就回新疆参加了公务员考试，分到了克拉玛依民政局下属的一家福利院做类似保健医生的工作。第一天我就很直接地对院长说我不喜欢这个工作，我想

米尼万

采访于 2018 年 4 月

当医生。院长说她能理解，但这不是她能决定的。各种争取无果后，我还是被暂时安抚留了下来。

如果给我一个我喜欢的，能体现我价值的工作，一个月工资一千块钱我也愿意做。我非常不喜欢福利院的工作，那里连医师资格证都考不了。那一年我都不想上班，在家有时候也哭。家里人都能看出我的纠结，他们没给我讲，却一直在帮我做准备。一天，我爸和我姐夫找到我说，你现在有两条路，一条是你可以选择去日本进修，然后考博士；还有一条路是去国内的医学院上研究生。但不管走哪条路，我们只能给你凑出十万块钱。

我说我不要去医学院上研究生，我要去日本上学，吃多少苦我都不怕。我姐夫就去托校友、找教授帮我争取机会，帮我联系了一位心血管科的教授，那位教授同时也是个院长，他曾经带过几个来自新疆的学生，都很刻苦和优秀，就给我发来了邀请信，进修时间是一年。

2009年1月，我向福利院递交了辞呈。同事们除了祝福，其实也挺惊讶的，毕竟这一辞职，就没有机会再拥有这样的"铁饭碗"工作了。我其实还是很感激他们的，只是我心有所向，我想当医生。

日本的签证很严格，进修时间过了如果没有考上博士就只能回国。我在日本落脚后就再没休息了，那一年的时间我需要在心血管科的七个小组学习，早上开始跟着教授查房，教授随时都可能提问，我也得到了同一组的很多医生的帮助。我是四月开始进修的，七月的时候我姐夫对我说，你现在进修的这所学校是私立学校，读博士的学费很贵，你要再努力一把，争取考上日本国立的东京医科大学，能减免学费，也能申请奖学金，这样你才可以更好地完成学业。东京医科大学的入学考试在九月，只有两个月的时间准备了，但最终我很幸

运地考上了。

就这样我完成了进修，正式成为了留学生。在这段过程中我老公也出现了，当初帮我把进修邀请函从日本带回来，又在日本接我机的老乡就是他。2011年我们的儿子出生了。现在我老公和他的同学以及一些日本人在一起创业。

在我读博之后的那几年，我经历了很多生死边缘的考验。儿子出生的时候我爸妈来照顾月子，正好就经历了日本的"3·11大地震"。那天早上我从实验室回家正准备给孩子喂奶，地震就发生了，那是百年一遇的大地震，我和我妈就抱着哭，以为我们都得死在这儿了。后来他们就提前回国了。那一年我妈的身体一直不好，体检的时候就发现患了宫颈癌，还好是早期，我当时想到我姥姥也是因为宫颈癌去世的，五十多岁就走了，我妈也正好是在这个年龄，非常担心。于是我把我妈又接过来，治疗了差不多八个月，稳定之后才送她回国。紧接着在我女儿出生后不久，我爸查出了肺癌，我又赶忙把他接过来做治疗……

在给我爸看病的过程中，我找到了现在的这份工作，正是研究肺癌。那是在我博士论文答辩结束，确定能拿到博士学位的时候，经过在日本工作的非常优秀的老乡前辈的引荐，我得到了在顺天堂医院工作的机会。

我很相信"性格决定命运"。如果当初我没有从骨子里想去改变，我现在很可能还在克拉玛依的福利院工作。那样的话虽然我一样会结婚生子，但是放弃了自己的追求和理想，会是完全另外一种状态，并且我也就没有办法在我爸妈生重病的时候去用自己的能力帮到他们。我吃过的很多苦其实都不算苦，这就是一种命运！

麦尔丹：相互鼓励就是打拼的动力

我爸爸家是九兄弟，那时候爷爷不让他们上学，我爸就偷偷卖柴挣钱上了小学，一直上到了五年级。刚好那时国家有了新政策，召集有文化的人，我爸去报名，之后他被送到北京进修，回来后当了校长。

作为我家五个孩子里的老小，有做校长的爸爸，有做老师的妈妈，但面对来自大哥大姐们优异的学习成绩，即便我学习并不差，也显得没有那么出色了。还好我妈妈特别相信我，当别人都觉得我贪玩儿的时候，她相信我能收得住，也总对别人说我以后绝对会比很多人都出色，给了我很大的精神支持。从上初中开始我就真的在好好学习了，那时想当医生的目标激励了我，人一旦有了目标就会不自觉地为了实现而努力。

我是 2002 年上的预科，并且认识了我妻子。她跟我很像，也是来自一个兄弟姐妹都比自己学习好的家庭，也有一样做医生的梦想，有一样想出国留学的目标。当时新疆医科大学有一位日本老师，我们就一起跟着他学日语，这一学就是四年。

我本来一心想去日本学外科，准备快要出去的时候，我的教授对我说，为什么非要去学外科呢？将来在中国，一定会缺少整形医生的。我转念一想，对啊，就立马决定去韩国了。其实这些我爸妈

起初是不知道的，因为当时他们没有办法理解整容这件事，我怕他们会极力反对，就没跟他们说，瞒了好几年，他们一直以为我在日本学外科。

我比我妻子早出去了六个月，刚到韩国时吃了不少的苦。爸妈给的钱就那么一些，只够六个月，之后就去打工了。一般出国留学打工的第一步是找餐厅洗碗，我还找过搬砖的工作，有时候开玩笑说韩国有一部分建筑还有我的功劳呢。搬砖的时候我会戴着耳机听英语，绝不能浪费时间。那时候我和妻子在两个不同的城市，见面需要坐火车，我就坐火车见她，中途还得去打工，回来的时候在火车上洗澡，这样的日子持续了两三年。

出国留学的人真的不是一般的辛苦，你会看到在国内的朋友已经过上了比较好的生活，有稳定的收入，有了自己安稳的家庭，所以每次和他们打电话我都会觉得心酸，但也正是这种心酸成为我继续上学的动力，而且要很优秀地去完成学业。在这边也有很多不上进的人。记得当时住的宿舍里有很多中国留学生，他们有些人打工打到忘我，忘记了最初的目标；有些人拿着家里给的大笔生活费，整天待在宿舍打游戏，或者去旅游。相比之下我妻子就是那种特别努力的学生，经常在图书馆熬夜学习，连图书馆管理员都劝她回去睡觉，她也不回，管理员后来还会经常给她带些饼干、饮料什么的。她用三个月的时间就基本掌握了语言，超过了提前来半年的我。她先是找了发传单的工作，等语言好一些了就去餐馆打工，我们就是这样把学费挣出来的。

我跟我妻子是 2009 年结的婚，我们非常相爱，也是因为有很多思想上的共鸣才让我们彼此走到了一起。我妻子在我的学业上帮了不少忙，甚至忽略了她自己的学业，我一直很感激她，感觉我娶到

麦尔丹一家

采访于 2018 年 5 月

了全世界最好的老婆，娶对了人。2013年我们有了第一个孩子，这也成为我们继续打拼的动力。

我们的经济情况是2010年以后才变好的，那时候我认识了江南的一个整形医生，他很喜欢我，说我很勇敢，居然敢这么来韩国闯荡。后面我就跟着他给他打工，可以说我最实质的技术都是从他那儿学到的。他很希望我留下来为他继续工作，但是我更想拿到文凭，就一直向首尔大学申请进修的机会。我申请了五次，终于通过了。这种喜悦常人无法体会，真的是太开心了。

2011年日本"3·11大地震"的时候，我们联系了父母，说日本发生大地震了，得去韩国的分校，才算是把谎圆了过去。但后来我们在取得了一些成绩之后还是把实际情况跟爸妈说了，那时候我爸就笑出声了，毕竟他也不能再说什么，可要是提早说肯定会被他骂死。每次给家里人打电话都是笑着打，其实经常想哭，但是绝对不能让家里人觉得自己过得不好，不能让他们担心。

现在，我在上国家公派的博士，日子也好了不少。但是一想到以前还是忍不住感叹，那时候其实自己快撑不下去了，但是又不甘心回去，还给家里人撒了谎，朋友们也都在看着……还好一直有我妻子的鼓励，所以熬过来了。如果没有彼此之间的鼓励，我想我们根本走不到今天。

居来提夫妇：让生命充满感染力

居来提

一切对摇滚的喜爱起源于小学三年级。我揣着十二块钱去买磁带，音像店老板问："你喜欢摇滚乐吗？"我说："不喜欢，我喜欢迈克尔·杰克逊。"他说："迈克尔·杰克逊的歌属于流行乐，你听听摇滚乐吧！"然后我就有了第一个摇滚音乐的专辑，那张专辑是 Metallica 的。

我父亲在酒店做管理工作，母亲和姐姐在医院工作，虽然家里头和艺术不搭边，但他们自始至终没有反对过我想做的事情。我父亲给予了我很多东西，他送我去学国画，所以我现在对美术很敏感，对中国的水墨画非常喜爱；他还给我买了架钢琴，虽然我到现在都不知道为什么他会给我买钢琴，但从那以后我就喜欢上了艺术，知道音乐这个东西能让我开心，不是喝啤酒的那种开心，是正儿八经地让我身心得到愉悦的那种开心。

我曾经想过考音乐学院，还专门找老师去学，但发现竞争不是我想的那么简单，当时也害怕如果高考一次不成功的话怎么办，我害怕考第二次，所以就选择了广播电视新闻专业。

我从中国来

2004年我去宁夏上大学，在那之前我没有离开过新疆。到了宁夏，那种新鲜感会让你觉得什么东西都不一样。大三的时候我很迷茫，到底是应该玩音乐，还是继续做广播电视新闻？最后我还是选择了后者。当时我遇到了一位叫刘涛的老师，他只比我大七岁，带给我的影响却非常深。我很喜欢电影，他就对我说："你为什么不尝试一下拍电影？"一句话就把我点燃了。我大量的去查阅相关资料，喜欢上了导演这个行业。

大四的时候我报考了美国的一所艺术大学，2009年去的美国。我遇到的第一个问题是胆子太小。你在想一件事的时候，胆小会限制你，你的想象力会变得有局限性。但美国人不会这样，他们想到的那些东西我从来没想到过，甚至我会吃醋，为什么这个东西不是我想出来的？这让我特别没有自信，在纠结中，我在美国只待了八个月就回了北京，之后申请去了日本，像是对美国的一种逃避。

我就读的东京艺术大学在我报考的时候还没有对外国人开放招收标准，所以我参加了和日本国内学生一模一样的入学考试。一共考了六次，最后一场考砸了，我觉得肯定考不过了，就准备找其他学校，没想到最后我去看结果的时候，墙上贴了五位通过的学生的名字，里面有我。

我在东京艺术大学的老师是我的恩人，老师跟我说过一句话："比起技术，意识更重要！"我当时遇到的主要问题是日语不够好，看不懂剧本。记得在一个拍摄现场，我给几个模特打了一个光，做了一些讲解，然后拍了一个镜头。当时我给老师解释这些，老师对我说："虽然你没看懂剧本，但好在你心里非常明白该做什么。"当时日本的著名电影导演黑泽清也在，他就笑了，说："的确是你日语的问题。"后来我逐渐学会了日语，起码能蹦出一些专业性的词汇。

居来提、夏提古丽夫妇

采访于 2018 年 4 月

除了语言方面，另一个问题就是日本人有自己的标准，他不会去考虑、迎合其他人的标准，所以日本的影视发展在这一块是个很大的瓶颈，但也正是我自己需要去学习的地方。

我和我老婆从来日本的第三个月开始到我上大学研究生一年级的这段时间，一天都没有休息过，我们可以说是相依为命，一起并肩向前。这些年来我们共同经历了很多事，酸甜苦辣实在太多了，我和她既是朋友也是爱人，并且她还是我的精神导师，在我很无助的时候她每次都能帮我解决问题。我们都很忙碌，大部分的时间都在想明天该干什么、该怎么干，我们不怕忙碌，因为如果发现没事可干那才是最可怕的事情。在这个行业你不往前走，就只能往后退。我觉得只要你对自己要求高的话，就一定要逼自己继续向前。

我曾经跟日本一线的电影人一起工作过，当时我还是摄影部的一个跟焦员，之后我担任过两个长片的灯光和一个长片的摄影。我负责摄影的那个片子后来拿了奖，当时所有人都觉得一个长镜头不太可能实现，只有我说可以，为什么不试试呢？

去年五月份我到了现在的公司工作，主要负责拍广告。我们跟腾讯合作出品过一个系列的片子，拍完以后腾讯的制片人觉得我拍得不错，就把我介绍给了新浪，就这样我又得到了另一个机会。我拍的每一个东西我都知道有瑕疵，我知道我的能力有限，但是我一定会全力以赴去做这个东西。有的时候即便有人觉得这个片子还是有点问题，但是通过我个人这种努力的方式，也还是能打动一部分人。

有个音乐人说过这样一句话，他说："一张专辑里，你只要有一首歌能改变别人对你的看法，这张专辑就是成功的。"我觉得这就是在说一种感染力，我希望我是一个有感染力的人，希望身边的人能因为我的存在而开心。就像我们现在聊着天喝着啤酒，你来到这儿和我聊天，我希望对你来说我是一个有用的人。

夏提古丽

第一次见到居来提的时候，他是乐队的主唱，我和好朋友去看他们的演出。他给我的第一印象就是，对音乐很疯狂也很投入，以至于我们第一次真正认识的时候，我完全没能把他和当年那个摇滚少年对上号。当我真正了解他以后，才发现他是一个特别沉稳的人。

我是新疆大学英语系毕业的，一直想着大学毕业后能够出国继续深造。出国留学需要很大的勇气，因为本可以很安逸的生活会突然变得异常艰辛。到日本的第二天，我去超市买土豆，我记得特别清楚那一袋土豆只有四个，标价四百九十八日元，按照当时的汇率等于将近五十元人民币。在父母的宠爱下从小在家安逸生活惯了的我，第一次有了巨大的压力。出国留学的孩子无论家里条件再好，都想要尽可能地减轻家里的压力。因为刚开始不会日语，只会英语和中文，就找自己能胜任的工作，那时的我初生牛犊不怕虎，直接就去应聘了东京很有名的旅游公司，最后因为会英文和中文顺利有了第一份工作。

跟我一起打工的有一位中国前辈，刚开始工作的时候他问我："你来日本多久了？"我说："两个月吧。"他说："你一定要记住，要是想在这儿过上很好的生活，就必须得好好学习，拿到奖学金，千万不要靠打工。因为有句话叫'打工只会越打越穷'。"前辈告诉我，作为留学生，不能因为找到了还不错的零工就觉得在日本可以靠打工生活，这样时间长了什么东西都学不会，学业也会受很大影响。我半工半读在这家东京最大的旅游公司打了五年工，每天都是起早贪黑、三点一线的生活，工作、学校、宿舍，毫无娱乐，那种体力和精神的消耗，用几句话是没办法说清楚的。说实话，我们家在乌鲁木齐都算是不错的，若没有出国留学，我们会过着非常舒适和安逸的生活。

我一直认为，既然已经付出很大勇气出国留学了，就一定得考上好的学校，接受好的教育。我决定报考日本御茶水女子大学，专业也是这个大学比较有名的性别经济学。这个学校没有针对外国留学生的入学考试，对于从零开始学日语并且只学了一年三个月的我来说，考试是非常困难的。第一次考试失败了，我没有灰心决定继续考，第二次就顺利考上了。我还拿到了日本的文部省奖学金，读研究生二年级时学费也全免了。之后我又继续读了博士。一般女孩读博士，多多少少会被贴上一些标签，但是我读博士的这条路，一直都被家人强烈地支持着。我的家人从来都不会认为我是一个女孩就劝告或者阻止我去做任何一件我想做的事情。他们认为女孩和男孩是一样的，都可以努力成为自己想成为的样子。女博士的存在会让世界变得越来越美丽。

我觉得在国外最困难的时候，是在异国他乡怀孕生子的时候。生完孩子后，我一边照顾孩子一边还要完成毕业论文，当完成论文的那一刻，我感觉自己像是生了两个孩子。我们在异国他乡奋斗，没有亲戚朋友在身边，没有其他人能照顾你，一切都得靠自己解决。记得生完孩子后我休息了十二天，能坐月子当然是最好的，但因为还有毕业答辩，十二天后一切又都回归到正常。虽然导师也告诉我以身体为重，可以延长毕业或者休学，但我一心想要尽快完成学业。

初为人母时，在紧张的同时还有太多的未知，但在这些紧张和未知中人会变得越来越强大。到现在我还清楚地记得背着孩子去研究室的那些日子，抱着孩子打开电脑写论文的那些日子，作为一位母亲，我相信孩子也一定会因为有一个努力的妈妈而感到无比有力量。

在完成博士课程的同时，我又得到了能够进修服装设计的机会，在亚洲第一的服装设计学院进修服装设计。虽然生活里又多了一件事情，但这让我非常兴奋。我自己本身对服装设计特别感兴趣，这是从小学开始最想要做的事情，但因为我爸是个很严厉的人，曾经并不是很支持我做服装设计有关的专业。我想最终我应该还是会回归原点，之前所学到的一切知识其实都是为我最热爱的事业在做铺垫吧。目前为止的所知所感所学，无论是哲学方面，还是艺术方面，或专业经济领域，都会给服装的设计注入灵魂和意义。服装设计是我最终想做的事业。

我爸说："以前觉得你说喜欢服装设计，只是说一说而已，没想到读了博士还在坚持，应该是动真格了，那就让你放手去做做看吧。"我妈说："只要是你喜欢的事情，你一定能做好。我们全力支持。"老公说："你想做的事情，咱们一定要做，我会在背后支持你想做的所有一切。"

"做做看""能做好""一定要做"，这些字眼对我来说，就是我还能继续做自己喜欢的事情，还能继续努力的希望吧。

哈丽帕：理想是生活的主线

我的名字叫 Halipa，这个名字源于一个故事：从前有一个非常美丽的女孩叫哈丽帕，她在草原上发现了一个在战争中受伤的英雄，哈丽帕细心地为他养病，最后两人过上了幸福美满的生活。

我自己设想的生活是有一条主线在牵引，虽然会在这条线左右晃一下，但理想总会把我拉回到主线上来。我从小就很想看一看不同的世界，尝试一些新的生活。家乡本身就地大物博，可外面的世界更大。

我的老家阿勒泰是个很可爱的地方，很多人会出去上学，去到更大的城市，但不少人还是会回来建设家乡。我从小在阿勒泰上的学，后来去了新疆大学的文学系，读英语文学。大学毕业去了广州，因为喜欢粤语。

刚离开家的时候妈妈是反对的，毕竟想让女儿留在身边，一家人在一个地方。但我妈很宽容，她说："虽然我很想你，可是你要是觉得你特别想去感受一下新事物，过一下不同的生活，如果这个就是你现在想要做的事情，能让你开心的话，那你就去做。"当时联络起来远不像现在这么方便，打电话还比较困难，我就觉得妈妈的这种宽容很了不起。后来也有了网络，电话也便宜了很多，随时可以发照片、视频，思念也缓解了一些。

我 2003 年到的广州，那是个气候很闷热的城市，语言、饮食和新疆都不一样。第一份工作是在一家贸易公司，但是成天待在工厂里对我来说太闷了。后来一个好朋友说要不你试一下房地产，我也觉得这个行业比较适合我，一半的时间在电脑前工作，另外一半的时间就是在外面见客户，做了之后就还蛮喜欢的。

时间一晃就过了几年，那时候也有了一点工作经验和社会经验。感受了一番社会冷暖、人生百态后我就想出去看看。先去了日本，在东京学了一年的语言，又觉得还是欧美文化更吸引我，所以我就去了瑞士。

瑞士是个很小的国家，城市也非常小，生活不是那么五彩缤纷。我在瑞士学了德语，我想既然学了德语，就又来了德国。我的德语和英语都讲得很流利，很快就找到了工作，还参加了 MBA 的在职班。我现在的工作是媒体广告、国际广告，帮助一些大企业做国际方向的广告策划和营销策略。

我觉得很多人跟我一样，刚毕业的时候可能都有一点迷茫，觉得先要去探索然后再着手去做，看看到底想要走哪条路。我有过很多想法，有时候也会有点后悔自己选择了英语，而不是市场营销之类的专业。但我大学毕业的时候才二十一二岁，其实前面的路还长着呢，还有机会继续规划。我没有选择热门、工作前途也很好的信息管理专业这一类，而是选择了市场营销这条路，再加上我觉得自己还挺有语言天赋的，二十八岁之前已经会讲六种语言了，在工作上对我有很大的帮助。我现在从事的国际广告这方面的工作也是市场营销的一部分。

每次到一个新的环境，多少肯定会有一些语言上或者文化差异上的困难。在广州学粤语的时候就是一个一个去查，讲得多了听得

哈丽帕

采访于2017年11月

多了也就慢慢会了。我在德国刚开始上班感受过很明显的文化差异：我的组长是个德国人，他给了我一项任务，因为我是新人他就大概给我讲述了一下这事情是怎样的。我全程都在点头，因为我们中国人点头并不完全是说我们完全同意这个看法或是完全明白，而是表示我在听，是一种表示尊重的方式。讲完我就说了一声 OK，也没有说我明白了。后来做了一个小时，我去找他问了一个细节，他就十分吃惊地看着我，说"你刚才又是点头又是 OK 的，我以为你都明白了呢。"

我觉得因为从小出生长大在新疆这样一个有着多元文化背景的地方，培养了我很强的适应能力，再加上语言不愁，每次很快都能适应新环境。我的好奇心很强，想知道得更多，所以一直以一种开放的心态去接受。到每个地方的第一件事就是学当地的语言或方言。刚开始有点小困难，文化融入上也常常出现误解很正常，慢慢磨合也就过去了。不可能百分百像本地人一样，毕竟我是喜欢吃辣辣的大盘鸡的新疆人嘛。

我小时候就会去想很多事。有些人会把目标定的很高，有些人喜欢一步一步慢慢来，我是属于那种一步一步慢慢来，一步一步往前走的。当然不是所有的事都能一帆风顺，也有很多困难，但是当这些都过去了，困难也就想不起来了。

从新疆到广州，从香港到日本，从瑞士到德国，慢慢地，这是一个开阔眼界的过程。

古丽米热：学无止境

我从小就想当医生或者科学家，想要去做科学研究。在我看来科学是学无止境的，而且非常严谨。我现在正在实现自己梦想的道路上努力着、享受着。最让我开心的事情是之前成功重组了一种细菌的基因；最让我投入的事情是做实验，即便每天需要工作十四个小时，我依然精神饱满。

我来自新疆伊宁，家里有两个孩子，我是老大。我爸是一名兽医；我妈以前在银行工作，现在已经退休了。我从小学习就挺好的，当时上的是实验班，班里同学都特别有求知欲、上进心很足。老师对我们的影响也很大，我们班四十多个人都考上了大学。

我是2001年参加高考的，考上了新疆大学。当时只想在离家近一些的地方上学，没有选择去内地读书，家里也很尊重我的选择。但即便是在乌鲁木齐，我还是特别想家。大学第一学期过得很艰难，一放寒假我就往家赶，我妈让我外出转转我也不去，就在家读书、做家务。

2006年我从新疆大学毕业，有了去德国留学的想法。我学的专业是生物化学，想去德国是因为那边的学校能够免学费，而且德国的科技也很发达。老师和朋友们知道后都特别支持我。我就开始准备，先去上海学了一年德语。从伊宁去乌鲁木齐上学对我来说都很

古丽米热

采访于 2017 年 11 月

难，第一次离开新疆去内地就更难了。我很难适应上海的气候，夏天特别热、冬天特别冷，不过我告诉自己，我是为了学习去的，所有的苦难都能克服。德语的学习很顺利，一百二十分的卷子我能考一百一十分左右；发音也不错，课堂上每次需要朗读的时候老师都让我读，后来口试是以第一名的成绩通过的。

2008年我来到了德国的耶拿大学。这所学校有四百多年的历史，生物专业很强。现在我已经在耶拿大学读了九年了，从硕士读到博士，一共读了三个专业。这边有一种学位类似于国内的本硕连读，刚开始系里的辅导老师建议我就念研究生，两年就可以毕业。我想了想对她说："我是为了学知识来的，不是为了拿文凭，如果只是为了拿文凭我不来这里了，随便找个学校就行。"我记得那位老师听完我的话愣了半天，说那好吧。在我找到教授确认他们接收我在新疆大学的学习经历，也可以进入自己最喜欢的药物化学专业之后，就开始了正式的学习。

我德语学得不错，所以跳过了语言学习，直接进入专业学习。即便如此，第一年的时候学习方面还是有点困难。在新疆大学的时候学的理论知识很多，但是来到这儿需要实践的时候就发现问题了，也可能是因为有一种畏难情绪，即使有自己学习的时间也积极不起来。同学们下课都回家学习，我凑合吃点东西就去实验室，大半夜才回家，有时候回家再继续看书，每天就睡几个小时。那时给自己安排了太多事情，所以很辛苦。

这边的环境很符合我做学术的想法，所以一直不想离开。我现在的研究方向是寻找新的抗生素。有一种说法是，同一种药吃多了就没有效果了，这是有道理的。每年仅在德国就有一万五千人因为细菌感染类疾病去世，很多药物已经不能及时起作用了。我的专业就是运用细菌，让它的基因重组，然后造出新的药物，并将研究成果发表为论文。我们研制出的药品都需要经过多项医学检验和临床试验后才能开始应用于人体。

我学习最大的动力就是我对学术的兴趣。有一次读到是一篇1980年的论文，是一位英国女士发表的。在那篇论文的启发下，我把论文中研究的一种细菌投入了实验。那时候还是偷偷做实验的，等到有了成型的成果我才拿给教授看。然后在后续的实验中又有了新的发现，我们把成果总结出来，当时世界上还没有人做出来那样的成果，所以就发表了论文，我作为第一作者，教授是第二作者。我们发表任何论文时教授的名字都是在靠后的位置，因为他帮我们解答问题，给我们提供实验室、器材。我跟着现在的教授已经五年了，他是我们这个领域里德国最知名的五位教授之一，我的研究生毕业论文是在他的帮助下完成的，之后也都是跟他一起做研究。发表论文的那段时间，我妈专门来德国看我，我们都非常开心。我达到了在新疆大学的时候想都没有想过的高度。等完成眼下的研究后我就可以拿到博士学位了，但我还想继续做研究，做博士后。

我奶奶是因为癌症去世的。当时我就想，我要在这个领域去研究和探索。所以我现在做研究，一发现新的产物就会用癌细胞来做检查，要是能发生有效作用，那就太好了。

乃比江：回归简单的生活

2004 年，过完十八岁生日，我来到了荷兰。最初的目的是为了和我妈妈团聚。

我爸妈以前都是新疆歌舞团的歌唱家，国家一级演员。我爸爸是哈萨克族，妈妈是维吾尔族，听我妈说，当初她决定要和我爸结婚的时候，家里比较反对，但是最后他们俩还是特别坚定的坚持下来了。我妈是中央音乐学院毕业的，她对维吾尔族的大型传统古典音乐——十二木卡姆很有研究，在很多权威期刊上发表过论文。后来荷兰的歌剧院邀请她去参加演出，阿姆斯特丹音乐学院也希望她能去教授音乐知识。我妈过去后开设了一门课，讲十二木卡姆是怎么来的，讲西域和中原音乐之间的关系和影响，她在音乐和文化传承方面很有研究。不过在我妈去荷兰后，她和我爸最终还是分开了。我其实并没有像别的孩子一样觉得父母分开是一件很大的事，当时对我来说没有任何不一样，不过是多了很多的思念。

我妈去荷兰的时候我十三岁，她出国后我就基本没见过她，是我爸一个人把我带大的。我爸妈原本希望我往影视方面发展，我上小学的时候就在拍电影，拍了《会唱歌的土豆》，是男一号。这部电影后来拿了全国最佳青少年儿童电影一等奖，天山电影制片厂的人就向我爸妈建议培养我往演员方向发展，说我会表演、有灵性、有天赋之类的。那时候我妈希望我能去内地上高中，然后考中央戏剧学院；我爸打算让我学文，好好读书、做学术。不过在我妈去荷兰之后，我就没再把当演员的事当回事，反而更偏向音乐了，还组了乐队。

去荷兰之后，最不一样的就是生活节奏的改变。在国内一天下来都是特别紧张的状态，但是到荷兰之后就发现，大家做什么事情都不着急。这个改变是十年来我遇到的最大困难。其次就是社交圈子的形成，离开家乡要重新开始生活，第一年我都没怎么离开过家周围。要想走出去，还要克服语言障碍。荷兰人虽然包容，但是哪个国家没有一点自己的国家荣誉感呢？他们当然希望你去说他们的语言。很多人觉得在欧洲生活会说英语就够了，但当你在这边真正生活后就会明白，英语并不是第一语言。在荷兰，尤其是在市政厅，你说荷兰语和说英语得到的服务态度是完全不一样的。所以我就下定决心，首先要把语言克服了。我花三个月的时间，学会了用荷兰语做基本交流。

在荷兰,学校并不难进，但毕业很难。大学上到第二年的时候有一个选拔，很多知名的私立学校会从全荷兰的学生当中去考核，选出他们要培养的人才。经过一轮又一轮的笔试和面试后我最终通过了这个选拔，选择了娱乐项目管理专业。那是一所私立的学校，但因为我是选拔过去的，所以我的学费完全由荷兰政府提供。我是我们班里唯一的外来学生，很有压力。而这份压力又会让我去坚持一些东西。

到学校的第二天，学校的经理就来到我们班上课，他对我们说，很高兴你们能选上来，到了这个学校，你们就一定要记清楚，你们将来是要走领导者的路的。当时听到这句话，我看看自己周围全是荷兰人，就觉得很自豪，很有信心去完成自己将来要走的路。

我的专业是娱乐项目管理，毕业的时候我就联系了一家比较全

乃比江

采访于 2017 年 11 月

球化的娱乐公司。这家公司在阿姆斯特丹来说并不是特别大，但是它跟亚太地区的娱乐业比较挂钩，跟国内的明星还有乐团都有合作关系。我会说中文，这是我的强项，我就想把强项发挥出来。工作后我接到的第一个任务就是五月天在荷兰巡演的策划和组织安排。在大家的帮助下，最终比较圆满地完成了，当时《欧洲商报》还来采访过我。

  我在那家公司工作了一年，对自己的工作状态不是太喜欢。那一年，我在电脑面前坐着工作的时间太多，身体搞垮了。我想改变这个状态，于是就离开了。之后的半年时间我都是在一种摸索的状态，我妈对我说，你要是不把第一步踏出去，就这么摸索的话，你永远找不到你想要的是什么。于是我决定跳出来想，找到了一份酒店值夜班的工作，干了两个月。在那里，我认识了一个在阿姆斯特丹第二大娱乐公司做中文部总经理的北京姑娘，她在了解我的情况之后说他们公司在招人，就叫我去面试了。我参加了新公司的培训，负责接待华人团体或客人来荷兰的旅游行程。

  现在我已经在这家公司工作快四年了，从接待团队开始，慢慢学习、慢慢成长，现在做到了亚太市场营销经理的位置。工作内容基本上还是负责旅游，我们公司也会主办一些音乐节。到这家公司工作后，我感觉突破了自我。

  我最终的奋斗目标很简单，就是回归到一种简单的生活状态：自己有一个酒吧，里面有现场的音乐，我可以叫自己的乐队或者朋友过来给大家现场表演音乐，也能喝喝酒，聊聊天；同时跟我的家人、我未来的妻子过上很安逸的生活。可能大家会觉得这很简单，不是什么特别宏大的梦想，但是我觉得能让内心踏实和舒服的东西才是我最需要去追求的。

祁珉：人不能忘本

小时候，家里的长辈总会讲一些精灵古怪的故事。比如一个人在泉水的上游洗脚，突然出现了一只像闷抓饭的锅那么大的青蛙，结果这个人就疯掉了。这个故事告诉我们：不要破坏水源。

长辈们从不允许我们做破坏大自然的事情：洗手洗脚都要接水回来洗，洗完衣服的水也不可以倒回河里，因为下游的人会用……这些都是古时候留下来的草原法则。比如从成吉思汗的时候就规定水源不能弄脏，后面大家口口相传，还增添了一些故事去渲染。所有这些都让我明白，不论是在城市还是乡村生活，都要学会很多规矩，最重要的就是尊重大自然，不能自私地破坏大自然。人要活得有所敬畏。

我是家里四个孩子中最小的，上小学前一直生活在牧区，之后上的汉蒙双语学校，大学在内地读的，毕业后参加工作，一切按部就班。和很多出国的人一样，我想趁着年轻，在还有好奇心和冲劲的时候去看看外面的世界。工作半年后一切蠢蠢欲动，我向爸妈说明了想法。我爸是乡镇企业的干部，抱着观望的态度；我妈是老师，觉得一个女孩子有这种想法太冲动了，不现实。我花了三个多月的时间去说服他们。

选择意大利的理由特别简单，因为不喜欢法语的发音，又觉得西班牙人有些粗鲁，而意大利人看着好像很迷人的样子，意大利语听着也很舒服，那就这儿吧。现在想来真的有点儿可笑，怎么可能这么草率地就决定了自己的未来。

大学的时候专业是管理学，老师说过一句让我印象深刻的话：当你发现一个人改变不了这个社会的时候，就要先学会去改变自己，融入这个社会。最初听到这句话的时候，我感觉这是挺消极的想法，到后面才发现这句话的真正意义。意大利人很懒散，集体拖延症，不是个别现象，全国都这样。就算一件事情已经火烧眉毛了，他们还是不急不慢的去做，这逼得我不得不去改变自己、容忍他们，到最后自己好像也变得和他们一样了。这倒不是我被动地被改变了，而是自己主动地想要去改变，我看人、看事的态度都有了变化。我觉得意大利人对待生活的态度还是很乐观的，就好像虽然站在悬崖边上，但大家还站得挺稳。他们对自己的拖延症完全没有愧疚感，还有些自大，不过在这里排外现象并不多，应该是欧洲国家里最少的，至少不会因为看到你的脸就开始排斥。外国人在意大利还是挺受欢迎的。

我刚开始在意大利中部城市学语言，虽然学得很努力，六个月后的第一次考试还是败北了。那个时候我的合法居留就要到期了，为了继续拿到留学签证，我每天早晨四点钟爬起来坐最早的一班火车去不同的学校报名，两周的时间跑遍了意大利整个北部的大学。因为那时我已经充分了解到意大利人做事很慢，而且不会主动去帮你解决问题。最后，我被热那亚大学录取了。大学期间我除了上学，也在做兼职。我用两年时间完成了所有的考试，虽然遇到过一些困难，最后还是顺利毕业了。

我知道好多新疆人可能都要花时间去解释自己从新疆来这件事，

祁珉

采访于2017年二月

而我则可能需要花更长时间去解释为什么新疆会有蒙古族。别说外国人不知道，很多中国人也不知道吧。我有个很要好的朋友，有时候聊天说着说着她就会来一句："你们内蒙古……"没说完突然意识到不对，赶忙说："哈哈，我又忘记你是新疆的了。"还有的朋友会觉得我说的蒙古语就是新疆话。刚开始我都会花大力气去给想要知道的人解释，后来我发现有的人其实根本就不想去了解，无论怎么说他们都觉得我们就是骑骆驼、住帐篷什么的，所以慢慢地我也就不解释了。我发现真正想了解的人自然会主动去了解，比如我打工的地方的温州老板娘，听我说新疆很漂亮，就自己去准备新疆旅游的事情了。

我在意大利换过四个城市居住，现在在米兰。我爸妈对我的态度就是，你现在想做什么就放手去做吧！我想能够活得更像我自己，他们也就觉得我活得开心快乐就好。我目前还是很幸运的，每次回国没有七大姑八大姨来催我结婚生孩子。

我正在找工作，也想之后再去考个博士，继续去学习，满足自己的求知欲，等待学成归国。我妈说，人不能忘本。

艾克拉木：完成个人成长，实现父辈心愿

大概三十年前，在中国改革开放后的八十年代，当时鼓励出国学习，有很多海内外交换学习的项目。身在和田的父亲申请了中美农业交流的公派项目，去了美国明尼苏达州的农场当实习生。这个项目的考试是全英文，我父亲就突击学英语，用半年时间熟练掌握了英语，成为通过这个项目的十二个人里唯一的新疆人。那时候我才两岁，我父亲去美国一待就是两年，期间也没有回过家。

我听父亲讲过很多当时的故事。父亲到美国后被分配到一个有一百五十头牛的农场主家，房东叫狄恩。狄恩每天干活超过十四个小时，他的态度和能力都对我父亲产生了很大的影响。我父亲说每当他想要放弃的时候，都会想，我的美国房东能干的事情，我为什么不能干？而且狄恩很信任他，对他就像自己的弟弟一样。慢慢地我父亲学会了养牛，学会了开拖拉机。和房东之间的感情也越来越深厚，亲如一家的兄弟。

父亲说当时在附近的几个农场里有好几个中国实习生，唯独他的长相不太一样，经常会被美国人问为什么长得像墨西哥人。每次被问，我爸都会向他们介绍中国的新疆。在实习期间，美国政府突然宣布给所有在美国的中国人开放绿卡身份，于是他们一起去实习的十二个队友有九个都留下来了，包括他们的领队，最后回国的只有三个人，其中一个就是我父亲。我问他当时想过要留下吗，他说一刻都没有。父亲说家是最重要的，一个是小家，他想要回家对父母尽孝道，也非常想念我母亲和我，不能丢下我们不管；还有一个是大家，也就是自己的祖国，他一心想要回国建设家乡。

父亲回国后，把在美国学到的农业和畜牧知识都用在了实际的生产生活中，在和田那样一个养牛很困难的沙漠地带，从四头牛养到了一百四十头，到现在已经有三百多头了。父亲因为英语非常好，经常给来访问的机构或者来做生意的美国人当翻译，会托他们顺道给狄恩寄一些特产。可也就是回来后的前几年还有这样的联系，后面就断了，因为距离实在是太遥远了，而且当年的联系方式远不及现在这样方便。

父亲希望我和妹妹两个人长大后都能到美国去留学，不是为了留在那里，而是因为他在美国的那段时间受益很深，他希望我们也能有那样的经历。父亲的故事对我产生了很大影响，我也一直希望自己能出去闯一闯，去美国留学，让自己学习和成长。

转眼二十多年过去，我大学毕业了，很幸运地考入了海南电视台工作，并凭借自己的努力，有幸成为三沙电视台开办后的第一批驻岛记者和主播。在岛上工作的半年让我感到特别幸运，我拍摄了美丽的南海诸岛，还得到机会和考古学家一起下海去拍摄海底的南海遗迹。

去美国上大学的梦想并没有因为工作而放弃，选择毕业后先工作也是为了申请学校的时候更加有资本。后来为了更好地准备留学，我选择了辞职，回到家专门备考。最终我的付出有了收获，我收到了加州大学北岭分校的录取通知书。

刚来美国的时候我是自己找的寄宿家庭，房租一个月七百美金。

我从中国来

虽然我上的是公立大学，学费算比较低的，但对国内的家人来说，这仍然是一笔较大的费用。我不想给家人增添经济负担，课余时间就去找工作，一开始没经验只能去餐厅打工，后来有了经验，就到了一个学校做助教老师。有次我去找工作，我说我是中国人，对方问，你是中国人为什么还要找工作，中国人不是都很有钱吗？我说，中国有十四亿人口，要都有钱，那你们美国人还不来给我们打工啊？对方就笑了。

我在学校上了半年之后换了专业，因为跨了专业，所以需要补上相关专业本科的课程，学业十分沉重。我的导师曾经对我说，在中国要的是答案，在美国要的是过程，我希望你有自己的想法，学以致用。留学这两年有累的时候，有痛的时候，有孤单的时候，也有饿肚子的时候，最难过的是得知父母生病住院而我因为学业回不去，只能一个人躲在被窝里哭。有时候打工忙得一天都吃不上饭，还得跑去疏通马桶，满脑子都是后悔，心想我在国内好歹也是个有头有脸的电视台主持人，怎么到这儿成了马桶工，这是为什么？

2016年，我父母终于有机会来看我，那也是我最快乐的一个半月。父亲说他的最

艾克拉木

采访于2016年7月

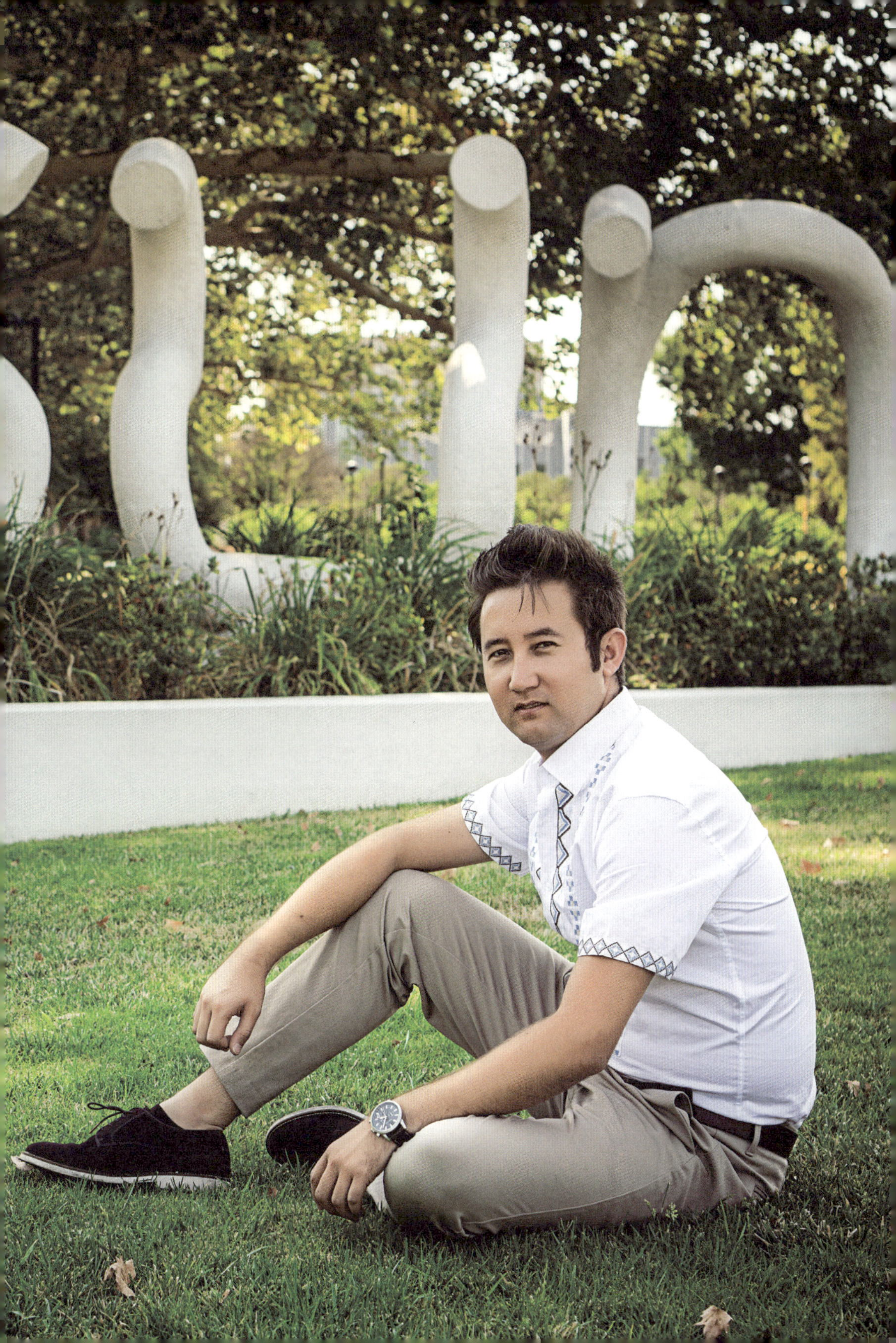

大愿望就是能够找到当年的房东狄恩一家。他说自己已经五十多岁了,以后也不知道有没有机会再来美国。我从决定找狄恩到找到他的过程前后有十天,我先是在网上找到了当年安排他们实习的机构,发了封邮件说明情况,很快就得到了狄恩的联系方式,他们也给了狄恩我的电话。电话是上午给到我们的,父亲特别激动、特别紧张,一直没敢给狄恩打电话。直到下午,有个电话打过来了:"Hey, is this Ray(父亲的英文名)? I'm Dean."父亲和狄恩在电话里聊了一个多小时,挂了电话,父亲说儿子你安排一下吧,我想去明尼苏达州看看狄恩一家。我就请了一周的假,开车带着父母去了。

狄恩一家一直以为我父亲已经去世了,因为自从他回国后就通过一次电话。两个人都对能再见到彼此而激动不已,好像失散多年的亲兄弟一样,无话不聊。狄恩一家现在已经不开农场了,他们去了以前的农场看工作过的地方,看一起开过的机器。狄恩还带着父亲去拜访了当时认识的所有人,就好像家族聚会一样,甚至当地的媒体都派来记者采访,还带来了他们三十年前的采访录像,很有纪念意义。感觉父亲就是狄恩的家庭一员,我从他们对父亲的热情中感受到当年父亲对所有人的真诚所带来的影响。狄恩还给我讲了很多父亲当年的故事,他指了指一个山头说,你看到那个山头没有,有一次我们找不到你父亲了,后来发现他是因为想你母亲了,一个人躲在那个山头上掉眼泪呢,那是你父亲在美国哭得最多的一次。

狄恩和父亲分开的时候,两个大男人都哭了。他们两个都是身高一米八几的大汉,就看到两人抱在一起哭,狄恩的太太也哭了。我们相约一定还要再见面,邀请他们来洛杉矶玩儿,再一起去中国看我父亲。

这次父亲来,也和当年留在美国的一位实习队友取得了联系。

这个人在当时选择了留在美国，经历了很多事情，现在只是一个小职员，勉强在过日子。后来父亲对我说了句很经典的话：二十年前来美国的时候每一样东西都是新鲜的，是没见过的，但这次来美国感觉并没有太大变化，中国有的美国也有，但美国没有的中国有，中国的发展速度真的非常迅速！

  我现在已经顺利毕业了，在找机会进行各种实习，去参加电影的面试、参加戏剧的演出。我希望能在这段时间里学到更多东西，也希望将来能有一天以中国人的身份站上奥斯卡的颁奖台，更希望今后我能够对父母尽更多的孝道。

  来美国的这两年就是爆破性的成长和锻炼，能借由这个过程实现父亲的一个心愿，也是最值得纪念的。

卡斯木：寻找归属感

我曾经看过一个访谈节目，一个年轻人说他每天去上班都觉得很累，在公司觉得很压抑，而且还面临和女朋友分手，感觉什么都不顺。主持人说了一句话让我印象深刻，他说人的一生当中真正苦的也就那几年，因为这是打基础所需要的时间，剩下的时间不可能再苦，除非你追求更远的目标。我相信这句话，因为奋斗了这些年，我发现确实是这个道理。

和全国大部分高中生一样，我的高中生活每天都安排得很紧张，日子过得压抑，想着上大学一定要去个开阔一点的地方，填志愿的时候就选择了有海的大连。那是我第一次离开新疆，也是第一次感受到有海的城市。我们软件学院是在大连理工大学的分校区，那儿的学生真的挺拼的，所以我也得跟着他们，一旦稍微落后一点，我就能感觉到。人都有不想落单的心理，在宿舍里、在班里，每个人都争破头做前几名。

因为选修了日语做第二学位，就想毕业之后去日本工作，从大三就开始去面试。但2008年全球金融危机，当时以给美国企业做软件外包为主的日本公司都开始关闭在海外的基地，之前面试通过的两个公司都倒闭了。我就想干脆申请研究生去日本留学看看，连导师都联系好了，结果报名材料晚到了三天，错过了报名时间，只好彻底放弃。我爸不希望我在大连浪费时间,要我回新疆考公务员。那一年很不顺,刚开始我还在坚持,但自从家里断了我的生活费,到最后我已经穷到连下一顿饭都不知道在哪儿吃的地步。我只好回家,在我妈的小杏园干农活。

一天,已经在法国留学的哥哥打了个电话给我妈,说:"干脆让卡斯木来法国吧。"我妈就问我想不想去?我当然想。第二周我就坐上火车去了北京,身上就带了两万元人民币。一切必须从简,找的中介也是最便宜的,攥着手里的两万元钱,每天都在考虑下一步该怎么办。我找了一个法语学校,找了五百元钱一个月的合租房子,用三个月的时间通过了学校的笔试和面试。

出国前,我妈专门从吐鲁番来北京送我。我上飞机前,先送我妈回新疆,她的飞机是晚上十一点起飞,我的是凌晨一点从北京飞巴黎。送我妈走的时候,她进到安全门里又退出来了,她就开始哭,拦都拦不住。然后我自己那段时间的压抑和孤独感觉一下子也全都涌上来了,我也哭了。第一次发现自己的眼泪那么多。

踏上前往法国的飞机,那时我身上就只有四百欧元。我哥告诉我说,三百五十欧元用来交房租,五十欧元坐地铁,剩下的要靠自己打工去挣。下飞机后,还是我哥的朋友来接的我,因为他正在打工。我们从机场一路到他住的地方,非常偏僻。

我哥那时候靠送外卖挣钱,给我也找了一份送餐的工作,让我先试一下。我到巴黎后只来得及看了一眼住处的样子,就开始骑摩托送餐了。第一个星期经常迷路,好几次都开到高速公路上去了,之后才慢慢熟悉。第一个月的工资还记得很清楚:一千三百五十欧元。我当时做的是全工,上午七点多起来,九点到十一点上课,然后去打工;下午两点半下班,再回去吃饭;晚上六点半继续上班,

卡斯木夫妇

采访于 2017 年 10 月

十一点半下班。这样的生活持续了三年。

我到法国的时候我哥也在上学,我们一开始的计划就是先攒学费,然后申请学校,还要申请个国家承认的好学校。生活费也很节省,要把学校的成绩保证好,把学位证保证好,这才是以后找工作的基础。第一年学语言的时候打全工,第二年开始读研究生,就每天晚上去送餐,连后来准备毕业论文的时候也不例外。直到2014年10月,一家公司给我提供了一个无限期合同,从那时开始我的生活才有了转变。

我一直很难找到归属感。做外卖送餐的时候就特别明显可以感觉到那种被排斥,你拿着外卖,戴着帽子,淋着雨站在门口,一个比你年龄还要小的法国小男孩开门,屋子里面开着派对,男男女女的特别热闹,然后你看着眼前不到二十岁的小孩儿在你面前刷卡,给你两欧元的小费,带着一种奇怪的眼神,连家门口的地板都不让你踩。我就觉得,自己好歹是拿着两个学士学位的人,为什么过来以后要过这种生活。最让我耿耿于怀的是第二年的时候,我打工的老板说了句:"你们上学有什么用,还不是到我这来打工?"而他自己只有小学学历。我很想说,我不干了你找别人去吧!但是我必须要忍,我就不停地告诉自己不会永远在那打工。我见过有些学生来了七八年还在打工,那也不要怪别人,是自己选择的问题。

我始终在寻找归属感。可能在地铁里还挺熟悉的,一到了地上,就感觉自己完全不属于这里,自己就是个来旅游的。曾经一度会因为看到埃菲尔铁塔而激动,但现在你让我看埃菲尔铁塔,我就觉得不过是根铁杆子立在那罢了。有人会很文艺地问我:"你见过晚上十一点的香榭丽舍大街吗?"我说:"我见过,送餐的时候走过那边,还是半夜十二点的时候。路两边都是啤酒瓶子在飞,一群酒鬼和站

街女，还有警察和烟雾弹，我骑着摩托车过去就像穿越战场一样。"

2015 年 11 月 13 日，巴黎发生恐怖袭击那天，我下班回家路上实在没事可干，就在一个地铁站下了车，想去喝杯咖啡，但转念一想还是回家吧，于是又坐下一班地铁走了。那个地铁站便是当天受到袭击的其中一个车站，如果当时我出了站，就将出现在恐怖袭击现场。

2014 年，我开始在一家公司工作，做了一年后跳槽到另一家公司，工资也相对增加了。我发现跳槽挺好的，每次都能谈一些新的条件，当然前提是你要有足够的专业能力。积累了几年工作经验之后，我就来到了现在工作的法国巴黎银行，算是稳定了下来。

在这个过程中我依然在试着寻找归属感。我刚刚领到了十年的工作签证，自己也在探索更清晰的工作方向，开始考虑做自己的项目和工作室。我的妻子还在继续她的学业。我们同时也在迎接小宝宝的到来，我们打算着给宝宝准备一个大一点的空间，找大一点的房子。

从学习过渡到工作，现在还是不错的，将来会更好。

伊尔凡：一个地球人

我从小就对动画感兴趣，小时候就梦想自己能够创作一部动画。所以为了自己的梦想，2008年，我在父母的支持下来到日本留学，当时不到二十岁，现在已经过去十年了。

我父亲从事音乐工作，母亲是木卡姆艺术家，我还有个妹妹，家里音乐氛围很浓。儿时有几部日本动画对我影响很深，像《三千里寻母记》《聪明的一休》《灌篮高手》等，这些动画让我有了想去做一些能让我们自己的孩子从中受益的动画的梦想。

在来日本前，我没去过其他国家。计划来这里时，身边的人大多是反对的，告诉我生活会特别辛苦，与其那么辛苦，不如舒舒服服地在父母身边，找个体面的工作。我听到后就有点生气，我觉得人应该有冒险精神，自己还要在父母的庇护下躲多久？还要在舒适区里待多久？所以当时我就下定决心，义无反顾地来到了日本。

刚到这边时，家里给了些钱，但过了一段时间发现还是必须得打工，不过我发现学习和工作之间很难达到一个平衡。我读本科时，赶上整个日本的大学学费都在涨，所以那段时间我把更多精力放在了打工上。我开始同时做三四份兼职，虽然有了一些收入，但学习成绩下滑得很快。学校老师发现了这点，问我到底是怎么回事，我就向他解释因为经济方面的缘故，不得不去工作。老师告诉我，学校有奖学金名额。我虽然很想得到，但自己成绩已经下滑了很多，实在没信心。老师就说，你先少干一份兼职，努力学习试一试，如果成绩不错我就推荐你；如果拿到了，下次还会再推荐你，但你每拿一次就必须减少一份兼职。我欣然答应，开始努力学习。第一次考试成绩不是特别突出，但老师还是推荐了我，我也拿到了奖学金。从那时开始我就更加努力学习，一直都在拿奖学金，还因为作品获奖，得到了一个门槛非常高的奖学金。毕业的时候，老师建议我先别工作，去读研究生。当时我已经开始在新疆开培训班了，老师就建议我以这个为课题，去研究动画产业在相对欠发达地区应该如何发展起来。于是我就留在学校继续读了研究生。

我是从2011年暑假开始在乌鲁木齐开动画培训班的，和我的学生们一起在2013年和2014年做了两部动画，在日本获得了大奖，那是首次有来自中国新疆的原创动画在国外获奖。这两部动画作品同时也是我的课题研究成果，短片本身获得了一些奖项，论文也发表了，最后我以总成绩第一名完成了研究生阶段的学习。毕业典礼时我作为学生代表发了言，学校还返还了我这两年的所有学费。

研究生毕业后校长和老师推荐我去东京艺术大学读博，我有点蒙，因为这个学校的门槛非常高，是很多当地特别优秀的大学生挤破头想进的学校，我怎么可能进得了。但是他们说你可以的。于是我去参加了考试，第一次没通过。我就去联系了一位博士生导师，以研修生的身份跟了他一年，学习他的整个授课模式，看他如何做研究、如何讲课。

2015年，我回到新疆，在喀什叶城开了一个动画培训班，把学到的教学方法进行了实践。在短短半个月时间里，学生们就已经可以独自完成半分钟的动画了，有些甚至能完成一两分钟的动画。我

伊尔凡

采访于 2018 年 4 月

看到了一丝曙光，心想在博士阶段，我应该可以研究出更科学合理的教学模式。于是我开始写研究计划书，以新疆的麦西来甫为内容。我的研究计划书最终帮助我通过了博士入学考试，并且获得了学校的奖学金。明年（2019年）三月我将博士毕业，但在这之前还需要再完成至少四部示例品，还要在网上展示。我想做好这个研究课题，让全球更多人都能以此受益。

在日本博士毕业难度很大，想要留在日本，除了工作之外没有任何的捷径。所以在日本留学的人都是很辛苦的，时间和精力都很紧张。我每天一般只睡两三个小时，甚至有时做片子连睡觉都顾不上。

我来日本十年了。十年前的我和现在有着天壤之别，无论是思想方面还是生活方面，抑或是对这个世界的看法。以前我也幻想有朝一日能成为宫崎骏一样闻名世界的动画大师，但他们所经历的那一切是我们想象不到的，所以不可能会有一蹴而就的成功。但我还是对未来抱有很大的希望，互联网时代，充满着各种创新和机遇，存在着无限的可能性。三十岁能获得奥斯卡奖，六十岁也可以，不仅要努力，而且还要找准机遇。

现在很多年轻人，刷着娱乐新闻，沉迷于网络游戏，逐渐地迷失了自己，忘记了自己的身份是什么，忘记了自己能为这个社会带来多大的价值。有些人心想着为了民族、为了国家去奋斗，但我认为其实我们应该以一个地球人的身份，去想能为这世界和人类带来什么，如果你作出的贡献被世人所知了，别人才会关注你是谁，你来自哪里。所以我们也要拓宽自己的视野，有更高的目标和追求，这样才能被世人认可。我们在人生旅途中会面临很多选择和坎坷，不应畏惧而退缩，应该去思考如何才能克服，如何才能进步，不能完全依赖别人的经验和引导。别人的建议可能是对的也有可能是错的，与其纠结这个，不如自己选定一个目标就完全投入进去，无论结果如何都是自己走出的一条路，也肯定可以作出成绩来。

在新的环境里，要去和当地人交流，一开始他们会自我设防，仿佛有一堵墙在你们之间，可能表面上和你相处得很好，但始终会有隔阂。但你要努力去融入，直到赢得了他们的认可和信任，他们才会对你敞开心扉，你才能真正去和他们合作、沟通。所以永远要把学习放到第一位，不仅是专业学习，还有在社会和生活上的学习。如何融入一个国家和一种文化，这也需要学习。

贾佳：身在巴塞，心向凉皮

西班牙的巴塞罗那是座美丽的城市，和乌鲁木齐一样大，除了有山还有海，但就是没有新疆的凉皮子。我好几次梦见吃凉皮子，还没吃到嘴里就被叫醒了，哭了好几次。就此展开我的故事，有点长，不过还挺好玩儿的。

我 1988 年出生在乌鲁木齐，新疆师范大学数学系毕业，大四那年在中学母校八中实习了半学期，本来想着以后做个好老师，但通过实习发现自己特别没有当老师的威严，学生们没人叫我老师，全都叫我姐姐。毕业以后找了个小学老师的工作，半学期后我就跟家里人说要辞职去做背包客，用两年时间边打工边游玩儿，待我走遍全中国，就老老实实回乌鲁木齐找份稳定的工作，再不想其他的了。

我爸是新疆烟草公司的员工，刚好那段时间他们公司有招录职工子女入职的政策，只需要参加行测考试。我妈就劝我说先试着考考，考不上就放我去做背包客。我就去考了，结果考上了。

2010 年我去了烟草公司工作，刚开始当送货员，后来竞聘成为客户经理，一干就是三年。我性格本身不太适合做这种天天要开会的工作，当了客户经理之后更是日复一日地做这些我特别讨厌的事儿，就越来越烦。

有一天，我表弟的奶奶去世了，他因为工作没法回家奔丧，我就被长辈赋予了代表孙子辈去守灵的重任。那几天，我跪在奶奶遗像前，忽然开始思考人生：人活着是为啥？死亡似乎是一眼就能望到的终点，这让我突然开始害怕，怕等我老了，我给后代讲述我的人生，就是大学毕业进入烟草公司混吃等死到退休，那样的话我现在就可以死了！我想给他们描述的人生不是这样的！我当即决定辞职，并把辞职信当作二十五岁生日礼物送给了自己。

刚好我的两个高中同学分别从哥伦比亚和澳大利亚辞职回到新疆，正吵着要去欧洲读研究生，她俩也都鼓励我出国。我没目标，本着哪个国家花费少就去哪个国家的原则，决定跟高中同学一起去西班牙，那时我连西班牙在哪儿都还没搞清。

我请我爸妈吃了一顿饭，并不是要跟他们商量，而是通知：我要辞职，出国留学。我爸一听我是想学习了，老头儿还挺高兴的，很支持；我妈虽然不太愿意我放弃在大家眼里这么好的一份工作，但也觉得肯定劝不动，于是被迫同意。我用一个星期的时间把辞职手续办完，跑去北京学了三个月的零基础西班牙语。刚到北京，我爸就给我打电话说单位分房子了，如果我晚辞职一个星期也许还能分套房子。我当时觉得好在我的辞职够及时，不然说不定因为这套房子，我可能就要被套住一辈子了。

就这样，我辞掉了一个"铁饭碗"，来到了西班牙，在萨拉曼卡学了九个月的西班牙语。最初因为吃不惯又想家，就想着赶紧完成学业好回家吃凉皮子、面肺子、椒麻鸡，刚来几个月就算计着什么时候回去。本来打算申请一个马德里的大学读个研究生就回新疆，很巧的是我的一个高中同学想来西班牙玩儿，让我陪她一起去巴塞罗那旅游，我就答应了。然而第一次来到巴塞罗那我就爱上了这儿！作为一个见惯了大山、沙漠、戈壁滩、大草原的新疆人，最大的梦

我从中国来

贾佳

采访于2017年10月

想就是能生活在海边，巴塞罗那完全满足了我对一座城市的一切需求！我扭头就准备申请巴塞罗那大学。然而去大学注册的前一个星期，我逛街的时候发现了一家厨师学校，就进去问了一下情况，发现了一个非常感兴趣的课程，就是学费特别贵，学了这个课程就没钱上研究生了。我对自己说："反正你是个学渣，读了研也不一定能毕业，还是别骗自己了。"于是我就决定学厨子了！这个决定并没有给我爸妈讲。

2014年10月我就开始了厨涯，后来跟巴塞罗那本地人聊天的时候我才知道，这家学校非常厉害，拥有自己的米其林餐厅。终归还是自己的运气好，没落入一个不入流的片儿汤学校。

出国前我只会下个方便面，出国后因为太想念新疆饭，被现实逼成了个大厨。大盘鸡、拉条子、炒面、汤饭、抓饭，只要我想吃的，我都能弄出来！但就因为吃不上好吃的，没几个月我就已经开始考虑回新疆的事儿了。离结课还有两个月的时候，我晚上做了个梦，梦见我拎着大包小包回到新疆，一下飞机就到了姥姥家，姥姥看见我就抱着我哭，说终于把我盼回家了，但是我一脸木然地站在那里，嘴里念叨着："我要回巴

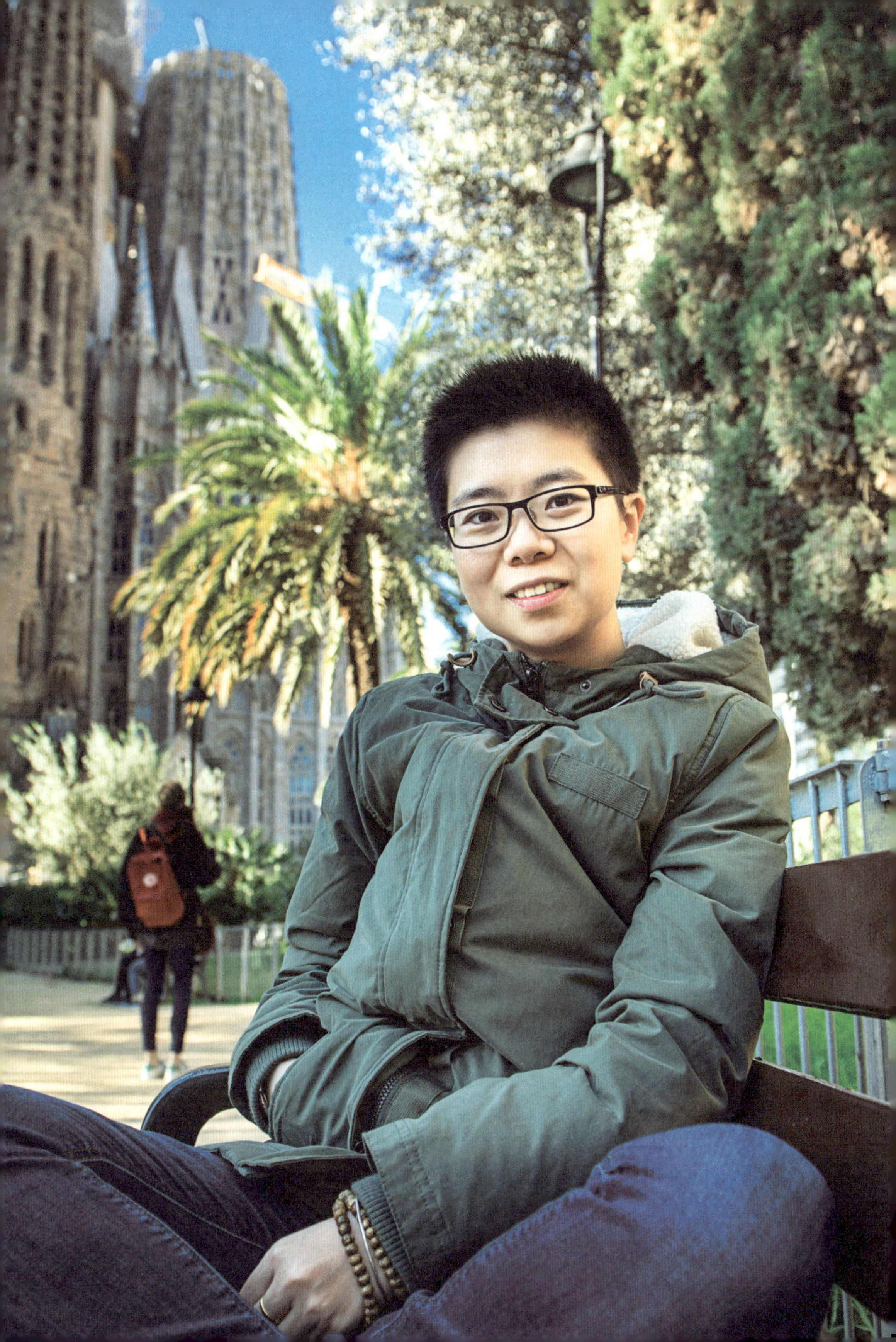

塞罗那，我要回加泰罗尼亚广场，我要回圣家堂，我要回西班牙广场……"就这么在梦里，我把巴塞罗那的地名全说了一遍，然后我就醒了。就因为这个梦，我决定再待一年。

以上经历基本上可以给我贴个"非计划型选手"的标签了吧，我从来不计划我的人生，美其名曰"船到桥头自然直"。之后我又报了一个进阶版厨师课程，从2016年1月上到7月。时间很短，所以上完又在想是留下来还是回新疆。在国外注定要面对身份问题，在朋友的介绍下我找到了一份工作，等身份稳定了下来后，我计划在巴塞罗那开一家新疆餐馆；如果稳定不下来，那我就回新疆开个西班牙餐馆，也不算我白学了这个专业。别看我随性，我每次做事都给自己多留几手准备。

我到现在也不后悔当年辞职的举动，虽然出来并不像想象中那么美好，说走就走是要付出惨痛代价的。但我想如果我不辞职，过着一眼望到死的生活，我一定会后悔一辈子！我希望自己的生活充满未知，每天都活得有点惊喜，虽然有时候在我身上发生的都是"惊吓"。

努尔艾力：走出自己的舒适圈

我家总共四个孩子，我是家里的长子。我父亲是商人，经常出差，家里就只剩我母亲照顾我们。父母总是告诫我们说，只要我们努力学习，他们就算砸锅卖铁也要供我们上学。我小学到初中成绩都是数一数二的，初中毕业考上了在上海开设的第一届内高班。

刚去上海的时候，我有那种从小城市突然来到大城市的不知所措。学校一周只让出去一天，但我抑制不住自己对外面世界的渴望和想去了解的欲望，无论如何都要逃学跑出去到处看，对学业毫无兴趣。结果是学校直接把我家长叫了过来，差点儿被退学。我看到父亲从校长办公室出来那一刻差点哭了，他劝我好好上课。我也想通了，开始认真听课，第一年期末考试排名前五名。之后我们都转到汉语班和本地同学一起上课，但无论我以前学习多好，突然所有课程用汉语学习还是有点吃力，英语更是没接触过。我记得第一次考试，我们年级五百一十二名同学，我排到了第五百零一名，说实话很绝望。

唯一能让我能够融入大家的就是体育。我参加了各种跑步比赛，踢足球，打篮球，为班级带来荣誉。这时候别的同学也开始接近我，跟我做好朋友，一起学习，给了我很多学习建议和学习资料。后面三年我拿过的最好的成绩是全年级第九十七名。当时也并没有什么要上多好的大学或者做科学家的想法，就觉得每次都当最后一名太丢脸，有种不想服输的劲儿让我不停去努力。高考我考了六百多分，排到了年级前十几名，心想这个排名铁定去不了清华、北大这样的名校，就很想出国留学看看。我跟家人说，肯定是不同意的，但一再争取，几经考量，我父亲终于同意了让我去留学。

我去了法国。刚过去那边的时候我的好奇心又占了上风，每天上完语言课就跑去闲逛，才一个星期就把家人给的生活费花完了。我也不好意思向家人再要钱，就跑去餐馆打工，人家洗盘子十五分钟，我用两个小时，但不到一个月就把厨房的活都学会了。一打工我就更没心思学语言了，三个月过去竟然发现自己慢慢习惯了这种生活。每个月两千的工资，五百交房租，剩下的自己花，当时要是有四千块一个月的工作来找我，我可能都不会去尝试。我把这件事告诉了家人，父亲特别火大，痛骂我一顿，说："让你去读书，不好好读，赚什么钱，钱不够跟我要！"我就把那份工作辞掉了。

第一个月什么都听不懂，上课整个人是蒙的。但是几个月以后，跟周围接触多了，我的法语进步很快。环境真的能改变一个人，我生活中开始有了变化，融入法国人的生活状态。很多经历让我明白了一个道理，你去他乡学习也好，生活也好，不坚定实现自己的目标，不去融入那个群体，你是无法快速进步的。我认识的很多朋友来法国快十年，成家有了孩子，可还是在骑摩托车送外卖。

第一年的时候我还一直有跟老乡聚会的爱好，但有两件事情给我打击很大：一件是因为和老乡聚会喝酒，昏睡中错过了难能可贵的巴黎雪景；还有一件同样是因为和老乡聚会喝酒，去德国旅游的时候始终没去看成博物馆。我意识到因为这些乱七八糟的娱乐错过了很多重要的事情，就下定决心控制自己，戒掉了所有不正规的聚

努尔艾力

采访于 2016 年 9 月

会。我独立租了个房间，报了一个补习班，一年没学好的法语三个月就学会了。这时候我发现了自己对电影的兴趣，就申请了一个电影特效学院，很幸运被录取了。班里八个同学，就我一个外国人。

法国有一种"本科+"的学位，性质介于本科和研究生之间。我用一年时间读完了这个"本科+"，学的3D特效。毕业之后在一家特效公司工作了一年半，完成了六部电影的特效。当时想留下来，但我的工作属于"法国人也会做的工作"，就没拿到工作签证。

那时候我弟弟也来法国读了旅游管理专业，我们俩就合作开了一家叫"多浪"的餐厅，这才拿到了商业签证。开餐厅得有好厨师。有个荷兰大哥已经做了几十年厨师，我们就请他过来培养了三位厨师。我在餐厅做了将近两年半的时间，后来交给我弟弟管理。我一直没有忘记自己的电影梦，又上了三个月电影培训学校，学剪辑，学写剧本，还拍了两部纪录片。刚好纽约电影学院在招生，我就申请了，这一次我顺利通过了。开学前回国探亲的路上，我用手机拍了一些素材，回来之后做了一个关于烤包子店的两分钟短片，老师看了特别满意，让我参加电影节，结果还入围了十几个电影节。

在纽约读书的时候，我们必须拍八部短片。我的前七部都拍得很匆忙，没学到什么就开始拍。最后一部给了三个月的时间写剧本，我想了各种方案才去拍。我用那部作品讲述了我的一个汉族朋友的留学生活和爱情故事，那时候我很喜欢香港导演王家卫的电影拍摄风格和手法，还在这部作品里进行了学习和实践。这部十五分钟的微电影后来入围了二十七个电影节，在其中两个电影节上获得了最佳外语微电影奖和最佳导演奖。

从纽约电影学院毕业后，我拿着学校给的工作签证继续留在美国。那段时间认识了很多电影圈子的人，加上我自己会汉语、英语、法语和土耳其语，机会就更多一些。除了自己拍片子，还能利用语言优势帮助一些在这方面欠缺的团队做翻译。

好莱坞有一家公司专门投资在各种电影节获奖的年轻导演，投资他们拍电影。我也不知道他们是在哪儿看到我的作品的，就跟我联系说他们有一个项目要投资我拍一部九十分钟的电影。他们从我的几个剧本里选了一部，讲述的是一对来到纽约的情侣对生活的热情，以及他们之间的感情变化。对一直拍短片的我来说第一次做九十分钟的电影还是蛮有挑战性的，也是个特别好的机会。很多事你不做的话根本不会知道你在哪些地方需要学习和改进。

留学前我感觉我很浮躁，在外面生活久了才慢慢改变。想起在家的时候听长辈聊天总觉得他们在唠叨，很不爱听。离开家后反而开始思念家人，也想再听听他们的唠叨，毕竟他们说的是自己的人生经验。所以我开始学着在聊天的时候去倾听和学习。

经历过这么多，我觉得人不能总在一个圈子里打转，不能在一个舒适圈待太久，我们需要走出自己的舒适圈。

西热力：大起大落后是淡定

我们家兄妹四人，我排行老二。我哥是典型的学霸，我在家是最调皮的一个，高中甚至几次遭到学校的劝退，父母没少为我的未来担忧。我哥从小就有出国的梦想，他提出了一起出国留学的想法。那时候在我们的想象中，国外就是开着敞篷跑车，住着豪华别墅。

2004年，我们动身前往北京学习法语。在法语班里成绩最好的是我哥，成绩最差的是我。最后的笔试，我哥以四百八十六分刷新了该科目的最好成绩，而我也以四十多分刷新了最差成绩。中介公司说你这个成绩不用面试了，肯定过不了。那时候我变得很颓废，不愿意再去学习，而是跟着一群社会上的朋友混日子，十七岁的我险些误入歧途，还好最后被我爸和我哥制止了。

悬崖勒马后，我继续开始为出国做准备。我请了一个外教帮我补习，七天几乎没合过眼。面试的时候很幸运，面试官和我谈得很愉快，我甚至能把面试官逗得捧腹大笑。没过多久，我收到了录取通知书。当时觉得简直像做梦，连中介公司都感到不可思议。

在我的期待中，法国的一切都应该很美好。当我看到哥哥开着一辆只能容纳两个人的破轿车来机场接我时，我才觉得看到了现实。在法国生活的前三年，我们吃了很多苦。没有认识的人，也没多少老乡，更没有朋友，不懂那里的法律和习俗，也不知道在哪儿打工赚生活费，即使被人欺负也只能忍着。为了养活自己，我们不得不开始找兼职。我去了一个地下服装黑作坊，三十六小时的换班制度，期间需要不停的工作，而且是在黑暗潮湿的地下环境，还有警察不定时的搜查，但是为了生活费，我还是坚持了。一个月后，我身上的钱已经不多了，于是向老板要工资，但他以各种理由拖欠。又一个月过去，我身上完全没钱了，就和给我介绍工作的人一起去找老板。他当时在和几个人聊天，让我们在一旁先等着，等了很久，最后他直接要走。我的介绍人过去跟他说了两句，结果他开始骂了起来，掏出三百欧元，往地上狠狠地砸下去，而我的工资应该是三千欧元。我试着去反抗，但是被他身边的两个保镖给推到地上。我很无奈，默默捡起地上散落的钞票。回去的路上我放声大哭，我从来没哭得那么委屈过，第一次感到自己的力量那么渺小。

在学校，我哥还是一如既往地刻苦钻研。而我知道自己不是学习的料，干脆完全抛下了学习，每天都忙于兼职赚钱，慢慢发现这样干没个头。就在我自暴自弃的时候，我妈打电话给我要我回去帮我爸打理生意，于是我回到乌鲁木齐。一年过去了，我发现自己很难融入老家的圈子，也厌倦了那个工作，于是再一次来到法国。

我哥当时已经用一年的刻苦努力找到了一份很好的工作。我们兄弟俩有了一个开餐厅的念头。我爸妈也希望我能有点儿事干，于是他们提供了一些钱，我哥又四处借了一笔。随后，我们开始到巴黎相关部门办理手续、装修餐厅，直到开业。我哥几乎是自己一个人在处理所有事情，而我只是在后厨洗碗。我和我妻子还有我哥和嫂子的收入几乎全部投到了餐厅里。刚开始每天都会有当地的华人和留学生排着队来吃饭。但是好景不长，餐厅连续三个月处于亏损状态。迫于无奈，我去到荷兰陪我妻子，那时她怀着孕，我们的生活已

西热力

采访于2017年11月

经很窘迫了，还收到一份十万欧元的罚单，我开始寻找新的出路。

那时候恰好国外的奶粉开始在国内畅销，我就做起了代购，身边的中国留学生帮我找到了许多买家。就这样，我又问家里借了些钱，开了一个小型公司。公司业务很顺利，第二年我就已经把向家里借的钱还掉了，连我爸都很惊讶。可是后来同行的竞争越来越激烈，公司只好开始赔钱赚吆喝。而在这期间，广东发了水灾，我们的货被淹了，按照当时的合同，快递公司是不赔偿的，我差不多损失了二十万欧元。后来我哥要去美国了，我就去法国照顾餐厅，荷兰这边的生意就交给我妻子。

当我去经营餐厅时，才发现这真是件不容易的事儿，非常忙碌，很长时间都住在餐厅，身体也撑不住了。我就把荷兰的公司转出去，再后来把餐厅也转出去，回到了荷兰。回去之后我又一次发现了新的商机——旅游业，这一做就做到了现在。

我现在的事业还算顺利，但我终究是荒废了学业。有些人就是适合去钻研、去汲取知识；而有些人可能更适合去闯，去做一些常人不做的事。我虽然经历了很多次的失败，但是我愿意去做，我总觉得有好事在等着我。

我出国也十几年了。现在我可以用赚的钱去供妻子读书，去支付我哥在美国的生活费，去帮助中国留学生找到工作岗位、减轻他们的经济负担。我并不觉得这是一种幸运，因为我坚信只要我不放弃，总会得到一点儿回报。至于我自己，我并不觉得遗憾，我觉得我这辈子活得很值。我经历了我想经历的，无论好坏。曾经的那些日子太苦、太艰难，我深深地明白当时所付出努力的重要性。我希望我的孩子能有坚持不放弃的信仰，面对人生中的大起大落，保持一颗淡定的心。

乌提库尔：足球梦

我父亲是我足球生涯的启蒙老师，他有过自己的足球梦，但在那个年代，他并没有条件去走职业足球道路，那时候吃饱肚子、养活家庭才是最重要的。

父亲多少把自己的足球梦寄托在我身上，从我很小开始，他就教我踢球，只要是关于足球的事他都会支持。为了能让我接受到更好的足球培训，父亲不停地打听体育学校。2000年我上小学五年级，刚好位于广东惠州的亚洲拉齐奥足球学校到我们那儿招生，我就被选中了。遇到的第一个困难就是吃饭，特别想念家乡的饭菜，也想念家里人。当时毕竟小，解决害怕的方法就是哭。那时候都是公用电话，每次打电话回家都不能通话很久。我父亲也来看过我，问我到底能不能坚持下去。我都是哭着说我可以，因为如果我回去了，肯定就会从事其他行业，不会再踢足球了。现在想想自己还是挺坚强的。在外面学踢球的确很不容易，好在我性格很开朗，乐于学习，和同学、教练们的关系都很好，大家平时也很照顾我。

2004年，我听从了教练的建议，去参加了一个巴西青少年足球培训中心的选拔。他们每年会从中国挑选二十五人去巴西参加训练，很幸运我被选中了。参加这个项目一年算下来差不多要花十万多元，我和父亲都算是赌了一把。之后我就在巴西的一家足球俱乐部待了三年，学会了葡萄牙语。我们有个经纪人，每到周末就会带我们几个孩子去他家，通过网络看看足球新闻什么的。其他时间我们都在训练基地，有很多球星会来我们基地，有时候还能和他们一起踢球。第一年后我们就可以踢联赛了，每天都是在各个城市之间穿梭，没有专门的换衣室，也不会给我们休息室，甚至没有训练场，只有一个比赛场。我们是代表中国进的那个联赛，并最终获得了冠军。后来经纪人一定要我们体验一下职业俱乐部，带了我们三个人去了职业俱乐部，培训三个月后签了合同，在那一踢就是两年。

  虽然是同一家俱乐部，队友之间也难免磕磕碰碰。踢球的人心理状态也会变，有时候身体对抗过度，就会出现互相骂或者推搡的情况，但是随着踢的比赛多了，发现了职业道德的重要性，就会很礼貌地去解决这类冲突。

  对于很多踢球的人来说，巴西总会给他们带来很多激情，我也不例外。早些年在新疆电视转播中很少能看到足球比赛，来到巴西后也是梦想自己能变成电视中的足球明星。巴西人对于足球的热爱，超乎我的想象。最让我印象深刻的就是巴西的"快乐足球"，在那里踢球是自由的，教练不会去硬性要求你的踢法，会给你更多自由发挥的空间。而在中国踢球，经常会被教练责骂，只要动作没有符合他的要求，就会被训斥。在巴西少了这些训斥，我就对足球更有激情了。我觉得这主要因为巴西人的足球天赋，但是光有天赋也是不够的，还受到文化、知识、性格等很多因素影响，毕竟要克服很多困难才能成为一名职业的足球运动员。

  我在巴西的三年多时间里只有第一年回过一次家，在家待了十五天，这期间也没有停止训练，每天跑步、健身。因为我知道自己是一名职业球员，想要得到，那必须要付出。我父亲也曾专门从家里飞来看我比赛，虽然他不懂葡萄牙语，但是总有办法和周围的人交流。

乌提库尔

采访于 2017 年二月

在巴西踢联赛期间我也遇到过很多选择、很多机会。曾经有一家美国高校邀请我加入他们的校足球队，并且提供读书的机会。但我父亲希望我能进入到更高级的职业联赛，就没去。后来我听从经纪人的建议，选择了一家巴西二级联赛的俱乐部。因为是职业俱乐部，有自己的主场，能容纳四五万人，也能给我和经纪人提供住宿。我就在这儿一直踢到了 2008 年。后来这家俱乐部从二级升级为一级，我实现了在巴西一级联赛中踢球的梦想，但因为之前的比赛强度非常大，我受伤了，只好回国治疗。那时候国内俱乐部的水平也很高了，我也有了回国发展的想法。

2008 年，我和湖南湘涛足球俱乐部签下了三年合约，踢了一年的主力。之后我找到经纪人，跟他说了想再次出国踢球的想法，想让自己的职业生涯走得更远。我的经纪人和教练帮助我联系了很多欧洲俱乐部，最终一家荷兰的俱乐部接收了我。

2011 年，我来到了荷兰加入了 SFA 俱乐部。这家俱乐部的联赛等级不是很高，第一年主要是在锻炼自己和学习他们的足球文化，一年后我就加入了更高级别联赛的俱乐部。荷兰足球职业联赛有八个等级，荷甲是最高级别的，有资格参加欧洲冠军杯。我们现在的状态距离参加欧冠的水平还差一些，要达到那个水平，环境、训练经验、天赋等各方面都很重要。我们经常踢比赛，每次现场会有一万五千多人观看比赛，几乎整个阿姆斯特丹的人也都会看。有时候我走在路上能被认出来，有点儿当球星的感觉。

在荷兰这些年我学会了踢球要动脑。在很多人看来踢足球无非就是力量和技巧，但是其实最重要的还是用脑子踢球，在短时间内作出快速反应。我的教练曾经告诉我，马拉多纳说比赛时他不觉得身体很累，但常常会在比赛结束后头疼。这就是因为他在比赛中一

直在思考，这一点让我印象很深。

现在想想这一路的选择也是挺冒险的，毕竟是把足球当成职业，还能靠这个吃上饭，虽然这个信念已经达成了，但现在想想还是有点儿后怕。我错过，也放弃过很多机会，我的腿受了很多次伤，右膝盖做了两次手术，另一个膝盖也面临手术，但我没有同意。如果做手术就意味着要面临退役。而我希望自己能踢到最后，除非必须退役。

足球生涯中我最遗憾的事就是没能接受更多的文化教育。身边越来越多的球员会选择一边参加训练一边继续上大学，所以我会发现更多的时候，一个人的素养是为人处世不可或缺的因素。你有再好的技术也不一定会被人发现，要学会让更多的人去挖掘你、学会赢得别人尊重，这就需要我们有足够的情商，接受更多的文化教育。这样在与他人的交流中别人就能看出你的不同，在与队友的相处中就会知道怎么去处理相互之间的关系。这些细节看似与比赛没有太多的关系，但也正是这些小细节会影响一个球员在场上的心情和发挥，也就会影响他的人生。所以现在我在和很多人交流的时候，都会告诉他们一定要好好读书。我最开始讨厌读书，但是走过这么多路，又想要开始读书。所以我未来的目的还是继续学习，无论做什么，都不能将汲取知识抛诸脑后。

我没有后悔过离开家乡。但是我也已经三十岁了，还没有成家，我知道我的家在中国，我的心也是向往祖国。很多年前我想过退役后去当足球教练，把新疆的孩子带到国外的俱乐部接受训练。身为一名职业足球运动员，如果踢球的生涯中没有去读本科甚至研究生，在退役后其实很难再从事其他行业。我没接受过太多文化教育，所以我还要继续在足球圈子里，哪怕我自己踢不了，也能做些其他关于足球的事儿。

能继续从事足球相关的行业，培养更多有潜力的孩子，让他们再去完成一些我没能完成的梦想，这也就是我的希望了。

马丁毛毛：人生的多种可能模式

我高一就出国了，十五岁去了俄罗斯，在那生活了六年，从语言开始学起，之后就直接进入了大学。刚开始住在一位俄罗斯阿姨家，我在新疆家里就习惯了见面亲脸、拥抱，俄罗斯阿姨家也有同样的习惯。阿姨的妈妈是乌兹别克人，做的很多饭菜都像新疆菜，在她家生活期间我觉得我得到了保护，这个过渡期让我觉得很好。但四个月之后我去了语言学校，这一下就直接面对整个世界了。

俄罗斯给我印象最深的就是冷，不光气温冷，人也冷。十五岁是一个对谁都会很信任的年纪，出门在外看到中国人的时候，我就会觉得好亲切，想要冲过去。但在俄罗斯的那几年，我受到的所有欺骗都来自同胞。其实对一个初次面对社会的孩子来说，俄罗斯不是一个合适的地方。2004年，俄罗斯还很动荡，每年四五月份是不上课的，我觉得现在也没有比当时强很多。俄罗斯有一群"光头党"，他们会在大街上打外国人，我曾亲眼见到中国留学生被他们打得头破血流。看到"光头党"就要四处逃，见到警察如果没带护照就完了……我就想，这每天过的是个什么日子？这就是我要接受的社会吗？我不知道自己为什么要来这样的环境上学读书。

这些不愉快的经历让我有了想要去更好的地方学习的冲动。我想要有所不同，要把语言学好，去上俄罗斯最好的学校。我第一年上的语言学校在建筑设计大学，之后我就考到了俄罗斯总统普京的母校圣彼得堡国立大学，进入了普京就读过的法律系。但比较遗憾的是第一学期没能坚持下来，一个学期十一门课，对于当时的我来说真的是有点困难，之后我就转到了国际关系专业。我们学院在圣彼得堡市政厅旁边，有不少杜马是我们当时的老师。我在一个什么都还不了解的年龄，稀里糊涂地学了政治，看到了一个社会最真实的样子。那个时候我都不知道自己毕业之后应该做什么，甚至还想毕业之后是不是要去乌鲁木齐的边疆宾馆当翻译。我爸说可以回来考公务员啊，我就想我这辈子就要朝九晚五地坐办公室了吗？我还没找到我喜欢的事情，就要把人生安排好吗？我有时候会跟我妈说，感觉自己是一个中年人的心理状态，很不开心。以至于最后离开俄罗斯的时候，真的想不到我有多开心。

在小小年纪出国留学，虽然感觉很独立，很前卫，但这也同样意味着在很多需要父母去指点你的时候，他们不在身边，也没有朋友在身边，甚至没有一个可以讲中国话的人在身边。我迷茫过、迷失过。我妈那个时候就觉得我的人生可能会变成两个样子，一种是变得很颓废，放弃自己，像很多留学生故事里会出现的反面教材；还有一种是我就此变成一个什么人都不需要的独立的人。现在看来，我可能变成了后者。我一旦下决心做一件事情的时候，说走就能走了。

我当时听到一句话：去俄罗斯是接受失败的教训，去美国是体会成功的经验。然后我就想，那就去美国吧。我从俄罗斯毕业回国之后，先是在西安学英语，早上九点到晚上九点上课，回去后继续背单词到凌晨两点。2010年9月，我去了美国俄亥俄州大学，开始学习广告学。

马丁毛毛

采访于 2016 年 7 月

可能是因为在俄罗斯待久了,到美国后就感觉很不一样。俄亥俄州有大片大片的农田,我看到觉得心都大了。我感受到了生活中的简单,还有人们的包容心,在这里所有人的肤色都不一样,但是都能很好地生活在一起。虽然矛盾也有,摩擦也有,但是这种包容性是整个社会给你的安全感。我在俄罗斯很少感受到包容心,一直需要随身携带护照。而在美国,别人会觉得奇怪我为什么要一直带着护照,在这边只需要一张信用卡、一本驾驶证就够了,这就是安全感。我可以半夜出去散步、跑步,我都会觉得很安全。在美国感受到更多的是开心,还有交到了更多的朋友。

有一次我回国去新疆电视台实习,让我去跟主持人学播音主持。跟着老师念了两次稿子后,我就开始想要去做自己想做的事情。我发现自己想学的是传媒,我想拍片子,想要做和影像有关的事情。新疆有个拍纪录片的大师叫二虎,和我家算是世交,我一般叫他虎爷。我跟着虎爷,从场记开始做起,一直做到副导演,还学会了航拍。

让我最震撼的是有一次我们在喀什拍开斋节,虎爷说毛毛你今天负责航拍,我就傻了,要知道艾提尕尔清真寺前大概有一万多人,万一无人机掉下去了……虎爷把遥控器放在我的手上说,你拍吧,掉下去我顶着呢。我说,不是你顶着,是底下的人在顶着呢。我那个时候手抖的不行,其实现在去看都能看到画面在抖,但最后我还是拍下来了,也放在了片子里。那一次拍摄就是真正的心灵上的震撼,可以说是完成了一个目标,干成了一件事情,人生达到了一个阶段。当然这还不是成功,这只是让大家认可你的第一步,大家愿意把这项工作交给你去做。从那时开始,我说我不能只限于学会航拍,我还要学更多的东西。我就想是不是应该进科班去学一下,便去申请了纽约电影学院。2014年12月，我们还在阿克苏拍片，我的录取通知书就到了。虎爷说我以为你申请只是开玩笑，我说我不能永远只是"野路子"，我是认真要做这件事。

2015年1月，我到了纽约电影学院洛杉矶分校，主修电影制作。在大量的实践中，我积累了更多的经验。毕业时有幸被洛杉矶的《侨报》录用，主要负责视频方面的工作。我现在的工作基本上就是每天都可以拍纪录片，也收获了几个自己负责的作品。

我觉得自己很幸运，在二十四岁的时候找到了自己喜欢做的事情，并把它做成了事业。

阿尔法：梦想的坚定

从我记事开始，我就对音乐，特别是对打击乐非常感兴趣。我小时候会把我妈妈做包子的蒸锅、家里面的桶，还有杯子拿来敲，每天必须得敲。我妈的蒸锅被我弄坏好几个，还打碎了家里不少东西。后来我爸从乌鲁木齐友好商场买了一套儿童架子鼓给我，我更是每天敲每天敲，邻居们都抱怨说："哎，让你们家儿子不要敲了！"

初中时我和几个朋友组建了一个乐队，我是鼓手，对打鼓有一种从血液里迸发出的冲动。上高中后我加入了更好的乐队，开始去演出、去参加歌手大赛，感觉这样更能找到自己，演奏水平也在慢慢提高。后来虽然乐队解散了，但我没有放下音乐。在我爸的帮助下搞了一个录音棚，还在很多乐队继续做鼓手，去参加音乐比赛和音乐节。渐渐的我开始有了去国外深造的想法，因为在新疆能学到的和音乐有关的东西毕竟有限。刚好 2011 年时，我得知奥地利的维也纳音乐学院在北京招生，想去试一试。我爸妈很支持我，就这样，我背起吉他、拿上手鼓，去了北京。

当时是学院的院长来面试的。他问我懂乐理基础吗，我说我不会，他问那你会什么，我说我会吉他和打鼓。之后我弹起吉他唱了两首歌，又打了一段手鼓，结束后院长问我，你以前真的没有系统学过音乐吗？我说完全没有，都是自学的，跟着乐队玩儿。院长说你回去等消息吧。两天后我接到他们的电话，告诉我被录取了。这个消息"嘭"的一下突然砸过来，我还愣了半天。后来才知道我是第一个考上维也纳音乐学院的新疆籍学生。后面就赶紧办签证，年底我就去了奥地利，也是第一次走出国门。

到学校之后第一感觉是我变成了个哑巴，周围听到的全是一些很拗口的音节。我上的第一节课，鼓手老师用英语问我从哪儿来，我说我来自中国，他说我长得不像中国人，我就解释：我从中国的西部省份新疆来，我的民族是维吾尔族。老师就一脸好奇。他跟我说，今天我会用英语跟你说话，但从第二节课开始我会全部用德语，你想跟我学知识就要学会我的语言。第二天去了，果然全是德语，我完全听不懂，这给了我很大的压力。我只好上午去上德语课，下午去上音乐课，连着三四个月没怎么睡觉，不停地学。我住的学生公寓里全是搞音乐的学生，我每天就找他们用德语聊天，我还会给同学们做抓饭、一起搞音乐。半年后我的德语就学起来了，上课也没有什么障碍了。

那是我第一次一个人背着行李离开家走这么远，第一次那么慌，语言、饮食等方面的困难我完全没有想到过。那段时间我经常想，我在乌鲁木齐的时候有房住有车开，去哪儿都朋友一大堆，来了这儿就什么都没有了，很痛苦。但我还是为了梦想坚持下来了。

维也纳音乐学院经常有演出，有一次我参加了一个演出，唱了一首新疆的民歌和一首英文歌。下台后我的系主任就过来问我为什么不学声乐课，我说我没有那么多钱去上两个专业，他马上说没关系我们可以帮你。一个星期后他帮我安排了声乐课，还免了学费。

在学习期间，我跟我的架子鼓老师成为好朋友，他给了我很多很好的建议，包括建议我去美国学习，因为他觉得我很适合。我想

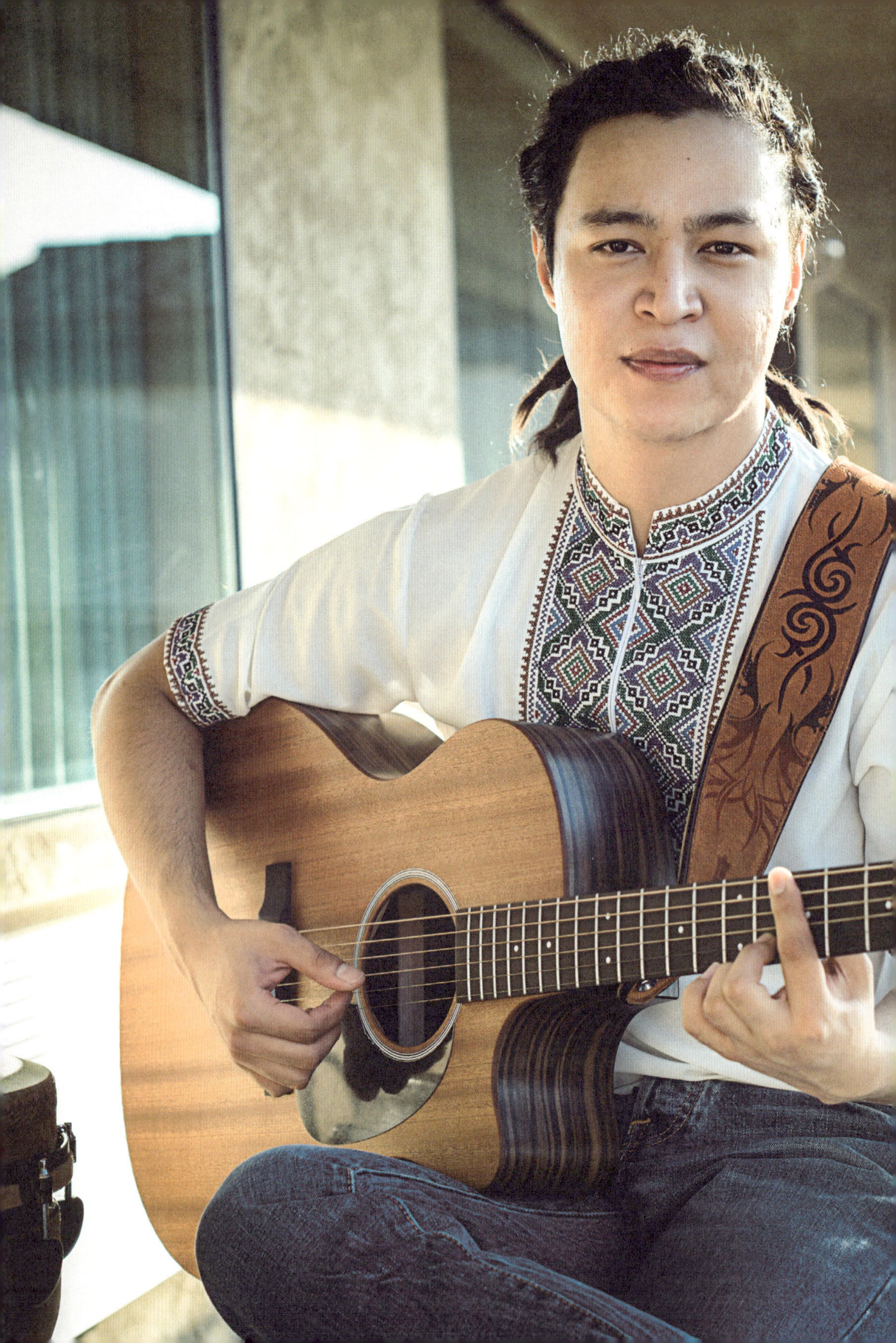

阿尔法

采访于 2016 年 8 月

那我就先去看一看吧。2014 年我来美国旅游，第一站就是旧金山湾区，也去了纽约和洛杉矶，发现自己很喜欢美国，再加上从小喜欢迈克尔·杰克逊，一直对美国就有种向往，当即决定毕业后来美国学习。回国后我跟爸妈商量，说想去美国继续深造，他们还是一如既往地支持我，让我去闯。

那时我已经二十五岁了，还问家里人要钱，脸上有些挂不住，我就选了旧金山湾区的一所社区大学学习，即便学费相对较低，但在美国的整体费用还是比在奥地利高很多，我必须得打工。第一份工作是在一间叫"牛角"的烧烤店，当时英语还不是很好，做不了服务员，就安排去了后厨，我想既然都为了梦想来了，就要好好打工。后厨主要都是墨西哥裔，他们打工非常卖力，我也不能磨磨蹭蹭的，得跟他们一样。做完工作之后，还要收拾后厨。第一天打完工回家之后累得腿都在抖，手脚像被打碎了一样疼，第二天都抬不起来。我在那家店干了三个月，干得越来越熟练了。后面因为搬家，还得重新找一份工作，在美国就真的必须得有经济来源才能活。我一家一家地找，找到了一家台湾人开的小火锅店，口碑非常好，经理一听我在"牛角"干过，而且是在后堂干活，就马上招了我。因为很努力，慢慢地就从后堂升到了前堂，可以赚小费了。就这样每天早上起来上课，下午去上班，一上八小时，下班的时候都夜里十二点了，回到家再做作业。刚来美国的时候我体重有八十公斤，打工之后一下子瘦了很多。在这家火锅店里打工的大部分都是华人留学生，大家的共同语言也多，慢慢地都成为很好的朋友。下班的时候累了我也会给大家唱唱歌，放松一下，大家都知道了我的音乐梦想，都很支持，甚至还在我参加歌唱比赛的时候集资送了我一把很贵的吉他，真的很感谢他们。

我一直没有放弃音乐梦想，闲的时候就在家自己做做音乐，和认识的乐队朋友们一起演出什么的，我也一直在寻找展现自己的机会。美国这边会有不少华人的歌唱比赛，我都参加了。我2016年拿到了东森全美新人王；2017年拿到了超新星全美总冠军，作为特别邀请嘉宾代表美国地区参加2018年"TVB全球华人歌唱大赛"；2018年东森电视台推选我作为海外华人歌手代表参加了在台湾举办的"声林之王"比赛，进入了前五十，还得到了萧敬腾的赏识。这些比赛让我在美国的华人音乐界有了一些名气，而且让我对自己的梦想更加有信心，自己的梦想之路走得更加坚定。

现在我除了在学校修自己的专业课程之外，还会去演出赚些钱，同时在湾区的一家音乐学校当老师，负责教授吉他、钢琴和架子鼓。我希望有一天能登上美国本土最大的音乐舞台，唱我们自己的歌，当被问到我是哪里人的时候，我能向所有人说：我来自中国新疆！

维妮拉：成为一个独立的个体

小时候我没有什么特别固定的梦想，感觉每过一段时间就会换一次，说白了这也是因为我太听父母话的缘故。所谓的叛逆期也就是哭一下闹一闹就没了，所以本能的不会去想自己的梦想。

在新疆的时候去过的最远的地方应该是敦煌，还是和家人一起去的；现在这一出去就是日本，还是我独自一个人。虽然出来留学这几年曾经因为需要交学费、需要打工，过得很辛苦，但因为有机会运用到自己内心的东西，开始有了自己的想法和判断。我逐渐变成了一个很固执的人，固执到不想回家，害怕自己一回去就会被父母说服而留下来。我希望能保持自己现在的状态，每天能够以自己想要的生活方式去独立、去感受，做自己真正想做的事情。

我爸妈都在煤炭科学研究所工作，我小时候爸爸在矿上做过矿长，我妈还会带我们去看他，后来工作调动去了培训中心，现在他们两个人都退休了。我爸大学是在西安上的，他说当年特别苦，学校离家很远，要坐三四天的火车，而且食物也吃不好。我爸说他还跑回家过一次，但爷爷坚持把他赶回了学校。到了我这儿，爸妈抓学习抓得很紧，从小就会送我去各种补习班，从小让我学英语。原本我很想学播音主持专业，去考内地的艺术院校，为此很刻苦的练习过很久的普通话和英语口语，但是我的班主任给我妈说播音主持

是青春饭，吃不久，我妈就坚持让我留在了新疆，我最后去了新疆财经大学的英文系。其实在新疆上学也有很多好处，最简单的就是不需要受苦。大学前两年感觉就是在划水，都是我学过的东西，剩下的两年又是准备毕业的状态，现在想想，不知道大学四年学了些什么。我平时也不出去玩儿，我妈也不太愿意我出去，希望我能在家里多陪她。我平时在家也就是刷刷美剧、跳跳舞啥的，日子过得很平淡。所以我现在会觉得特别后悔，一直待在舒适圈里，四年稀里糊涂地就过去了。

　　大学快毕业的时候，我在乌鲁木齐红山那边的一家青年旅社打工。当时接触了很多来旅游的外国人，渐渐的我想出去看看外面世界的念头就越来越强烈。虽然去美国会更方便，因为语言不用花时间再学，但因为我的一个发小在日本，爸妈都认识，就只放心让我去日本。我爸妈对我决定去日本留学这件事相对来说还是比较开心的，我爸曾经因为学术交流去过日本等很多国家，当然每次回来都会说还是家里最好。

　　我是 2011 年来的日本，最难过的坎就是语言，还有需要适应这边的文化环境。虽然很多事情比我想象的简单很多，唯一的担心就是害怕自己因为语言跟不上而被赶回去，还好没有发生这种事情。

　　刚来日本的前两年，我会主动去认识很多人，尤其是第一年，我能认识多少人就认识多少人，管他什么种族、什么肤色，我都不太关心。我已经有这个机会了，我就想去多认识、多看看、多听听。就算我去不了认识的朋友的国家，我也想从他们的故事和经历里知道那里是什么样子的。我去参加了各种语言交流的聚会，认识的朋友多了肯定会交到真心朋友。

　　最累的时候还是为了学费而打工的那几年。刚来的时候有人给我介绍了打扫卫生的工作，后来我在咖啡店、居酒屋，还有餐厅都

维妮拉

采访于 2018 年 4 月

打过工。打工真的很累,尤其还要兼顾学业,每天都很忙,特别是晚上。我也遇到过被人指着鼻子骂,遇到过两三次吧,我也没往心里去,毕竟不是每个人都这样。

出国前,我的人生理想很简单,觉得毕业了,找份工作,嫁人就行了。假如我没有突然想出去看看,没有来到日本的话,估计现在都生二胎了。我还是很想去体验一下彩色的人生,想去更远的地方,可以一个人生活、一个人做选择、一个人面对困难、一个人去挑战。并不是说要放纵自己想干什么就干什么,只是想独立,成为一个独立的个体,不再去依赖家里。

来到日本我真的一点都不后悔,因为在这七年里我学到了太多的东西。

王路：未来没有绝对不可能

我的爷爷奶奶是从兰州支边去的新疆，和王震同一批到的。我爸妈和我都出生在乌鲁木齐。用我妈的话说，我从小就喜欢到处跑。初中的时候我会自己跑到二道桥吃烤包子，去南门地下玩游戏机，去大巴扎买艺术品。上大学之后我给同学带家乡特产，也都是去这些外界看来少数民族比较聚集的地方买。我小时候最好的朋友艾克拜尔就是维吾尔族，我们做了六年同桌，关系非常好。

2002年是我第一次出远门离开新疆，去南京上大学。出了新疆才开始遇到一些很奇特的事情：我说我是新疆人，对方反应惊讶、好奇，这可以理解；我说我是新疆人，对方说你才不是新疆人，我脑子里就一片空白，不知道该怎么回答了。慢慢地我认识了一些朋友，大部分人都是很愿意去沟通和交流的，他们会慢慢了解长相不是判断新疆人的标准，知道新疆实际上是一个多民族聚居的地方。

上大学的时候，除了上课之外，我还去尝试了很多事情，学习了很多东西。大二时偶然读到了格里高利·曼昆写的《经济学原理》，看完之后特别喜欢，我就去攒钱买了一本原版的书。之后我就想在这方面有更多的深造。在课堂上感觉老师很难有充分的时间把一些知识讲得很透，就有了继续深造的想法。真正给我在出国深造上带来更大信心的是，我参加了全国英语演讲比赛，而且是我们学校第

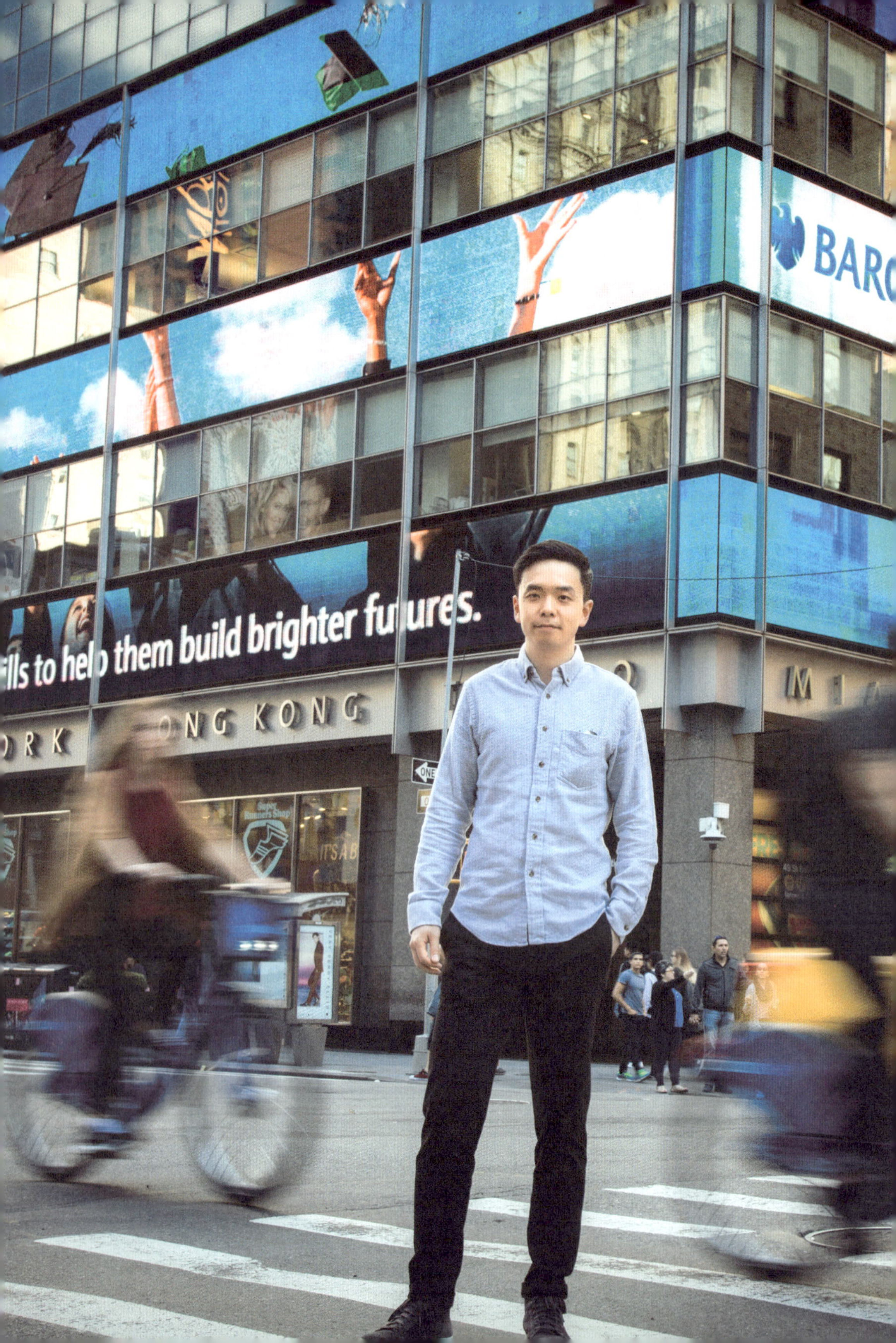
them build brighter

一个代表学校去参加这个比赛的。当时老师都不看好我，比赛那天也只有一个好朋友来捧场，我也想的就试试吧，结果没想到进了决赛。虽然最后很遗憾还是止步于决赛，但这也给了我很大的动力。我觉得生命需要有探索的精神才能维持下去，我想要走出我的舒适圈。就抱着这颗心，我在2007年年底来到了美国。

我的学校在美国中部科罗拉多州的丹佛。刚开始学校会建议上三个月的语言班，有的中国同学就不愿意去读，而我就去读了。语言班其实很简单，没有特别大的压力，但我利用这三个月时间去了之后想上的商学院，找金融教授坐下来聊天，告诉他我想通过这三个月先预习一下，教授就给了我很好的建议。这三个月除了语言上有了一个适应，我也提前把专业书读完了，对很多知识有了了解，做了很多准备。最后上课的时候，经常会变成我和教授在进行一对一的谈话，因为其他学生对话题并不了解，没有提前深入去思考。

我当时也有经济压力，第一年去申请奖学金，没有给，因为说成绩不高，也没有上过这方面的专业课，没有相关工作经历。我就说那我努力之后如果这三点都达到的话，

王路 采访于2016年10月

能不能申请到奖学金？老师说没问题。第一年我就去当助教，我工作很认真，很多时候大家都下班了，我还会留在办公室里面学习、备课。用了一年的时间，成绩就非常好了，英文也进步了很多，不光申请到了奖学金，还有了助教金。第二年我就找到了一份很不错的实习。我们有一种很谦虚的文化，即便很有能力也要说自己不行，但是美国人只要有百分之四十的把握，就会说这个事情我懂，我来做没问题。换成中国人，要有百分之八十的把握才愿意去做，这是一个文化差异。但事实上信心就是通过努力去争取一些小事而一点一点增加的，机会是留给有准备的人的。

在丹佛的两年多时间我的室友都是非裔，有一些中国朋友就问我，你怎么和黑人一起住？最极端的一些言论是说我不喜欢和中国人在一起，只喜欢跟美国人交流。但实际上，因为在新疆长大，新疆本身就是个多元文化的熔炉，我从小就跟不同民族的朋友在一起，没有隔阂，很自由。我一直就没有觉得肤色、族裔，甚至国家的不同，会成为我交朋友的限制，大概也是因为有这样的成长环境，所以我在美国就没有感受过很大的文化差异，没有过很大的文化冲击，就尽量跟大家都融在一起。

我在丹佛生活了两年半，2010年3月来到了纽约。作为金融学子，纽约肯定是最理想的工作地。这里有最好的金融机构，最顶尖的金融知识，也有非常多不同领域的金融产品，在这样的环境里不仅能得到最好的资源，也能认识到最优秀的人。

我来美国的时候正好是金融危机，虽然已经处于尾声了，但还是一片狼藉。到纽约的时候感觉到大家情绪很悲观，很多大公司都说不招人，要节约成本。最后是因为一直都很主动地去寻找机会，去主动交流，在学校的帮助下，我在巴克莱银行找到了一个工作机会，毕业后就直接过去了。巴克莱银行算是金融危机里很幸运的企业，时机把握得很好，没有接受政府资金资助，发展也没有限制，还把雷曼兄弟买了下来，立志要成为世界前十的投资银行。最初公司整个环境都非常好，老板也很好，同事们像一个整体在努力，工作很忙，每天都能感到很有动力。我在这份工作中也发现，即便学了两年多的金融，还是没完全懂，真正在工作中才完全理解了金融是什么，也是在这个过程中，我学到了一种很严谨的思维方式，这是我的一个转折点。

两三年后，我慢慢发现原来的那种美景，开始变成幻影。公司虽然没有接受政府资金，但是换了种形式，到中东去，以来点回扣的形式，用一些中东主权基金来做大宗交易，这就有违法嫌疑了。后来公司的整个高层就直接被开除掉了，这样一个本来很好的公司突然就变得群龙无首了。一个偶然的机会，有个猎头给我打电话，说一家日本公司：瑞穗银行也想关注美国石油天然气方面的交易，问我有没有兴趣。我当时也是好奇，就去面试了，得到了这个很好的机会，这份工作也一直做到了现在。

我的另一个转折点是遇到我太太，就突然发现，两个人确实比一个人好。她也是留学生，在一家生物制药厂做市场分析，我们的工作还稍微有些交集。我和太太结婚两年了，我太太是天津人，但我们很有缘，我岳母是在新疆出生长大的，岳父之前也在新疆工作过一段时间。

我在工作的这六七年里找到了我想认真去做的领域，也发现了还想认真去学的知识。有机会我要继续去学习，再去读一次书，并希望能以此作为下一步的跳板。我现在是在 VP 这个等级，但我的目标不仅仅在这个级别，我也会希望能有一天去管理一家公司，能让这家公司变得越来越好。我觉得这会是一个非常大的挑战，但也不是绝对不可能的。

木扎帕尔：做思想自由的电影人

我九岁的时候参加了一个中美儿童交流的比赛，画了幅画，得到了美国华盛顿儿童博物馆的证书。当时在我的印象里美国是十分遥远的，但那张证书让我有了想要来美国学习的愿望。

我爸是大学老师，我妈是医院护士，我家没有跟艺术打交道的人，但我从小就喜欢艺术。拿了一些奖后，家人觉得还不错，就送我去少年宫学画画。当时有位年长的维吾尔族爷爷是我们的老师，我是班里最小的孩子，往往画的画也是最丑的，但每次下课老师都会鼓励我，还给我家人说你们家孩子画画有自己的想法，以后在这方面会有成就。虽然那时候还小，但我印象特别深刻。我不喜欢画很死板的东西，我喜欢画故事。小时候我看了很多的日本漫画书，上初中的时候班里的同学都是看我画的漫画故事。

我高中的时候考到了上海七宝中学的内高班，学校举办过学生画展，而我是第一个在学校举办个人画展的维吾尔族学生。当时我就想通过画画去表达我想讲的故事，我们班的同学特别喜欢看，都传着看。我也给一些漫画杂志投稿，挣一些稿费之类的。

大学我考上了上海大学影视艺术学院，读的广告设计专业。学院里也有电影编导系的同学，经常有机会和他们一起交流、讨论电影。我当时就对电影有了更大的兴趣，但还没有想过专门去学电影。

大学毕业后我在上海的一家广告公司做过一段时间设计，又回到新疆帮一些大型的当地企业做设计，比如设计他们的商标、包装等一套东西，有一两个比较大型的企业当时雇了我。在做了三四年设计以后，我感觉遇到了一些瓶颈。我就想在美国是不是更可能去关注作品深层次的内容，而不是只停留在表面，我去那儿发展是不是更好。那时候我妹妹已经去了美国，她一直鼓励我也出去，我就下定决心要去美国留学努力一下。

我在美国认识了一个在电影学院上学的朋友，就先去那个朋友所在的学校念了半年，后来转到了纽约电影学院。当时我不知道自己能不能学成，心想我就学一下，学不成的话我还可以靠设计在美国待下去，于是就这样步入了电影领域。入学两三个月后，我们要做一个学生作品，要求不能有对话，时长在四五分钟左右。我当时以钱为主题做了一个片子，老师看了之后很惊讶，说这个作品已经超过了学生水平，让我投给了电影节。几个月后，就陆续收到了很多获奖的消息，学校也很支持我。人生中做的第一个影视作品，就获得了这些成就，看来这条路我没有选错。

刚来美国的时候更多的困难来自财务，学费很贵（特别是电影专业），生活费也很贵，而且拍电影也需要费用。

我喜欢美国人自由自在的思想和对艺术的一种热爱，不过他们的城市建设方面我真的不是很喜欢。这边地铁没有上海那么干净、那么快，而且上海地铁里有免费无线网，美国这边地铁里基本无信号。很多外国人去上海都感叹地说上海的确是一座很发达的城市。

纽约人有句话说："你能够生活在纽约，世界任何地点你都能够站得住脚跟。"我相信这句话，我相信自己能够在这里生活，能够在世界任何地点生活。我会跟任何人打交道做朋友，因为多了解社会、

木扎帕尔

采访于 2016 年 9 月

了解人性对我自己的专业也有所帮助，对以后拍电影塑造人物性格有很大帮助。很多时候面对意见分歧，我只是听一听而已，也不会怼他们、反驳他们，毕竟每个人都有自己的独特思想和想法，我也是走在自己该走的人生道路上。我们这儿搞艺术的大部分都是不太会跟政治打交道的，我觉得纯艺术也不能跟政治混在一起，政治是政治，艺术是艺术，我觉得这两个是分开的。在这里你只要有能力就不会被淹没，毕竟是金子总会发光。所以不用埋怨其他人，只要自己好好努力就行。

　　我只是拍了几部作品，恰好口碑很好，就这样被很多人认识、认可了。也有很多人就这样把新疆电影发展的重担直接推到了我身上，我觉得这是不应该的。我现在自己的目标，还是要得到美国的认可，让他们对我心服口服。无论我拍的电影跟我自己的民族有没有关系，只要这部电影是好的，观众就会注意到这部电影的导演，就会知道导演是从中国来的，是维吾尔族。我觉得这就足够了，完全没有必要为了推广而在自己的电影中加入维吾尔族演员、艾提莱斯、花帽这样的新疆元素。很多人让我回去发展新疆电影，可是我觉得现在回去并不合适，我可能很难找得到像这边这样好的一个工作团队。我需要带我的工作团队回中国，在新疆拍电影，只有这样才能够把新疆的电影做到国际化水平。光靠我自己一个人想把新疆电影发扬光大是不可能的。

　　现在有很多人问我新电影什么时候会上映。我一直希望可以拍一部九十分钟时长的电影，也希望有机会能拍一个有感染力的微电影集，希望通过努力能够得到更多人的认可，更希望能够拍出会被一代人记住的作品。

拜合提亚尔：篮球的快乐

我曾经的梦想是成为一名职业篮球运动员。那时候对打篮球特别狂热，虽然教练说我身体太瘦太单薄了，我还是一直坚持训练，家里也很支持我，让我初中就考了体校。

中专毕业之后我就决定出国了，去俄罗斯念了一年预科，后来才知道那所大学的文凭中国不承认，回来找不到工作，跟家人商量就先回来了。我在乌鲁木齐待了一年，给俄罗斯很多大学都发了申请，最后莫斯科国立谢东诺夫医学院给我发来了邀请函，虽然我对医学一窍不通，但还是硬着头皮去了。

俄罗斯每年冬天气温能到零下三四十度，房间里开了暖气我还要盖三层被子。但外面大街上的男男女女从不穿毛裤，俄罗斯人都是光着腿穿条裤子就出去了。他们还特别能喝酒，每年新年的时候感觉整个莫斯科都被泡在伏特加酒瓶子里。

我一直不想放弃篮球，平时就去到处打听篮球馆。打球的时候认识了一个列宁体育大学的学生，他是从谢东诺夫医学院转到的列宁体育大学，我就让他带我去见系主任。系主任说没问题，可以来这边念。我一点儿没犹豫，选了篮球训练法这个专业。

刚开始我俄语还不太行，上课听不懂，老师来了噼里啪啦讲完就走了，他不管你能不能听懂。还好有好心的俄罗斯同学帮忙，帮

拜合提亚尔

采访于 2017 年 1 月

我记笔记，耐心地教我。我发现我们很多中国留学生学俄语，语法都学得特别棒，但就是不会交流。俄罗斯同学就教我怎么交流，教我理解每句话的意思。俄语里光"你好"就有四种说法，没有同学帮忙真是会不知所措。

我在学校学到了很多欧洲篮球的训练方法。每次训练课，一开始就是高强度训练，不停地跑，不停去对抗，让你尽快适应高强度对抗的节奏。之后就是讲战术，开始五打五。他们更多的是在实践中教你怎样进攻更有效率，比如你在这里拿到球了，下一步你该怎么去打，而不是一上来就布置一堆战术。欧洲的篮球训练方法和国内的训练方法感觉就是不一样。

我学了五年，最后一年的时候在俄罗斯中央陆军的篮球队实习了一年，他们连续三年拿到了欧洲冠军。美职篮有一个很有名的球星叫基里连科，他那年刚好去了我们实习的地方。我们主要就是学习他们的球队是怎么训练的，看他们的俱乐部是怎样的运作方式。比如他们有专门的营养配餐师、专门的体能师，主教练只负责布置战术，而另外一名副教练负责执行战术。我学会这些后，与国内的情况做对比，以中国女篮为研究对象写了毕业论文。一共写了六十五页。写完我就有了新的梦想，我想去美国继续深造专业篮球知识，再去学一些关于治疗康复、营养配餐等方面的知识。

从俄罗斯毕业回国后，我在货运公司一边做翻译，一边申请学校，三年后就来了美国。

刚开始还是从零开始学英语，语言过关后才能去申请学校。我现在的梦想，就是希望将来能在美职篮的球队里当上队医，把我对篮球的热爱延续下去。我的想法很简单，我自己打不了职业篮球，但只要能看着别人打，我心里也很快乐。

尤力瓦斯：梦想的转变

可能男孩子都会觉得空军飞行员穿的制服特别帅，我学生时代的梦想就是成为一名空军飞行员。高三的时候我参加了空军的体检，都通过了。等高考完，还没出成绩，我突然接到通知说要复查，说我可能有胆囊息肉，这个变大了就要做手术，而做过手术就不能做飞行员了。校方说不敢冒险，最终一步之遥，我没能选拔成为空军。

要知道空军体检是非常严格的，当时有八百多人报名，原兰州军区最后只要十个，而我已经是那十个里的一个了。那之前我基本上认定是考进了，高三第二学期都没怎么去上课，老师说你都有条路能走了就不要在学校影响别的同学高考。虽然我高考成绩也有五百多分，但因为除了空军之外没填写别的志愿，落榜了。

我爸把我叫到房间问我怎么想，我说我不想复读，我爸说他也不想让我复读，觉得不应该浪费这一年，就问我要不要出国。当时北京青年政治学院有"3+1"和"2+2"的留学项目，然后还可以读北京航空航天大学的成人本科，我就选择了这个方式，读完三年拿了两个三年制专科证书，转学来了美国。

我2009年专科毕业的，记得特别清楚，6月29日我从北京回到乌鲁木齐，和家人一起准备出国的材料和行李。几天之后因为"7·5"事件，所有的事情都被迫中止。美国的学校给我发了三次签证资料，中间有一次没有收到，第二次收到后等我再赶去大使馆，已经过了申请截止日期。"7·5"事件是一场悲剧，大家不分民族都是受害者。本来我计划八月出国，学校九月就开学了，最后只好推迟到第二年四月入学，整个学习行程，包括所有计划都被拖延了大半年。

2010年我开始在美国留学，我在亚特兰大读了一年多，从专科的国际经济与贸易专业转到了本科的会计专业，用了一年时间毕业。这一年无论是语言、文化，还是生活，都感受到了很多很多。刚来的时候什么都很新鲜，觉得"哇，这就是美国"，但是过了两天我就发现美国并不像我所认识的，或者说，不像好莱坞大片里看到的那么繁华。亚特兰大更像是一个特别大的农场，虽然还是个办过奥运会的城市，但也就市中心还不错，其他的都没有什么。一到晚上六七点，很多店就开始关门了，街上也没什么人，很安静。这里的人们都是那种很休闲的感觉，我会有种错觉，我来的是美国吗？

开始上课后，无论是语言还是学习节奏我都有些不适应。即便出国前我考过了托福和雅思，语言障碍还是很大。老师每次布置完作业，我都要在下课后跑去找他再确认一次，问是不是要做这个，要做那个，他讲的我也似懂非懂。记得有一次上课，老师站在讲台上一直讲，我就呆呆地看着他，他问我："Are you lost?"我说："Always."然后全班就笑了。但在美国时间久了，当你认识了很多美国本地的朋友，可以有机会多说英文，语言能力就会慢慢得到改善和提高。

在美国本科毕业之后，我利用实习期工作了一年，在这一年中我又申请了研究生，在旧金山湾区这边的大学读金融专业，2014年年底顺利毕业。毕业前我在一家房地产公司做会计，做一些基本的

尤力瓦斯

采访于 2016 年 9 月

财务方面的工作，发展空间不大，后来遇到机会就去了一家创业公司。老板是个浙江人，以前是工程师，现在自己创业。我加入这个公司的时候连老板一共就三个人，不到两个月走了一个人，因为他觉得没什么钱，我当时想反正学校快毕业了就先做着吧。我就跟着老板两个人，去做所有的事情，连客服都要管。一开始公司什么都卖，在易趣、亚马逊，还有自己的网站上卖电子产品，也会卖杯子、玩具、服装什么的，我们用这样的方式去寻找方向。做了差不多两年之后，我们找到了做舞蹈类服饰的方向，专门开始做这类产品。两年间公司慢慢招人，慢慢变大，现在已经是第四年了，我们不仅在硅谷这边成立了总部，还在杭州也开了一个办公室。公司从老板和我两个人发展到几十号人，都是不同族裔和肤色的美国本地人。这是我在美国的第一份正式工作，得到了工作签证，让我站稳了脚跟。

四年虽说不是很长的一段时间，但我经历了一个公司从零开始的成长，这个过程中所有的工作我都参与了。有的朋友开公司叫我去帮忙，从成立到市场再到广告，想做什么我都能做出来，这样的经验对我来说是最宝贵的。我现在也还在学习的过程中，准备再继续攻读一些课程，比如信息数据管理之类的能够在企业管理上用得到的东西。

我曾经的梦想是成为飞行员，大学的梦想是出国，现在的梦想就是有朝一日可以自己创业。我也希望有一天能够拥有自己的家庭，父母都健康，一家人平平安安的，我觉得这样也就足够了。

莫娜：找到属于自己的路

总听家里人说，我三岁开始就一定要所有的事情自己做。即便家人帮我拼好了玩具，我都非得拆下来，再自己装上。我到现在为止都是自己做所有的决定，自己做所有的事情，而我的家人永远在背后支持着我。

我出生在一个部队家庭，在乌鲁木齐长大。八岁那年，我妈送我去少年宫学舞蹈。可能我天生有这方面的天赋，协调性比较强，学得很快，被老师选为了舞蹈班的班长。九岁的时候我参与拍摄了中央电视台的一部关于新疆儿童的纪录片，在片中跳舞的照片还登上了儿童杂志的封面。当时我觉得自己天生就是跳舞的。

小学时我的学习成绩很好，我爸总是希望我能考上北大清华，也希望我能成为一名军人。但自从学了舞蹈，面对各种表扬，又上报纸又上杂志的，我感觉自己像个小明星，在学校里还挺有名气的，我就开始告诉我爸我不想考北大清华，我的梦想就是一直跳舞。我爸特别不支持我，他觉得学舞蹈没前途，只会头脑简单、四肢发达。只有我妈支持我的梦想。我对我爸承诺：只要能让我进入专业的舞蹈学校，我一定会拿到全校第一，我会让你看到跳舞也能跳出一片天空！我爸听完很感动，就答应了。

小学毕业后我就进入了新疆艺术学院预科部，2004年考入了中

我从中国来

央民族大学舞蹈学院，我没有食言，在校成绩一直名列前茅。2008年大学毕业，我得到了很多很好的机会，成了和田玉品牌"和玉缘"的代言人，还被获过奥斯卡最佳电影音乐奖和格莱美音乐奖的华人音乐家谭盾发现，受邀参演了他在荷兰皇家歌剧院的现代歌剧《马可·波罗》，作为剧中唯一的舞蹈演员，在荷兰演出了三个月。当时有荷兰当地学校的老师希望我能留下来深造，我也在考虑要不要去荷兰发展，但谭盾老师对我说："以你的自信和野心，还有创造力，你不适合在荷兰，你应该去美国，那里一定能实现你的梦想。"我就下定决心要先把英语学好，然后再申请学校去美国。

那之后一年半的时间，我一边在北京学习英语，一边参加各种国内外的演出。2010年9月，我来到了美国。初到美国，发现自己的口语似乎没问题，但等开学之后，我才发现这儿的英语怎么和我在国内学到的完全不一样，考试的时候我什么都听不懂，感觉又是在从零开始学习语言了。那一年，我也有在当地的华人舞蹈学校教课，除了挣点生活费，也是为了能练练功，保持状态，希望有朝一日可以考进美国最好的舞蹈学校。

几乎每个舞蹈演员身上都有大大小小的

莫娜

采访于 2016 年 7 月

伤，我也一样。常年拼命跳舞让我在大学时腰上就留下了很严重的伤，那个时候太拼了，为了比赛，我都是打了封闭针去跳舞，跳完下台就疼晕过去了，差点瘫痪。在国内经过长期治疗、推拿会好很多，但来了美国，没有国内那些治疗和康复条件，导致椎间盘突出压迫到第一神经。有一天我在舞蹈教室教课，突然整个腰都歪出去了，而我当时还没有买医疗保险的意识，就想找个中医看看能不能按摩缓解一下，没想到越按越不好，到最后我的整个左脚都不能踩地了。我怕家里担心就没和爸妈说，我想能忍一下是一下，到最后实在忍不住了，就一个人在床上大哭。当时我的房东是个越南姐姐，她说有任何困难你告诉我，我给你做饭，人特别好。后来我翻遍了在美国认识的人的名片，找到了中国海外留学生基金会，打电话告诉了他们我的情况，基金会派了人来看我，就发现情况确实很严重，他们就把我的情况反映给当地的《侨报》。《侨报》派了记者过来，第二天就把我的情况登了报，洛杉矶总领事馆看到报上的信息，也打来了电话，当天下午就来了两个工作人员，说一定会帮我。领事馆还很快联系了国内的有关部门，帮我爸妈出了护照，拿了签证。我爸妈当时吓坏了，当他们接到了有关部门的电话说需要他们去美国看一下女儿，以为我在这边出了什么大事，有关部门解释说我的腰出了问题要做手术，我妈当场晕了过去。我就一直安慰他们说我没事，这边不是我一个人，连领事馆都出面帮我联系做手术，你们能来看我就好。最后领事馆联系了当地最好的医院和医生，帮我做了手术和治疗，还有很多华人和华人企业为我捐款，我真的特别感动。我从没想过会有这么多人来帮我，真的感觉这个社会有爱心的人太多太多了，不分民族。我到现在都非常感谢领事馆和所有帮助过我的人们。

当时是 2012 年，整个洛杉矶都知道了我的情况，虽然这并不是我想要的火起来的方式。手术是一位专门给洛杉矶的体育运动员做手术的医生做的，做完两个星期之后我就可以开车了，但医生要求完全恢复后才可以跳舞。我在 2013 年 1 月底做完了全部治疗，恢复到了 6 月，我终于能回家了。

回国后我在家努力调整自己的身体状态，同时也再一次申请了美国的学校，得到了费城艺术大学舞蹈系的全额奖学金。那一刻我真心觉得舞蹈还没有放弃我，我还有机会去跳出自己的天空。第一年上完，我依旧很出色，也很受老师们的肯定，但手术毕竟是手术，开过刀的地方永远改变不了。常年练习舞蹈会在身体里留下一股劲儿，一个气息，即便我已经练了二十年，但还是感觉有些东西随着那一刀，就都走了。我找不到那种完美的感觉，总觉得自己缺点什么，也许是我要求的过于完美吧，但我就是对自己很失望。因为在舞蹈编导方面表现得很出色，老师也总说我应该当编导，我就转学去了加州艺术学院的舞蹈编导专业，在那里继续完成了学业。

在美国上了最好的舞蹈学校，我已经没有遗憾了，但舞蹈类的专业想留在美国工作几乎没有可能，而我依旧想要有机会去站在更好的舞台上。为了保证自己能获得工作签证，我去面试了很多别的工作，市场、销售都去面过，面试的人会很惊讶说学舞蹈为什么要来面试销售，但我相信我自己是有这个勇气的，相信自己一定能够做到。就这样我拿到了一家大公司的工作机会，在美国市场推销中国的产品。因为英文好，也不害怕和人打交道，再加上也比较能说会道吧，半年后我成为销售部经理。说真的做销售太难了，特别是要看别人的脸色说话，这是对我最大的挑战，感觉这辈子都没这么求过人。但这也是非常锻炼人的，我有了很大的收获。我觉得趁着年轻就应该多学点东西，即便是跳舞，也需要学会去推销自己。

一个偶然的机会，我认识了东森卫视的前辈，得到了一个做主持的机会，参加了一些活动，之后被当地一家公司看中，成为他们的电视栏目《快看好莱坞》的特邀主持人，还参加了中美电影节、春晚等大型活动，现在在这边也算小有名气了。

放弃舞蹈一度让我觉得特别难，但我现在开始从另一个角度看，慢慢觉得生活还是蛮有希望的。主持人这个工作让我有机会认识了很多艺术界人士，让我有机会参加了不少舞台剧，现在我也在积极参加好莱坞的各种试镜，拍了几个广告，参与了几部电影的拍摄，并且作为舞蹈演员参与了一些美国知名歌手的音乐录影带拍摄。

老天爷没有让我完美地去实现舞蹈的梦想，但还是指引我找到了属于我自己的那条路。你永远不知道明天会发生什么，不能把话说得那么绝对，所以现在的我，走一步看一步，活在当下！

胡晓东：每个人的故事是一本书

我出生在河南，不到一岁到了新疆，大学毕业之后出了国。要问我是哪儿的人，我得说：我是河南人，是新疆人，是中国人。

那一年我爸当兵去新疆，我妈生下我之后就带着我投奔我爸了。我小时候很喜欢踢足球，跟维吾尔族的小孩一起踢，当时我在的球队里就我一个汉族孩子。记得我家邻居里有一个维吾尔族孩子，我们经常一起踢球，也经常打架，但无论输赢谁都不会回家找大人告状。后来我们就很久没见过面了，直到我出国后的第二年回国探亲，坐公交车，发现司机就是他。虽然许久未见，但还是非常亲切。我们聊了生活、聊了变化，一瞬间我觉得，我们确实和小时候不一样了。

我爸妈是对教育非常看重的人，他们把大部分的钱都投资在了我和姐姐的教育上。我姐从小就特别刻苦，一步一步非常认真地往前走，学习上我受我姐的影响很大。她大学毕业工作了一年后拿到全额奖学金去了美国，现在博士毕业也很多年了。我高考的时候心气儿比较大，志愿没报好，最后去了北京信息科技大学。大学四年时间我没有停过努力的脚步，别的同学在打麻将、玩游戏，我就一直在学习。各种辅导班能上的我都上了，托福、GRE、德语也都考了，还做过奥运会志愿者，这些对我来说都是很好的经历。毕业的

胡晓东

采访于2017年10月

时候我也很想去美国，但是没拿到全额奖学金，就选择了德国的耶拿大学。

2009年我刚到德国，赶上发生了"7·5"事件。无论我，还是在美国的姐姐，还是所有海外新疆人，那一年都很难跟家里联系上。我是第一次出国，思乡情非常重，想了很多办法去联系家里，第一次打通电话的时候我真的哭出来了。中国驻德国大使馆那几年每年都组织全德新疆籍学生联谊会，不管是什么民族都可以申请来参加，报销车票和住宿。大使会面对面和大家交流感情，表达一下对大家的关怀和慰问，毕竟那段时间对于所有在海外的新疆人来说都很不容易。

我在德国一开始学的是机械制造，这跟从小的兴趣有关，四驱车、航模我都玩过，还参加过比赛。我现在是博士阶段，半工半读。在德国读博士和在美国读不太一样，德国的博士生和工业领域的联系比较紧密，像我正在做的项目，就是一个实践性很强的博士课题。

说实话在德国的压力还是挺大的，特别是冬天一到四点天就黑了，再加上耶拿这种小地方晚上八点之后街上就没啥人了，整个人的心理压力还蛮大的。我比较喜欢吃羊肉，但耶拿没有卖羊肉的，好在认识了一个和田来的老乡，他会想办法联系附近大城市的超市，每过一段时间就给他寄只羊，顺便也会帮我带点儿。

德国人很多都很"轴"，喜欢在一件事情上面较真儿。这个国家福利很好，所以贫富差距没那么大。但也正是这个原因使得年轻群体在丧失创造力，因为只要毕业有工作了，这辈子就不用愁了。就算不工作，每个月失业金也能拿不少，政府还会给保障房，不用掏房租，看病不花钱，怎么样都能生活下去。德国朋友告诉我，他们的很多年轻人已经不再执着于去做工程师了，觉得太累。德国现在

很愿意招一些亚洲人去工作，对他们来说，中国人都很勤奋，但也比较拐弯抹角。这边经常和中国人打交道的德国人都很"老油条"，他们都学会了中国人的处世方式。

有的人喜欢给"河南人""新疆人""中国人"贴上标签，对于我来说，只有去靠自己的能力来影响身边的这种人，让大家知道我是从新疆来的，我们新疆人是非常有正能量的。我希望即便只是作为很小的个体，也能够去影响身边的人，让他们能认同新疆、认同中国。

其实在海外的新疆人也好，在内地的新疆人也好，面对的问题都是一样的。不管他到哪个地方去生活，离开了新疆，都有思乡情。每个人都一样，也许表面上看不出来，但是一旦说到家乡，他都非常有认同感，非常想为家乡做点事情。

我是一个非常积极的人，能做的我都会去做。我刚来的时候得到过别人的帮助，所以我自己心里明白，很多事情都是很微小的，其实每个人都有自己的故事，也许有些人的故事更感人一些，但是每个人的故事对于他们自己来说都是一本书。

吐尔耿：梦回意大利

我从五岁开始学画，从小就渴望来到文艺复兴的发源地意大利，经常会做梦梦见自己游走在欧洲的街头。但我从来没有和家人说过，我知道我们家只是普通的工薪阶层，我还有个妹妹，作为家里的老大，又是男孩子，我没有表达出自己的愿望。

大学的时候，我曾经因为得知崇拜的艺术家在北京有画展，就订了张往返北京的硬座票，趁着五一放假在北京看了五天的画展。2008年，我从新疆艺术学院美术专业毕业，想着留在乌鲁木齐找个学校当老师。这时我妈对我说："出国留学的话你想去哪个国家？"我这才说出心里的愿望：意大利或法国。但我一想，妹妹马上要高考了，家里开销太大，还是算了吧。我妈说："既然你热爱你的专业，就要去追逐你的梦想。只要你觉得值得付出，我们都支持你。我从你五岁开始教你画画，当然希望你能去追逐自己的梦想。"

于是在家人的支持下，我开始准备留学。2013年3月，我来到了意大利。

头半年学习语言，考下了证书，然后考进了威尼斯艺术学院。第一次来到威尼斯的时候，我心潮澎湃，有一种想要流泪的感觉，特别激动。小时候总是惊讶为什么大师画的画那么美，来了之后才知道原来是因为这边的环境到处都是那样的美景，如果不画成那样，

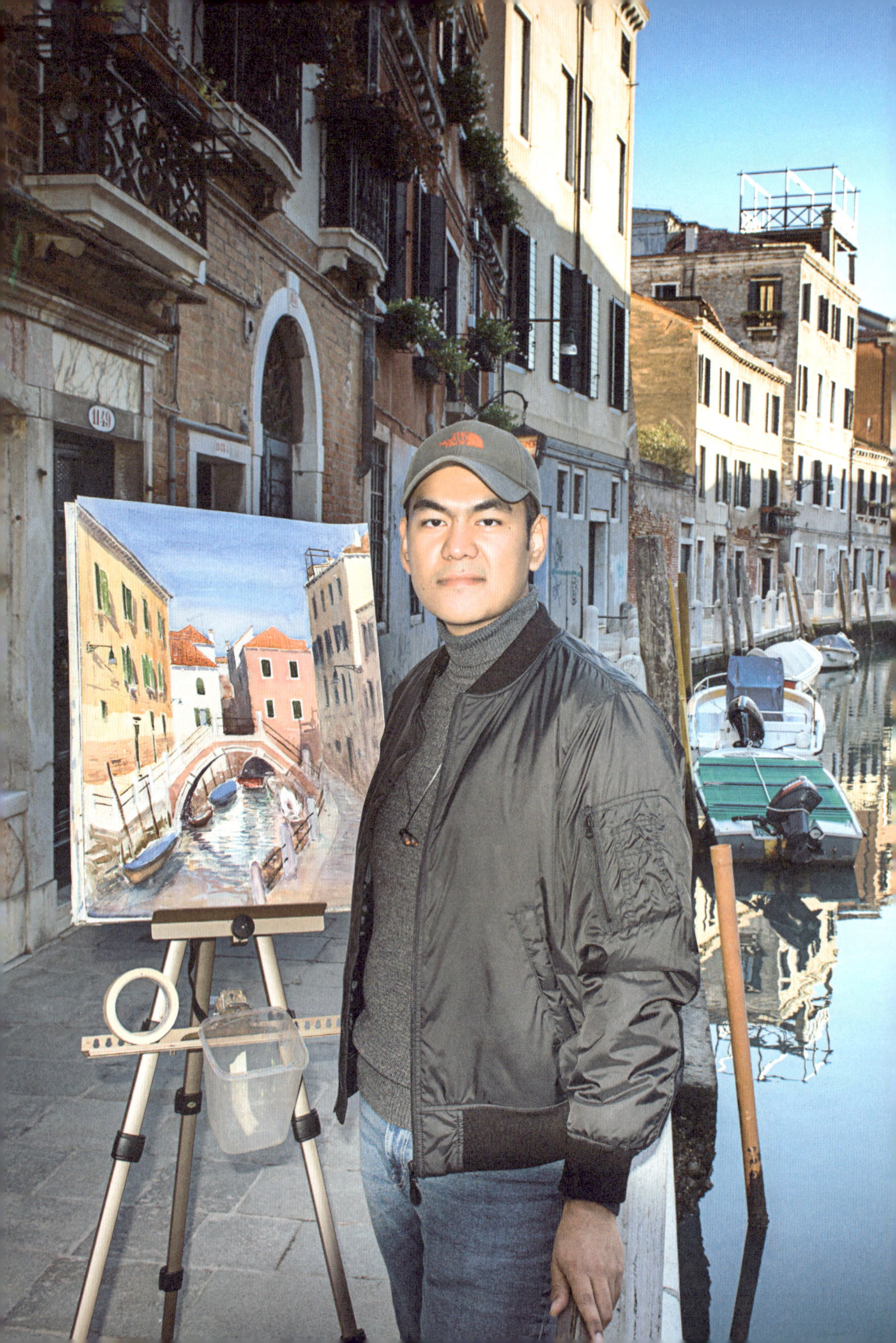
1149

吐尔耿

采访于 2017 年 11 月

都对不起这风景。我开始不停地去看美术馆，爸妈来看我的时候也带他们一起去看。只要天气好，我就带上画板去写生。我还算比较幸运，在学校不仅免了学费，还拿到了助学金，之后参加了不少国际比赛，也拿了奖。

记得 2015 年有一个国际水彩节，我看到宣传就很想去参加，但我是油画专业，不是水彩专业，我就在网上看视频现学，然后去外面写生。我给水彩节的组织方发了邮件，附上了我画的水彩，一个月后收到了回复，告诉我水彩节会有哪些画家参加。我一看全是我特别崇拜的画家，还有很多中国来的画家，都是各个艺术学院的教授和老师，画画得都非常好。抱着想要去和这些大师们学习的心态，我参加了比赛，在比赛现场画了一张。颁奖典礼的时候，台上正在颁发优秀奖，出来了一幅画，我还在想这个人怎么画的和我的差不多，然后旁边一位来自湖北武汉的大哥就对我说："哎，兄弟你获奖了，快上去领奖！"我这才知道是自己获奖了，我也是那次比赛唯一获奖的中国人。后来我还去问了评委的老师，为什么我的画能获奖，他说："虽然你的技法有一些欠缺，但画出来的街道很有味道，很自然和淳朴。"

之后我参加了世界各地各种大大小小的比赛，都拿过奖，还有两次获得了三十岁以下最佳艺术家奖，这些成绩都给了我很大的鼓励。我想要把欧洲画一遍，出一本画册，更希望自己将来能有一天把家乡新疆也画一遍。

刚来意大利的时候，我连买菜都不会。当时语言还不行，比如在超市买土豆，得自己拿到秤上去称，然后把价签贴上去，刚开始每次都选错，付钱都是一点点学会的。我当时住的地方楼下有个老头，总会很友好地跟我们打招呼，虽然我当时语言还不是很好，但他每次都很耐心地听我说。每个留学的孩子都是半个厨师，意大利比萨吃够了，肯定会开始想吃家乡菜，我就给我妈打电话问怎么做，一点点学，从什么都不会到现在能做些家乡菜，还会包饺子了。我平时也打工，寒暑假的时候带过旅游团，当过导游，还在餐馆里面跑过堂。我妹妹也考上了德国的大学，现在家里两个孩子都在外面留学。

我十月份就要毕业了，申请了第二个美术史方向的研究生，希望自己作为美术从业者，能对美术的历史本身有一定的了解。我觉得我还是特别幸运的，能从五岁就坚持做自己喜欢的事情，长大后又能有机会来到儿时梦想中的地方学习，最重要的是我父母的支持，不然我也不可能坚持追逐这一切。

拜尔娜：我喜欢挑战

自从父亲1986年出国留学之后，有将近十年的时间我们相隔两地。每年夏天父亲会回新疆待三个月左右，在他离开的日子里，母亲会从每天买的牛奶里把奶皮单独拿出来，存在小罐子里，等待父亲回来后亲手给他做一碗奶茶，还不让我们偷吃。十年如此反复，以至于父亲在我们眼里就是只有在夏天才会出现的存在，我们戏称他是"夏天爸爸"。

我的父亲三十岁时决定去美国，四十岁开始自学英语。那时人们还有种思想，认为去美国是一种崇洋媚外的行为，但我们全家都很支持他。父亲自学英语的时候新疆还没有什么英语教材，他就从自己微薄的工资中花三四百块钱从内地买英文录音带。周围的亲戚朋友都认为他疯了，认为他的所作所为是不切实际的，简直就是脱离现实。不过最终机会眷顾了努力的人：1985年，新疆大学和美国华盛顿大学成立地理专业的交换生项目，需要英语好的人，这就找到了我父亲。最初只是两年的交换生项目，后来他留在美国攻读博士，这一待就是十几年。

父亲初来美国落脚西雅图，经常给我们寄华盛顿大学的贺卡，我们就是从这些贺卡上开始了解美国的。父亲还经常写信给我们，每次一写都是十几二十页。虽然已经过去十几年了，我们还会时不

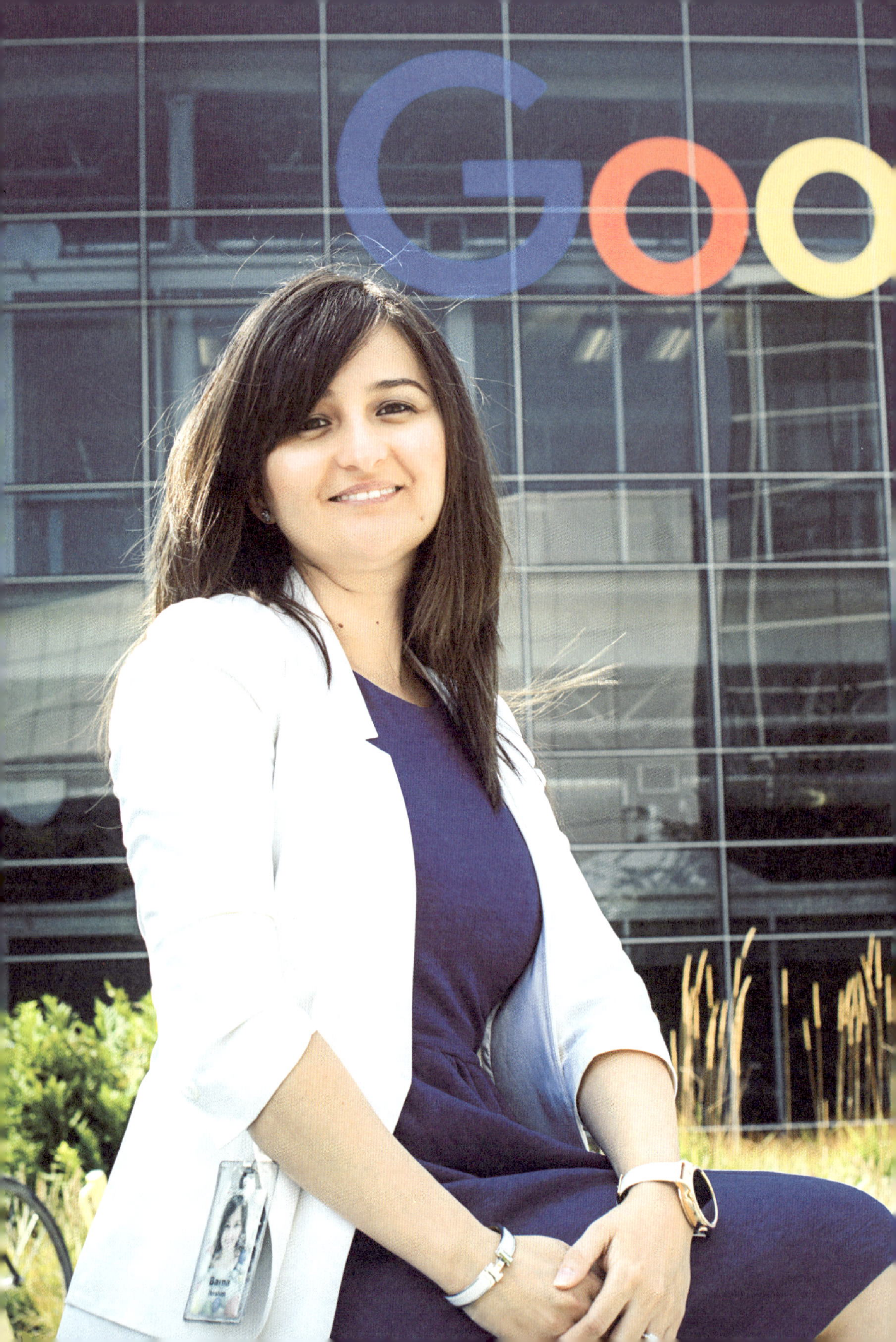

时找出那些信来看看。

后来，我也来到了西雅图，选择了父亲上过的华盛顿大学，学习电子工程专业，走上了工程师这条路。读完本科，学校为我提供了全额奖学金并且免除学费等一系列优质条件，我就留校把研究生也读完了。在读研究生期间，我得到了波音公司的实习机会，在一个专门给波音747飞机制造雷达的部门实习，其间我有幸设计出了一个小型电子元件，用在了波音747的雷达系统上。研究生快毕业时，我拿到了英特尔公司的录用通知。

在学校上学的时候，工程类科目本来就很难，我怕落下课，所以那时候一直没敢去别的国家旅游，一心想的就是等以后有工作了再去别的国家转转。进入英特尔公司之后的2007年，我在德国分部工作了一年，周一至周五我很努力地工作，到周六就背上我的小包，坐上火车或飞机跑到一个陌生的国家，周一一大早再赶回来继续工作。俗话说山外有山，天外有天，多出去看看不仅能扩大见识，还能学到不少东西。

人都是在不断的竞争中成长的，我原先的专业是电子工程，后来又想加深对金融和经济学的学习，就决定要去读MBA。英特尔公司有个很好的政策，就是员工想要继续学业的话，公司会报销学费。2008年全球经济危机，很多人都失业了，所以申请学校的竞争就愈发激烈，最终我去到了伯克利大学。之后的三年时间，我一边在英特尔工作，一边在学校进修。每天几乎都是早上七点出门去上班，下午四点下班，直接开一两个小时车去学校上课，没课的时候就是在写作业。

2012年我读完MBA，向一直培养我的上司提出想去别的领域寻找发展机会，上司劝我不要离开公司，让我先去一家子公司工作一段时间。但是在那工作了一年半后，我发现自己并不喜欢那份工作。我喜欢挑战，不喜欢一直待在一个地方，我决定把简历投到谷歌公司试试。前几次投过去的简历都因为一些小问题而折回来了，遇到挫折后反而使我坚定了要加入谷歌的决心。经历了几次失败之后，我最终还是成功地进入了谷歌公司，去了主要与华为、三星这类公司合作研发新产品的部门工作。

2014年，我们跟三星、摩托罗拉、LG这三个公司联合推出了三款智能手表。同年6月，谷歌的IU大会上就准备发布这三款表。在此之前我们得把所有准备工作做足，不能出任何差错，所有人都在忙合同、版权等一系列事情。我就跳出来主动跟上级申请，这些事由我来完成。接着我就来回奔波于韩国和美国之间。韩国的公司文化有些大男子主义，公司内阶级分化也很严重，完全不像在美国，只要有能力就可以去做，不用顾虑是男人还是女人，是老板还是员工。我去跟三星谈合同的时候，三星代表团是差不多十五个男人，对方一看我一个女性，脸色铁青，觉得我们看不起他们，派女性过来谈判。我便很不客气地跟他们讲："无论什么问题我都能答上来，除非你一定要我的领导明天立马乘飞机赶过来。"后来谈判进行得很顺利。整个事情结束后，三星的谈判代表请我们吃饭，说当时看我一个瘦弱的女子，没想到这么有能耐，让他们刮目相看。

我平时的工作也经常会和中国企业打交道。因为我来自中国，会说普通话，所以跟一些英语不是很流利的企业老总谈话时，他们就觉得我格外亲切，每次合作的时候都点名要求派我去谈。因为工作我现在也会经常回中国出差，有时候等这边的工作忙完了，我自己也会请个三、四天的假，回一趟乌鲁木齐。我和我老公就是在乌鲁木齐认识的。那次是参加朋友的一个饭局，他也是个工程师，当时带了一款别家公司的智能手表，我就很不客气地说，谁会带那种手表！我们就这样聊了起来，慢慢发现彼此的共同话题还不少。他是学物联网工程的，已经开发过不少安卓客户端和应用程序，我对他的好感慢慢升温，然后就恋爱了。我们谈了一年半的异地恋，后来他考上了加州大学分校的研究生，来了美国，我们就结婚了。

在美国生活的最大感受，就是上完学我马上就能够投入工作中，无论是正式的工作还是实习，感觉这里的教育更加注重让学生在实践中学习，从而让学生自发的认为学习是好的，是能让人受益的，因此不会觉得学习是种负担，而是一种提升自己的方式，也就因此变得更加热爱学习。我觉得不管是在工作方面还是在别的领域，我们都要脚踏实地一步一步向前进，慢慢在实践中去学习。

热布开提：时间会证明

　　我奶奶常说我小时候，就算抱着我，我也要拿着个电子琴弹着玩儿。现在，我奶奶说：这个孩子终于做了自己想做的事情。

　　我的家族里没有人从事音乐，只有我对音乐很感兴趣，经常去帮人弹电子琴，学习成绩不是很好。我爸妈那个时候只希望我能专心学习，并不支持我在音乐上的爱好。邻居家的孩子有架玩具电子琴，我经常从家里拿核桃和巴旦木去换他的电子琴来弹一会儿。

　　初中的时候我妈去北京潞河中学的内高班做生活老师，那几年我经常能去北京玩。一次去北京的时候，我去了著名歌手艾尔肯·阿布都拉驻唱的酒吧。第一次听到现场乐队的演奏，我就很清楚自己以后要做音乐这行了，要学会弹吉他。那之后我就一直跟着艾尔肯哥学习。

　　中考的时候我考到了潞河中学的内高班，但我明确告诉我妈我以后不会去读大学，就要玩儿音乐。我在学校的民乐团和合唱团表现得很突出，一上课就睡觉，我妈拿我没办法，开始后悔没早点儿让我学音乐。后来她把我送到另一位音乐家克尔曼老师家里去学习，克尔曼老师在音乐理论上帮我打下了特别好的基础。

　　我不是不喜欢读书，只是我的兴趣只有音乐。高考分数出来后，我发现其实还是能考上北京第二外国语学院这样的学校的，但我一心就是不想上。直到所有同学都去大学报到后，我才开始有点难过，想来想去觉得还是需要去个学校读书。我就找到了北京现代音乐艺术学院，在那儿上了一年。那一年我也开始在酒吧驻唱，认识了一些和我一样初出茅庐的年轻音乐人，我们一起弹、一起唱。到第二年的时候，我在北京的路就打开了，认识了很多人，慢慢演出就多了。我每天从一个酒吧出来再去另一个酒吧，从红玫瑰出来到三里屯，再到后海，就这样一晚上去几个地方演出。每当上台演出，只要有人听，我就感觉找到了自己的价值。但那时压力也大了，去向酒吧老板要工资会有压力，与其他音乐人之间的关系也有压力，我感觉对音乐的单纯热爱里，开始夹杂了别的东西。

2008年到2011年，我在酒吧唱了三年，收入虽然不稳定，日子过得也还行。慢慢地我觉得，这样玩儿也不是个办法，还是需要系统地去学习。我妈让我考虑出国留学，我也正好有这个想法，就找学校学了一段时间的英语。2011年年初，我启程去了芬兰。

到了芬兰之后，我先开始找语言培训班，在北极圈以北一点儿的城市找到了一所学校。那里冬天每天有二十三个小时的黑夜，去上课的时候太阳就已经下山了；夏天基本全天都亮着，睡觉要拉上黑色的窗帘。这样的生活确实很影响人的心情，我在当地人的表情里基本看不到笑容。在那座城市待了几个月之后，我就受不了了。我当时动摇得很厉害，不想吃这么大的苦。好在当时认识一位老乡大哥，他大老远过来劝我留下，让我还挺感动的，就决定还是留下，搬到了芬兰的首都圈，继续上语言课。语言差不多没问题后，我找了一些地方实习，然后就开始准备考大学。

芬兰有一所欧洲最大的音乐学院，叫赫尔辛基艺术大学西贝柳斯音乐学院，有一百多年的历史。有一次演出的时候，一个朋友对

热布开提

采访于 2017 年 二月

我说，你为什么不试试西贝柳斯音乐学院的世界音乐专业？这是第一次开设的新专业。我想那试试吧，就开始准备申请资料、演奏视频什么的。前后参加了四次面试，最后一次面试的时候，只剩下二十个人，每人面试十分钟，考随性弹奏，弹什么都行。我进考场后先跟老师聊了几分钟，我说我是维吾尔族，来自中国。当时我以为他们肯定不知道维吾尔族，没想到老师们都知道，还说：中国的维吾尔族文化我们都很了解，你就讲讲你自己吧，未来想干什么？考完后等待了一段时间，收到了短信，说："恭喜你，你被录取了。我们从全球选了八个人，你是其中之一。"世界音乐专业主要就是看学生的文化背景，他们希望找不一样文化背景的学生在一起学习交流。我的同学来自芬兰、希腊、古巴、美国等国家，而我，代表中国。后来我得知，老师们之所以知道中国新疆的维吾尔族，是因为世界著名花腔女高音歌唱家迪里拜尔·尤努斯就是维吾尔族，她曾经在芬兰国家歌剧院担任过独唱演员。

世界音乐专业是本科硕士一起读的，要读五年半，我现在是第二年。芬兰的教学水平是全球顶尖的，艺术院校也一样，硬件条件、师资都非常好。我们要学的东西特别多，就像吃新疆的拌面一样，有不同的东西在胃里面，需要去消化。第一年学的东西确实很分散，第二年我就集中精力去学弗拉明戈，还去了西班牙做交换生。学习的过程就是了解的东西越多，它返还给你的东西也越多，让人很享受。不同的变化、不同形式的演奏，越了解，收获得越多，人就会越激动。

我有时候会去街上弹奏，像街头艺人那样，不是为了赚钱，纯粹是为了调整心态。我每天会在家弹上五、六个小时，但有时候会偏离真实的味道，我想要一面镜子，就是需要有人能给我一个反馈，

或者从人的反应中得到信息。街头弹奏给我带来了很大好处，很多时候都会有人驻足来听。有些时候我会发现，我的包里会有别人放进的十欧元、二十欧元的钞票，我会想，我的音乐至少能让他们感到高兴。

以前，我曾经被在这边生活了很久的老移民打击过，他说，我儿子都没考上西贝柳斯音乐学院，你肯定考不上……我从来没有为类似的事情去争吵过。我不喜欢靠说话去证明自己，我相信时间会证明一切。

凯维赛：收获六个不同城市的启发

从出生到现在的二十九年时光里，我已经在六个城市生活过了。每个城市都有自己的特点，每个人生阶段也都有相应的变化，不变的是自己对未来的希望和梦想。

我出生在喀什，爸妈都是老师，学习一直是生活的重点。我爸妈给了我很多的鼓励与指导，一直很支持我，希望我的眼界能开阔一些，将来有机会能出去。我小学上的汉语学校，初中时转到了双语班，维吾尔语和汉语我都学得很好，自己也很喜欢。中考的时候，我考上了上海交大附中的内高班。

2004年去上海是我第一次离开新疆。我记得火车是晚上到的，一下车就感受到一股闷热，坐在从火车站到学校的大巴车上，看着车窗外，心想我是真的到上海了吗。也许就是因为去到了上海，开阔了我的眼界，我开始希望爬得更高、做得更好。

内高班的条件特别好，组织的活动很多，伙食也很好，都是新疆过来的厨师团队给我们做饭，每周吃的都不重样。刚去的时候我很激动，觉得终于离开家了，没人管我了，但后面想家的心情就开始泛滥。不过学习生活正式开始后，慢慢就感受到了生活的充实，不会整个心思都放在想家上，因为没有时间去想了。内高班的老师都特别好，素质很高，他们的教学方法以及上海本地同学的学习方法和态度，跟我们以前有很大不同，这些都带给我非常大的收获。我到现在都特别感激内高班，因为那四年帮我巩固了我的知识体系，之后我上大学、考研究生，再到考雅思出国，都是依仗着那四年打下的基础在往前走。

高考时，我想学新闻，想报考中国传媒大学。但很遗憾因为周围的一些言论，自己也不太自信，最后报了华中科技大学的广播电视新闻专业。没想到高考成绩出来后，我拿了"状元"。我没有后悔报考华中科技大学，那是一所特别漂亮的学校，特别大，大家都称它是"森林大学"，因为校园的百分之七八十都被绿色覆盖。我在那里交到了很多一辈子的朋友。

大四的时候我开始准备考研，算是对找工作的一种逃避吧。当时我很想回新疆，就考了新疆大学的新闻学院。2013年左右算是新疆的传媒业发展最好的时候，老师带着我们做了很多课题，比如南疆女性的婚姻观、少数民族身份认同、宗教观念等，帮我们真正打开了眼界。就这样读了三年之后，我总觉得还是缺点什么……其实我从小就有出国留学的想法，但是一直觉得特别难，没有付出过实际行动，没有努力过。在新疆大学读研的时候，可能突然觉得自己太安逸了，就开始考雅思。考雅思只是第一步，后面申请国外学校的工作量很大，有很多朋友都在帮我，帮我看申请、帮我修改。2014年，在我开始写毕业论文前，我拿到了英国的大学的录取通知书；2015年9月，我到了英国。

记得当年第一次去上海时的感受，是一种知道自己的未来有很多可能性的感觉；去英国时也一样，感觉自己的世界又大了一圈，未来有无限的可能性。飞机降落在伦敦希斯罗国际机场，我在原地待了五分钟，看着周围的人走来走去……不知道该怎么形容，我只知道

凯维赛

采访于 2017 年 11 月

一些不一样的事情要发生了，自己已经走上了一条更辛苦，但是更精彩的路。

出了国什么都得靠自己。我自己在学校附近找房子，租了一个小房间，房东是一对印度裔夫妇，他们有一个孩子，而这个孩子差不多可以算是我在英国的第一个英语老师。每天回到家，房东的孩子就会不停地和我说话，我就通过和他的对话开始练口语。房东太太是全职主妇，她人特别好，教我做了很多印度饭菜，还和我一起聊天，在交流的过程中我发现我们有很多文化上的共同点，很有意思。

学校的图书馆是每周七天、每天二十四小时开放，我最初还觉得奇怪，图书馆为什么要二十四小时开放？等开课之后才发现，一天二十四小时根本不够用，学习压力太大了。英国的研究生课程只有一年，在这一年里我们要上各种各样的课，要写稿，要做片子，还要实习。我在英国的生活就是每天半夜三、四点回家，然后第二天赶着去上早上九点的课。老师会给我们发必读书目，每本书都特别厚，刚开始因为英语水平不够，读那些书太辛苦了，到后面才习惯该怎么读书、怎么把内容概要准备出来，反正读书就是每周最辛苦的事情。自学是我在英国感受最深的一点，这里的学生自学能力都特别强，老师很少会布置作业，所谓的作业也是一个特别笼统的概念，你要自己去准备主题、收集材料、提出观点、证明观点，自己去写这方面的论文。有一段时间我特别困惑，该怎么样才能找到老师心中的正确答案呢？我就在图书馆里查找资料，发现当我改变了方法和态度，就能如鱼得水了，因为那种学习方法非常舒服：自己提出问题，自己再去证明，在证明问题的过程中去翻阅很多资料，学到更多，然后继续发现问题。用这样的方式做出一个又一个的报告和论文，老师就特别认可。

我的毕业论文的主题是研究比较BBC和《人民日报》网络版关于新疆的报道。新疆的议题在英国真的有很多人关注，我发现很多报道都有偏差，调查背景也有问题，到最后受影响最大的就是我们新疆人。对这些报道分析下来就会发现，那都是别人在报道一个笼统的群体而已，缺少我们新疆人自己的声音。我的导师很喜欢我的研究主题，但他希望我能有一种批评《人民日报》的态度，而我之所以选择做与自己家乡有关的研究，就是要做到更加公正和客观，所以一度和自己的导师产生了分歧，直到做完研究。好在我自己还挺享受研究的整个过程。

我先生一直在法国上学、工作，我在英国上学时，托"欧洲之星"的福，我们能经常碰面，但是也不能见很多，因为学习压力太大了。在我准备参加在英国的毕业典礼前，我发现自己怀孕了。毕业后我搬到了法国，但因为不会法语，找工作很难，那段时间觉得特别累，从头到尾只有我和我先生两个人，父母也没能过来帮我们照顾孩子。一直以来我都是一个特别愿意忙碌的人，不习惯突然一下子闲下来。最近我找到了一份工作，在华人卫视做记者和编辑，这是法国唯一一个中文电视频道。法国有六十多万的华人，有很多商会，中法交流很密切，我的工作就是去采访和拍摄从国内来的考察团和相关会议、活动，自己拍、写、配音、剪辑。我终于能做自己专业的工作了，不仅开拓了自己的社交圈，参加了很多活动，平时也可以在家办公，不耽误照顾孩子。一开始忙起来，我感觉整个人的精神都好多了，一方面是有了收入，另一方面是终于学有所用。现在我和我先生一起照顾孩子，培养着自己的小家庭，对未来充满希望。我们希望有一天能够回国发展打拼，带着这一路在六个城市走过的美好经历和启发。

木尔提扎：弯路中的幸运

我妈常说我爸当年是学霸加校草，很受女孩子欢迎。她还经常拿这件事鼓励我说："你要是好好学习也会有很多女孩喜欢你。"

我爸妈都是教授，从小对我管教非常严格，六点下课七点半前必须到家。高考时，爸妈想让我考新疆医科大学，希望我能留在他们身边，但我一心想去内地，想要"自由"。最终我考上了南京理工大学，先在北戴河上了一年预科。一下从离海最远的城市到了海边，我感觉特别激动和兴奋，有一种解脱的感觉。预科那一年我基本上是玩过去的，直到正式上大学后，我才意识到自己要的是什么，算是及时收回来了。我想这应该都得归功于爸妈从小对我的教育，让我时刻清楚自己该干什么，不该干什么。

我本科学的专业是光电信息科学与工程，大三开始为出国留学做准备，学英语、考雅思。当时我想从商，读 MBA，最后通过一家留学中介选择了瑞士，去读国际金融管理。留学中介的广告都做得很美好，实际并不是那么一回事儿。虽然来之前我也在网上搜索过那所学校的信息，比如住宿费是多少、伙食费是多少，做了相应的心理准备，但等来了以后发现反差也太大了。有段时间我特别想要换学校，也和爸妈聊过，但是想到已经忍了一年多了，就再坚持一年吧。

学校是英文授课，可生活里如果不会法语就什么都干不了，零工也很难找，哪怕是中餐厅也需要能够掌握基础的法语。中介之前还说会给我介绍合法的零工，时薪至少二十法郎，一周十五个小时，后来也完全没有实现。我全靠自己努力学习法语，两、三个月之后基本能找到在餐厅的零工了。瑞士是全球消费水平最高的地方之一，所以我一直在打工，从没有停下。我在泰餐厅、中餐厅都工作过，想给爸妈减轻一些负担，他们都是教育工作者，赚的钱并不多。

在学法语的过程中，我认识了一个在欧盟实习的女孩，她介绍我去申请联合国的实习。拿到联合国的实习机会，我没有依靠任何人的帮助。他们审查特别严格，得写很多材料，还得体检，一共有两轮面试，都是和非常有经验的人谈话，最后我很幸运地通过了。我在联合国实习了三个月，主要做欧盟组织的金融方面的项目管理工作。2016年，我获得了中国颁发给在外新疆籍留学生的奖学金。

遇到困难和不顺心的时候我都会跟爸妈聊很久，他们都很支持我，安慰我说这些都是经历，没有人的奋斗之路是平坦的；我的朋友们也一直在鼓励我。还要特别感谢中国驻瑞士大使馆教育处参赞，是他建议我去申请日内瓦大学，告诉我以南京理工大学这样国内名校的资质，完全可以申请到日内瓦大学这样的公立学校。刚开始申请日内瓦大学的时候，身边还有朋友说我不可能成功，我也很犹豫，材料都准备好了还在犹豫，直到报名截止的前一天我才发出去，谁知道一个月后我拿到了录取通知书，特别开心。

我现在在日内瓦大学上统计学的研究生，需要两年到两年半毕业，学习过程中百分之九十都会用得到数学，完全是靠我在南京理工大学学到的数学基础才能完成现在的学习。这真实说明我们国家的教育是非常好的。

木尔提扎

采访于 2017 年 11 月

除了上课，我一周还有两天在公司上班，做的是大数据、数据分析，还有人工智能方面的工作。接触之后我才发现，大数据和人工智能真的就是我想要做的工作。我以前从来没想过读博士，觉得没耐心再读书了，但是现在我对这个方向的研究非常感兴趣，也很有动力。

我现在已经基本独立了，不用再问家里要钱了。接下来的目标是希望能读博士，去研究人工智能；也希望能在这边工作，赚点钱、积累些经验，最后再回国发展。回想初到瑞士，在那所私立学校的两年时光，我不会说那是失败，只能说是我走过的弯路。有了这段经历，我学会了在做任何事情之前都得做好功课、做好准备，三思而后行。这段经历让我性格沉稳了，也成长了很多。这几年我虽然走过弯路，但是很幸运地遇到了很多帮助我的人，更感激爸妈一直以来对我的支持。

尤宁子：从多元出发带来的重新思考

每个在新疆长大的汉族孩子应该都从自己的长辈那儿听过他们那一代，或者上几代是怎么来新疆的故事。

我外公是参加过抗美援朝的军人，1953年从战场回来，一心想要为国继续作贡献、报效祖国，就报名去建设边疆。他坐着那种没有窗户的闷罐车，花了一个月时间才到乌鲁木齐。外公会开车，后来就在一个运输单位开油罐车，往独山子运石油。我妈妈在乌鲁木齐出生。我爸爸出生在福建，因为爷爷去世，奶奶要改嫁，当年十五岁的爸爸就给爷爷在新疆的一个老相识打电报，希望能去投奔他。爷爷的老相识对他说，如果你不嫌弃的话就来吧，能管你一口饭吃不让你饿死。我爸爸从福建坐了七天七夜的火车到了新疆，之后他学会了开车，参加工作后正好和我外公在一个单位，就这么认识了我妈妈。

我在新疆师范大学读的本科。上大学后每个假期我都会自己出去旅游，我爸妈也挺放心的。记得有一次去伊利的那拉提，那时候草原还没被旅游开发，比较原生态，司机把我拉到山上哈萨克族牧民的农家乐，结果第二天外面开始下大暴雪，六月份大变天，整个山路都断了，信号也没有。农家乐的主人叫别克，他对我说，没关系，你就安心住这里，你是我们的客人，我们就把你当家人，什么时候路好了什么时候再下去。我在他家住了三天，临走的时候给他钱他也不要，他说，我们都是牧民，骑马放羊的时候经常遇到险情，我们也希望我们的孩子在遇到这种事情的时候能有好心人收留他。后来我回到乌鲁木齐，给他家的小朋友寄了很多零食和图书什么的。这种事情大概一生也就只会遇到一次吧，每次想起来都很感动。

上大学时我也去过北京，那里太大了，站在高架桥下感觉自己在另一个世界。在地铁里我能很容易判断出谁是游客谁是上班族，游客就是很开心的样子，而上班族都是累到脸上没有表情。北京的这种环境让我很有感触，我觉得人还是应该出来看看。

大学毕业之后我顺理成章地做了老师，一周上六天班，一个月赚两千块钱。我觉得我空有一身本领没有地方可发挥，于是向爸妈提出想出国。他们非常支持我，虽然家里经济条件并不好，还是卖了一套房子把我送了出来。爸妈说，我们就这么多钱，你出国后不管混成什么样我们都不怪你，但是经济上没办法给你更多了，只能负担学费。我很感恩他们能把我送出国读书，我来了美国之后就一边上学一边打工，赚生活费。

我在圣何塞州立大学读的研究生，最先申请的专业是教育学，但我来了之后很想毕业后能留下来工作，就在文科类的专业里又找了一个文化传播方向的专业。这个专业对语言的要求非常高，以至于班里除了我都没有外国留学生，毕业时我也是专业里唯一的亚洲人。我的语言在读研这几年里提高非常大，我对这个专业研究的内容也很感兴趣，我很愿意花时间去了解移民史、难民史，特别喜欢看关于多数中的少数群体的文章。

在美国生活这几年，我会比较多的去思考关于歧视或者误解之类的问题，以及去研究对于少数群体的不正确解读。我来自一个多

尤宁子

采访于 2016 年 9 月

元文化和民族融合的地方，我对这些特别有体会。我觉得很多人，包括很多中国人其实并不了解新疆，不了解中国还有那样一片神奇的土地。我在美国的课堂上做过很多跟新疆、跟少数民族文化和教育有关的课题，我会用我们自己国内的情况去与我了解到的美国的历史和现状做对比分析，去发现问题、寻找不足。

  在美国我觉得我学到的最重要的一点就是任何事情没有绝对的对与错，我们不能说这样是对的，那样是错的。每个民族、每个人都有自己的生活方式，他可以住在城市，睡在楼房中；也可以过着游牧生活，搭起毡房。我们一定要保护文化的多元性。

叶尔杰提：总有惊喜出现在坚持的某一刻

小时候我爸带我看世界杯，我就爱上了足球。

小学三年级时我加入了学校的足球队，我喜欢守门，从四年级开始当上了校队的主力守门员，五、六年级开始就一直在参加比赛。2005 年，新疆宋庆龄足球学校建立了，面向全疆招收选拔学生。体校的教练说我被选中了，让我去参加试训。我妈不同意，但是我特别想去，就哭闹着去说服她，最后她同意了。那次全疆有四十五个孩子去试训，最终只有五个被选中，我是其中之一。参加试训期间，教练本来让我踢中场和前锋，我告诉他在小学校队时我就是守门员，他找来守门员教练测试了我的水平，挺满意的，就让我做回了守门员。现在想想挺感谢那位教练的，因为我天生就是当守门员的料，在球场其他位置的表现就不会像守门员那么好了。

我在新疆宋庆龄足球学校念了五年，刚开始身材很小，当不上主力守门员，一直没有上场比赛的机会。后来我抓住机会去踢好每场比赛，也慢慢地在队中有了稳定的位置。2012 年，我十九岁时代表新疆君悦海棠参加了中乙联赛。当时有很多球迷支持我们，很怀念那种在自己家乡踢球的感觉。

2013 年，我代表新疆参加了全运会 U20 男足比赛，赛后被国奥看中，很幸运地被选到了 U22 国奥队。那是一支相当团结的队伍，教练和队友都很好，大家都是称兄道弟的。之后我的经纪人帮我签好合同，就带我出国了，前往荷兰、葡萄牙试训。我觉得自己挺幸运的，遇到了好的经纪人和经纪公司，我现在的经纪人对我的帮助很大，在我最艰难的时候，他们也没放弃我。

我爸是体校的一名普通员工，他是我的人生榜样，时刻保护我不走歪路。他很会教育孩子，虽然话不多，父子之间也不像母子之间那么温柔，但他就像一堵墙，时时刻刻在我身后，不论成功与失败一直都保护着我，是我的靠山。我妈也一直在支持着我，那时家里好多亲戚并不赞成我去国外踢球，他们觉得那是在接受没用的教育，回来后我会变成混子，我妈不顾他们的反对，一直支持我去国外。

别人的成长都是一步一步来，而我的成长就是在一夜之间。我爸是在我的双手之间走的，在他走的那一瞬间，我感觉自己成长了。我的名字叫叶尔杰提，在哈萨克语中就是"长大"的意思。当你的墙倒了以后，暴风雨吹打到你身上时，才会发现父亲的伟大。处理好家里的事，我回到俱乐部没能踢上比赛，直到一个月后教练才安排我上场。当时我太想用一场胜利来纪念父亲，结果太感情用事，在一次和对方前锋的碰撞中，我回了一脚，就直接被停赛了。教练也没说什么，叫我快点冷静下来，找回状态。那一年我状态一直处在低谷，伤病很多，也比较懈怠，满身负能量，天天想到我爸就会想哭，也非常想念独自在家的妈妈。

我爸去世后，我就想双倍去补偿我妈，报答她的养育之恩。我妈现在病退了，为了支持我踢球，她曾经在小西门卖过鞋子，在库房当过发货员，还当过保安、协警。她有关节炎，刚到乌鲁木齐时没少遭罪，生活特别艰难。记得我第一次拿到联赛奖金，两千块钱，我就给我妈转过去让她买台洗衣机，因为我们租的房子里没有暖气、

叶尔杰提

采访于2017年11月

没有热水，我妈在家洗衣服时就只能穿得很厚，关节都肿了。虽然现在搬家了，但那台洗衣机我妈还一直留着，她说因为这是我用第一笔奖金给她买的。

我渴望成功。记得当时在广州集训时，我就在学习英语，后来其他队友过来看我在看书学习语言，就笑话我说，反正以后你也出不去，只能在新疆待着，你学那些没用的干什么。但是当时我知道我肯定会出去踢球的，后来我就到了国外。有时候假期我会回到新疆队训练，队里有几个巴西和塞尔维亚的外援，和他们交流时我就会用英语和葡萄牙语，其他新疆队友就看蒙了。我觉得语言是一座桥。在国外踢球，遇到的第一个困难肯定是语言。我的英语是自学的，不过现在我也有自己的老师，跟着他学两三年了。我的葡萄牙语也差不多学到了百分之七八十的地步。我本身是特别喜欢语言的，自己也有一些语言天赋，学得比较快。我现在还会说巴西的葡萄牙语，巴西的葡萄牙语和葡萄牙本土的有着相似的地方，球队巴西球员也比较多，平时通过聊天就跟着学会了。就像我原来在新疆队时，维吾尔语不怎么会说，待了几年就全学会了。我这人比较自来熟，去哪都喜欢交朋友。在国外多认识一个朋友总是好事儿，我坐出租车时也喜欢跟司机聊天，去哪儿都会跟人打招呼。

是我的梦想一路把我带到了现在的地方。小时候我的梦想是当体育教练，后来又梦想成为参加中超的第一位哈萨克族球员，而现在我是历史上第一位进入中国国字号球队的哈萨克族球员，第一位在国外职业联赛签约的新疆籍球员。我在葡萄牙的乙级联赛、甲级联赛、超级联赛都踢过球。我的梦想一步一步都实现了。新疆有很多有天赋的球员，我不是最有天赋的，但我是最努力、最坚持的那一个。

我从中国来

十七八岁时我去哈萨克斯坦踢过总统杯，是最佳守门员，当时他们就邀请我加入哈萨克斯坦国籍。哈萨克斯坦足协属于欧足联，相对于我们中国足球来说，他们的足球发展很快，但我毫不犹豫地拒绝了。我出生在中国，从小在中国长大，我就是中国人，我是祖国培养出来的。我一直梦想着能够代表自己的民族、代表自己的国家站上更高级别的赛场，加入中国国家男子足球队。我现在二十五岁，有梦想就一定要坚持一下，当你坚持的时候，总会有惊喜出现！

伊丽努尔：拍出自己的故事

我一直很排斥那些描写与梦想有关的文字。那年一篇阅读点击量超过十万的文章介绍我是高考状元、哈佛毕业生和闯荡好莱坞的梦想女孩，一个耀眼的明星。虽然文章叙述的内容都是事实，但这样的追捧让我一时间有些不知所措。我爸妈常说，这文章是谁写的啊，不要再转发了！因为他们知道那不是真实的我。

小时候我爸爸在德国攻读博士学位，妈妈经常出差，我是跟着姥姥姥爷长大的。姥姥姥爷觉得我听话，不会给我很多束缚，每天晚上我是院子里的玩伴中最晚一个回家的。姥姥姥爷汉语都不太好，我在家说维吾尔语，在学校说汉语。我在学习上一直很独立，感觉我在学校有一种生活，回到家又是一种生活，我都是自己把自己的事情管好。

我上的小学是很普通的学校，初中也很一般，爸妈问我想不想转学，我说我不想，觉得在哪儿读书都是一样的，环境也都是一样的。高中我考上了乌鲁木齐市一中，然后又考上了北京大学。看似一直在追求最优选择，但我其实很抗拒那种"最好的"成功哲学，因为我觉得真正的自己和这些标签是没有任何关系的。"最好的"标签可以帮你刷刷人气，让外界看到你的时候有话可说，但实际上人需要花更多的精力去明白自己是谁，然后做真正的自己。

我从中国来

我很喜欢文学，喜欢艺术，喜欢故事。大学学的是英语文学专业，刚好就是将我喜欢的事情进行了完美结合，虽然我并不知道我学这个专业能做什么，但觉得起码读书不会浪费时间。在北京的时候我去表演过音乐剧，而且是英文戏剧，虽然当时非常业余，但就是很喜欢。后来面临毕业了，也不知道自己想干什么，大四的时候就申请了几所美国的学校，选择了美国话剧团和哈佛大学合办的一个研究生项目。

从哈佛大学研究生毕业后，我在波士顿参演了一些话剧，一年前来到洛杉矶。这一年我虽然拍了十几部微电影、几个广告，还拍了一部音乐电影，有时候却感觉自己什么都没做。有一次一个学生片找我，我就去了，在片子里连句台词都没有，就是个背景，也没要钱，全当是去玩儿了一天。没过多久，制片人就给我发短信说，现在在拍另一部片子你要不要来。就这样我非常幸运地成为了一个短片的主角，更幸运的是这个片子我还挺喜欢，能跟我产生共鸣，让我去钻研。

我完全不抗拒北大、哈佛这样美好的平台赋予我的东西，但上学是一个过程，不是一个结果、一个奖章或者一个成就。对我来

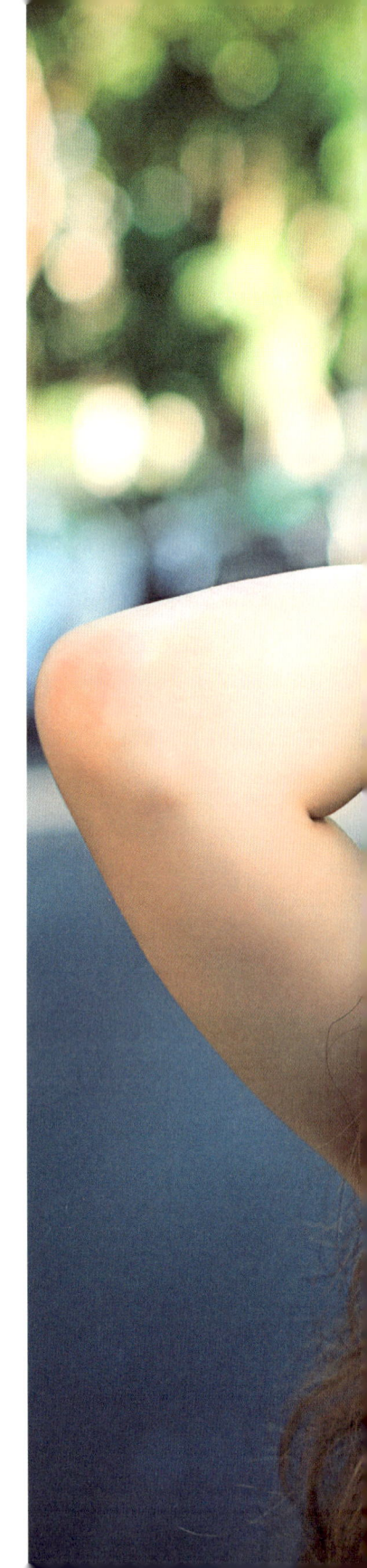

伊丽努尔 采访于 2016 年 9 月

说上北大还是上哈佛都一样,上完了就结束了,在这个过程中我学到的是我喜欢的东西,这些所学的内容丰富了我。我的表演能力无法通过学校的标签和学位来证明,只有不停地磨练自己,让自己变得更有趣,更有内涵,更有表现力。

每个人都是不一样的,有的人需要外界给予动力去过好自己的生活,但我不是那样的。我是时时刻刻在矛盾中、在怀疑中成长,可能会很累,但人活着就要经历这个过程。哪怕拍片子累到不行,但那个过程我非常享受,这就是一种实现自己的方式。我不强求自己每天都这样,大部分时候需要慢慢来积累,不能对自己要求太高。这个世界上没有完全相同的两个人,没有相同的前车之鉴,所以何必对自己那么苛刻。

很多人很着急,感觉生命没有一刻能停下来,就必须得很着急。可能大家都觉得生命很珍贵吧,所以才想要不停地去收获一些标签,收获一些成功以此证明自己。但其实,我想讲一些身边的小的事情,那些小的经历、小的失败、小的不愉快、小的尴尬和小的难以启齿,这些在我看来才是真正的故事和声音。希望有一天我能拍出自己写的故事,记录下自己想要表达的声音。

叶娜尔西卡：期待报效祖国

我的奶奶是上海知青，当年来到新疆从事畜牧方面的工作，认识了我爷爷，他们俩就相爱了。现在我奶奶已经完全习惯了哈萨克族的生活方式，也能说很流利的哈萨克语，我觉得这真的挺难得的。

我在乌鲁木齐长大，高考考上了北京大学。刚去北京时还不是很适应，除了学业压力大之外，文化方面的冲击也不小。本科四年我成长了很多，也更多地了解了我们中国的文化。现在我来到纽约，这里更是一座多民族融合的全球化城市，最大的特点就是有各种各样的族裔，有各种不同文化背景的人，大家的思维方式都不一样。我感觉从家乡去到北京，再到国外，这整个成长经历就是一个去了解不同文化、不同族裔的过程，让我学会了如何去与不同文化背景的人沟通。

在北大上学时，基本上在每一次介绍自己是新疆人之后都会被问：你怎么长得不像新疆人？很多人都不太清楚新疆是一个多民族聚居的地方，一说我是哈萨克族就更不信了。也会被问：新疆是不是都是沙漠？是不是骑着骆驼上学？是不是每天都吃烤羊肉串？来美国后类似这样的标签也还是会有。我的名字，姓和名是分两段写出来的，大家看到后就会觉得我不是中国人，我就必须去解释：我是来自中国的哈萨克族人。他们不会关心中国有多少个民族，对他们来说

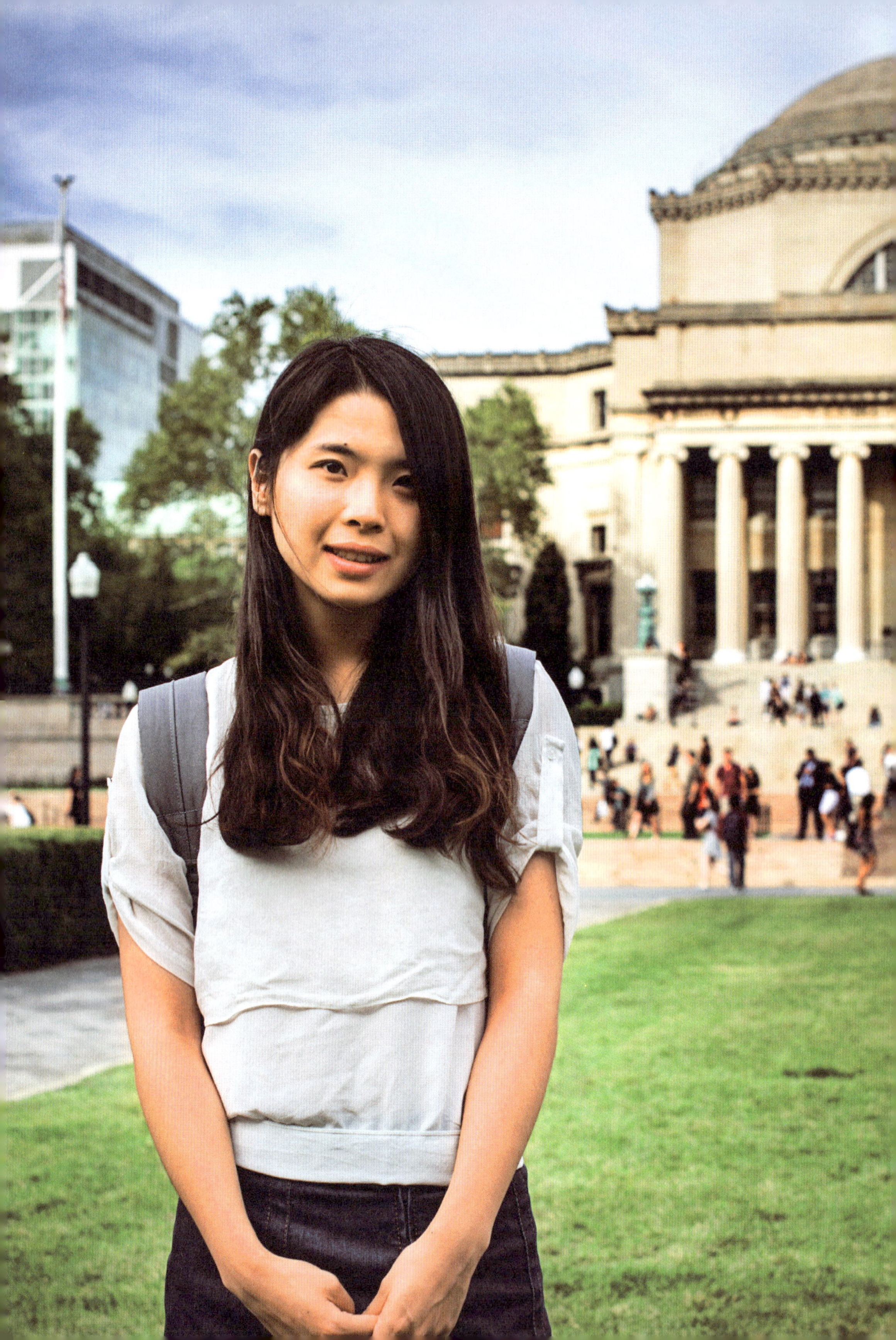

只要提到中国人，就自动归为一种形象。

虽然说我一直想来国外，但是真正出国以后发现这边与我想象当中的是非常不一样的。我现在在哥伦比亚大学读研，生活中最大的问题还是文化上面的冲击，最大的困难就是融入。大学时我妈希望我能保研，在国内读研究生，毕业后找一份比较稳定的体制内工作。我花了相当多的工夫才说服她。上大学、考研这些都算是人生中的重大选择，我想自己决定未来的道路怎么走。

我本科学的是环境管理，就是从法律和经济角度去探讨一些环境污染的问题。很多人会问我为什么选择这样一个专业，觉得好像研究环境是一件很空洞的事情。小时候我经常在电视上看到关于气候变化的报道，很多动物生存困难，甚至灭绝，都是因为人类为了自己的利益去破坏了环境。现在这个问题日益严重了，我选择这个专业，就是想通过自己的努力去做出一些改变。我觉得我在北京大学学到的，还是相对理论化一些。到了哥伦比亚大学这个平台，感觉这里学科与学科之间的交流非常密切，非常多元化。通过学习和研究，我明白了对于气候环境变化这个问题，我们该通过怎样实实在在的、可持续性的途径，去做出真正的改变。研究环

叶娜尔西卡 采访于2016年10月

境不再是一种空洞的理论性研究，它完全可以和市场行为结合起来，和政府政策结合起来，是实实在在可以做一些事情的。这大大激发了我未来想在这个领域继续做下去的热情。我觉得美国人还是很务实的，他们不会凭空、毫无目的地去做一件事，他们要做就一定会去想这么做能带来什么样的改变。总之，我觉得出国学习是一个很正确的选择。

毕业之后我想先在我现在研究的领域里找一份工作，去接触一下真正的、实际的东西，然后再考虑找寻一个自己更加喜欢的方向去读博士。在美国找工作这件事我觉得难度挺大的，我周围所有的国际学生面临的最大问题就是身份问题。很多公司不会资助外国人工作签证，大部分只要本国人。就算你找到了工作，比如我们这类工程专业的就会有三年的专业实习期（OPT），在这三年中可以抽三次工作签证，概率大概是百分之三十左右，一旦你三次都没抽中，即便你有工作也必须回国。这是一个概率的问题，并不取决于你个人有多少能力或者怎样。除了身份其次就是一些文化方面的问题，美国虽然是一个很包容、很多元的国家，但终归是一个西方国家、英语母语国家。我身边的很多中国同学，尤其是学理工科的，至今还是会有一些语言上的障碍。说是语言上的障碍，归根结底还是文化上的障碍，你的生活方式就是和他们不一样。在找工作的过程当中，这个东西多少会体现出来，比如有一些公司招聘中国人就是去干一些技术岗，他不会让你去做管理或市场营销这样需要与人沟通的工作。另外我们留学生完全得靠自己，这是很辛苦的，一个人来到陌生的国家，当一切东西都要靠自己去建立的时候，压力还是非常大的。

我觉得我最终还是会回国，因为要报效祖国嘛。

海尔尼莎：女孩子一定要上学

我最敬佩我爸妈的地方，就是即便他们学历不算高，但从小给我们的教育就是：女孩子一定要上学。

我家在喀什，我爸以前是工人，我妈是家庭主妇。我爸妈是在生活上受过很多苦的人，家里只有我爸一个人挣钱养家，我妈要照顾瘫痪的奶奶，还要给全家人做饭。他们觉得自己当初没有条件去好好上学，就一定要让孩子们学好。虽然我们家家境一般，要供我们姐妹三个上学还是挺难的，但是爸妈从小就教育我们：女孩子一定要上学，没有裤子穿都行，但是学一定要上。我妈还一直说，其实和男孩相比，女孩更需要读书，只有靠读书才能更好地养活自己。我们三姐妹都很争气，学习都挺好的。2007年，我离开家去上海读内高班，免了学费，多少减轻了家里的一些负担。但是等我们都考上大学之后，家里就真的有点承担不起了，我和妹妹们都是贷款上的大学。

到上海去上内高班，是我第一次离开新疆。在那四年时间里对我影响最大的就是老师们高尚的素质，他们用自己的精神影响了每一个学生，改变了我们很多的观念和想法。虽然我以前也有很好的老师，但内高班的老师真的好太多了。内高班给我的还不止这一点，那几年可以说是我人生的一个转折。我去了许多没去过的地方，见了许多没见过的事物，认识到了差距，也就有了比较明确的提升自己的方向。

高考时，我本来想读经济，但家人希望我学医，只好听家人的，没想到志愿填失误了，最后阴差阳错的被调剂到了北京信息科技大学的智能科学与技术专业。大二的时候又换到了计算机专业。为了补上落下的课，我在两年里学完了三年的课程，同时开始准备出国留学的事，查学校、看资料、准备需要的各种考试。我查询了欧洲、澳大利亚、加拿大等地的各种学校，只要能减免学费的都行。本来申请了一所荷兰的学校，学费能够全免，但我爸妈希望我能去更先进的地方学习，所以最后还是把目标定在了美国。而在准备留学的过程中我发现我对经济学的热情并没有消退，于是遵从了自己的意愿，选择了经济类的专业。

尽管如此，美国私立学校高昂的学费还是让我头疼了一番。学校虽然能免去一半的学费，但仅仅是剩下的那一半也高达三十万元人民币。录取通知书、签证什么的都有了，我才发现原来考不上苦，考上也很苦。就在我头疼的时候，我爸的五个弟弟，也就是我的叔叔们专门为我留学的事情开了个"家庭会议"，他们都很为我骄傲，希望我作为家里最大的孩子，能给弟弟妹妹们做个好榜样，决定尽他们最大的努力支持我留学。就这样，有五千就出五千，有一万就出一万，大家东拼西凑，硬是凑出了我的学费。

我就这样来到了美国，在波士顿开始了新的学习生活。我读的是商学院，我们专业有八十人，其中有十来人是中国留学生，还算比较多的。大家一起在国外扎堆生活相互之间没有说英语的习惯，开始上课后就感到吃亏了，其他学生语言都没问题，而我们说得就磕磕巴巴。有些课程会根据课堂上交流意见、回答问题的表现有单

海尔尼莎

采访于2016年10月

独加分，而我一直拿不到。那时候让我开口说英语真的比较难，总在担心其他人会嘲笑自己，第一个月我几乎没怎么说话，看着朋友们都跟本地同学打成一片了，我才开始自己逼自己。不走出第一步就永远没法进步，而一旦开始就会发现还挺顺利的，我很快就习惯了用英语去表达自己的看法，现在我也可以和本地同学一样顺利的交流、回答问题了。我还会经常去参加各种面试，给自己争取实习的机会。来美国后遇到的让我害怕的事情也一件件在克服，慢慢地做成了很多以前不敢想的事儿。

语言关并不是我要面对的唯一障碍，课业本身的压力也比我想象中要大得多。教授经常在一节课中讲四、五章的内容，大部分要靠自学。我需要每天拿着课程表提前预习第二天要学的内容，否则上课就听不懂了。在这样的学习节奏下，以前短短几篇英语作文读起来都很吃力的我，现在已经能两三天就读完一本书了。

从开始到现在，每一步的学习都是在为我的将来创造机遇。其实我从小就喜欢遇到什么事情都先和家里人商量，但现在的我变成熟了，会自己去做决定。连我妈都说，现在好多事情也只有你自己知道了，所以你觉得正确就去做吧，我们相信你。我所有的家里人对我的希望也是，找到自己认为正确的路，就这样勇敢地走下去吧。

刘杨晨子：我们是新一代年轻人

我的爷爷奶奶是大学毕业后响应国家号召从东北来到新疆支边的，爷爷是新疆大学数学系的教授，和同事们创建了新大的计算机系；奶奶是乌鲁木齐实验中学的第一批特教老师。我爸从小跟维吾尔族伙伴一块儿长大，会说维吾尔语，爱吃特别地道的新疆饭；我妈在阿勒泰的边防部队长大，十几岁的时候参军到了乌鲁木齐。我爸妈在一个单位上班，两人就那么认识、结婚了。

2010年，我考到了河北地质大学的艺术设计学院，学广告学。大四的时候开始做出国留学的准备，但当时感觉中介不靠谱，就想着先工作也可以。后来我去深圳找了份工作，帮国内厂商做翻译、接外贸单、接待外商，天天在外面跑，很累也很开心。

2014年，我注意到全球最大的动物保护组织有一个项目在马尼拉招聘，我就申请并且通过了，去了菲律宾工作。办公室只有我一个中国人，所有跟中国有关的事情我都得负责处理，工作强度特别大。后来有一段时间菲律宾治安不是很好，家人担心我的安全，我就回国了，去广州找了一份设计方面的工作。但我的内心安稳不下来，想出去旅行，老板不同意我请假，一气之下我就辞职回家了。在家待了大概一两个月吧，我规划了一下决定去欧洲玩一趟，这一玩就是一个多月。

我从中国来

之前在广州的时候接待过沙发客，带来旅游的外国人一起玩儿。我想去欧洲干脆自己当沙发客好了，就在沙发客的论坛上发帖子，好多人回帖说愿意接待我。我运气也特好，从头到尾遇到的都是好人。在意大利我遇到了一个很好的房东，早上会带我爬山看日出，然后请我喝咖啡。几乎认识的所有意大利人都爱教我怎么煮意大利面，还喜欢对我说意大利的红酒最好喝。我也给他们讲中国，介绍我的家乡新疆。我对他们说，我们也有奶酪和红酒，还有各种羊肉美食，有各种不同的民族文化。他们很多人都不知道原来在中国还有新疆这么一个地方。当他们发现我这个中国人的有些生活习惯跟他们还挺相似时都感觉特别惊喜。我还告诉他们，意大利面和比萨饼其实都是马可波罗从我们新疆带过来的，并给他们看馕和拌面的照片，他们看完说：确实挺像的，这真有意思。

我是那种通常最后一分钟才做决定的人，每次出去玩也没什么详细计划，就是把来回机票买好，中间过程随意。过圣诞节的时候本来打算去维也纳，转念一想有个发小妹妹在马德里读书，我就直接去马德里找她了。到了那边，我想既然到西班牙了，那我就再去看看巴塞罗那吧。我从火车站直接进了地铁，出地铁的那一站刚好就在浪漫大道上，那是我看见巴塞罗那的第一眼，当时就有一种想留在这儿的感觉。等我旅游结束回国，在家年都没过完就去北京上西班牙语课了，签证一办完我就来了。

我爸妈对我的决定一向是支持的。我先申请了语言学校，过来后又接着学了九个月的语言。在西班牙，留下来需要有一个身份，因为我拿的是学生签，必须有一个学校。我不想再去读硕士了，想学一个有点意思而且比较自由的东西，就选择了一所厨艺学校学习做甜点。

刘杨晨子

采访丨2017年10月

第一年学校要求特别严,每三个月要考一次理论加实践。考试之前天天熬夜背书,要学好多特别难记的法语和意大利语单词。高精面粉和低精面粉用百分之多少可以做出来什么,这些都要记住。甜点是一种特别需要定量的东西,改一点配方或用量,做出来的味道就都不对了。西班牙人爱吃的甜点都特别甜,我不想要那么甜,心想把糖减一点行不行?不行!糖减少后整个结构都破坏了。后来我才发现做甜点真的没那么简单,特别是要想研究出自己的菜单,得不停地做实验。

我觉得很多中国人还不了解西班牙,其实西班牙人更不了解中国,因为缺少沟通。但我感到现在西班牙人对中国的看法改变还是很大的。比如他们一直觉得中国人特有钱,而且很聪明会做生意,现在也慢慢觉得中国制造的东西挺好用的。

这几年我接待过很多来西班牙旅游的国内游客。年轻人会说这边生活确实挺好的,但在有些方面不如国内舒服。现在中国确实发展得太好了,生活特别方便,比如在国内付款不管是大商场还是小卖店,都可以用支付宝或者微信扫一扫。而西班牙这边有很多地方连信用卡都刷不了,只能花现金,有时候钞票面额太大对方还不收……这么一比较的确还是国内方便。我觉得我们国家新一代的年轻人,从素质到眼界都跟以前不一样了。我们现在出国,不会再盲目的说国外有多好,在开阔眼界的同时,我们还是会觉得自己的国家更好,祖国更好!

博涵：根不移，家不变

我姥爷是知青，他来到新疆后，我妈出生在这里。我爸出生在内蒙古，大学毕业后被分配到新疆，然后就一直没回去。我出生在新疆奎屯，初中时搬家到乌鲁木齐。

我爸妈都在银行系统工作，家里有很多金融和经济学方面的书。每天早上我爸都会带着我看各种股票、财经类电视节目，算是从小耳濡目染吧，我大学考到了东北财经大学。高中毕业后我就开始炒股，赚到了第一桶金；上大学的时候也打工，还拿到过一些创业比赛的奖金。大学四年时间我赚回了自己的学费，还给爸妈买了不少东西。在这个过程中，我发现自己是一个风险偏好者，喜欢冒险，就想在金融这个行业里一直做下去。

我本科的时候就想要出国，但是四年课程费用很高，就想着等读研究生时再去吧。我是大二开始正式准备的，大三的时候去了法国交流，回来后就花更多的时间准备去美国。本科毕业后我申请到了美国的康涅狄格州大学，是一所公立大学，专业是应用经济学。从那儿毕业后，我到了纽约的一家基金公司工作。

在美国这边，主要就是能感受到各种不同的文化，因为这是个面向全世界的移民国家。你可以接触和感受到非裔、拉丁裔、欧洲人和犹太人等的不同文化，真的是挺有意思的。同样，出来看过之

博涵

采访于 2016 年 10 月

后我会觉得世界上没有天堂，完全看你自己选择的是怎样的一种生活状态。出国之前我对美国有很多幻想，总觉得它很强大、很牛，其实来了以后发现也就那个样子。可能买车便宜点，工资高点，购买力强一些，但社会问题也有很多，比如抢劫啊、枪击啊，有些美国人也不是很友好。所以问题要辩证地看。

有些中国人总觉得国内这不好、那不好，把美国说得各种富饶。我看过很多中国人写的关于美国的文章，其实都有很大误区，有些则是别有用心的。比如有文章会胡乱去比较中国与美国的物价，会拿美国很便宜的奥特莱斯商品的价格去和国内正常商品的价格做比较，这真的没有可比性。又比如有文章说美国的牛奶，一加仑一大桶，只要两美元，相比之下中国的牛奶卖得多贵，但作者完全没有提这售价两美元的牛奶是即将到保质期且质量不好的牛奶。总说美国的牛肉便宜，找那种沃尔玛超市冬天打折的低廉牛肉跟国内正常的牛肉比价格，前者当然是便宜。反正我来了以后发现，这边的水果、蔬菜，包括粮食，真没比中国便宜，也都挺贵的。牛肉正常情况下差不多是八到十美元一磅，相当于一百多块钱人民币才能买一公斤。再拿西瓜举例，新疆西瓜多，到夏天也就几毛钱一斤，而美国超市里一个就要六到七美元，还是那种很普通的西瓜。总之，我觉得写这类文章的作者，一开始就是带着很大的偏见去写的，是在故意地去制造一个差价。每次看到这类文章我就觉得很奇怪，为什么非要这样去比较呢？真的很没有意义。

我是一个无论去哪儿都能很快适应的人，不会受太多客观因素干扰，比较独立。比如我做一件事情，是与非完全是基于我自己的价值判断，我不会因为别人告诉我不好，我就觉得不好。我现在的计划就是不断去提高自己，去学更多的知识，让自己变得更强大一

些。我也在考虑未来哪里有更好的工作机会。虽然在美国赚的年薪折合人民币算出来好像挺多的，但是花销也很高。我在这边的一些中国同学，回国后找的工作都还不错。对我来说就是，哪里有机会我就努力争取去哪里。

我觉得无论我人在哪儿，我的家永远是我出生的那个地方，这一点是不会变的。以后我所到的地方，只会是我的居住地。在美国，有很多老新疆、老移民，还是会说"我是中国新疆人，不是美国人"，不会把这里当作他的家，就只是一个居住地。我觉得这就是对家乡的一种热爱吧，真正的家是不会变的，人的根是不会动的。

阿米娜：努力抓住每一个机会

我爸在我五岁的时候就去世了，他去世前嘱咐我妈，必须让家里四个孩子都上学。他走的那一年，我大姐十一岁，大哥十岁，二哥七岁。爸爸去世的时候我太小，什么都没感觉到，只记得爸爸书读得特别多。那时候很多家庭都不会有书架，但我家有，他会监督哥哥姐姐们的学习，也留给我们很多书。我就在这样一个爱看书的家庭里长大，从不会觉得读书枯燥，也有过各种各样的梦想。我在上高中时候接触了生物科学技术，后来就一心想着向科学家的方向前进。

我的哥哥姐姐们学习都特别好，但那时妈妈一个人要供四个孩子读书，压力很大，以至于我们家的孩子都要提前长大，会有不符合自己年龄的想法。比如大姐和大哥初中毕业后就上了中专，因为想要赶紧找工作。大姐工作后供我二哥读书，大哥和妈妈供我读书，可以说大姐和大哥为了我和二哥牺牲了自己的学业。

我生长在阿克苏，从小到大除了乌鲁木齐没去过其他地方，对外面很好奇，也很想去探索，看看不同的世界。2002年我考上了杭州师范学院附属高级中学的内高班，第一次离开家，一去就要一整年，大姐送我到乌鲁木齐，临走的时候我抱着她哭得一塌糊涂。

在新疆的时候我没觉得学习这么难，考试经常拿第一。到了内高班我就成了落后的学生，汉语经常不及格，连做自我介绍都很难。在

haute école
de gestion
entrée principale
bâtiment B
café battelle
accès livraisons
Route de Drize 7
BiblioQuartier des Grands-Hutins
EVE des Grands-Hutins
Maison de Quartier de Carouge
BATTEL
CENTRE DE RECHERCHE DE

那样的环境下，我不得不逼着自己学。我读了很多书，突然发现世界很大，未来各种各样的可能性都存在。

高考时我为了减轻家里的压力，选择了华中师范大学的数学专业，放弃了生物科学方向，妈妈对此很生气。以前我以为出国留学需要很多钱才行，没敢去想，等到大四的时候我才知道留学是可以拿奖学金的，可是当时准备申请已经有些晚了。我觉得我必须接受住考验，争取在内地多待几年，就选择了免费而且有补贴的"少数民族骨干人才计划"。

之后我一边上研究生课程，一边在一所职高教高等数学，同时开始申请国外的学校。那段时间特别忙，我一共申请了五个学校，两个被拒，三个申请到了。因为都没有申请到全额奖学金，我就选择了学费最便宜的那个学校。学校每个学期给我减免四百欧元的学费，还给我二百五十欧元的生活费，当然这根本不够。我就跟我大哥商量，他说可以支持我五万元，但要求我出去后要一边学习一边工作去解决问题。出国后，我最担心的事就是没钱了，花钱花得特别小心，因为再去向家里要钱真的很不好意思。

我出国的第一站是意大利。我不懂意大

利语，老师说的英语我也听不懂，口音太重了，后来才慢慢习惯。我参加的这个留学项目特别像内高班，是欧洲联合培养，一边学习一边实实在在地融入当地生活。我感受到了意大利的热情、德国的严谨和法国的高高在上。学校很用心，所有东西都给安排好，提供住宿，四十几个来自不同国家的学生住在一栋楼，大家经常去旅行，关系特别好。

我的硕士论文是在德国和老师做了一个与汉莎航空合作的项目，我觉得很有意思，很喜欢这种应用性的研究。硕士期间有一门课程叫机器学习，是和人工智能有关的，也很有意思，我就想往科技应用方面去发展。我现在在瑞士的一所学校读人工智能的博士，研究的主要内容是通过数据分析去预测结果，感觉自己离当科学家的梦想又近了一步。

我最近一次跟家人团聚是在2016年的8月。我总觉得自己做得不够好，因为走得越远就越能接触到优秀的人，也越容易发现自己的不足。家人说，你不要这样想，我们都很为你自豪。我每次去参加会议和活动，他们都让我发视频给他们看。我现在做的很多事情，都是我以前不敢去想的。尤其读博士以后，我们要经常参加一些国际型会议，都是谷歌、脸书、优步等大公司的首席科学家来做报告，我坐在下面听，都能听得懂，还能跟他们讨论，真的很不可思议。我们还能和哈佛大学、麻省理工的学生面对面交流，互相学习。以前觉得这些世界最前沿的科学技术离我非常遥远，虽然自己现在还做不出来，但我至少能每天与他们接触，能明白他们的原理是什么，这是以前从未想过的。

我觉得自己特别幸运，我所做的努力和付出还远远不够，但我的确一直在努力，努力去抓住每一个机会，努力想改变自己的现状。谈到未来，我很想在人工智能这个领域做出一些成绩。我认为借助现有的平台，只要我自己努力，什么路都能走得通。我很想看看自己到底能发挥多大的潜能！

阿里木：生活里可以什么都没有，但是不能没有希望

我现在在哥伦比亚大学读书。刚来美国的时候，虽然语言上没什么障碍，但在生活方面就有点儿困难了，那时候周围没什么认识的人，很孤单，直到后来慢慢交了一些朋友才开始适应了这边的生活。

我一直是那种每次考试都名列前茅的"三好学生"。十五岁离开家去读内高班，学校环境特别好，家人经常给我寄吃的，而且还有我们县一起考过来的四个同学做伴，几乎没遇到过什么困难事儿。但是读完内高班之后，我复读了一年。

当时我特别想去清华大学学建筑，第一次高考却只考到了华东师范大学。拿着录取通知书回到家，家人都说："去吧，华东师范也是所很不错的学校。"但我一心只想去清华北大，所以和家人说我想复读。从我爸妈到其他家人甚至邻居，没一个人支持我，大家都说："你为什么现在不去？你复读的话明年考到哪里还不一定呢！"

于是我出发去了上海，到学校报了到，但待了一个月我就不想待了。我感觉这所学校很好，但真的不适合我。我开始在网上搜索有复读班的学校，打了很多电话，问了个遍，结果都报满了。正沮丧时突然想起之前认识的一个昌吉的朋友说他们那有一所北大附中，复读班办的特别好。我像抓住救命稻草一样打给了那所学校，一个

阿里木

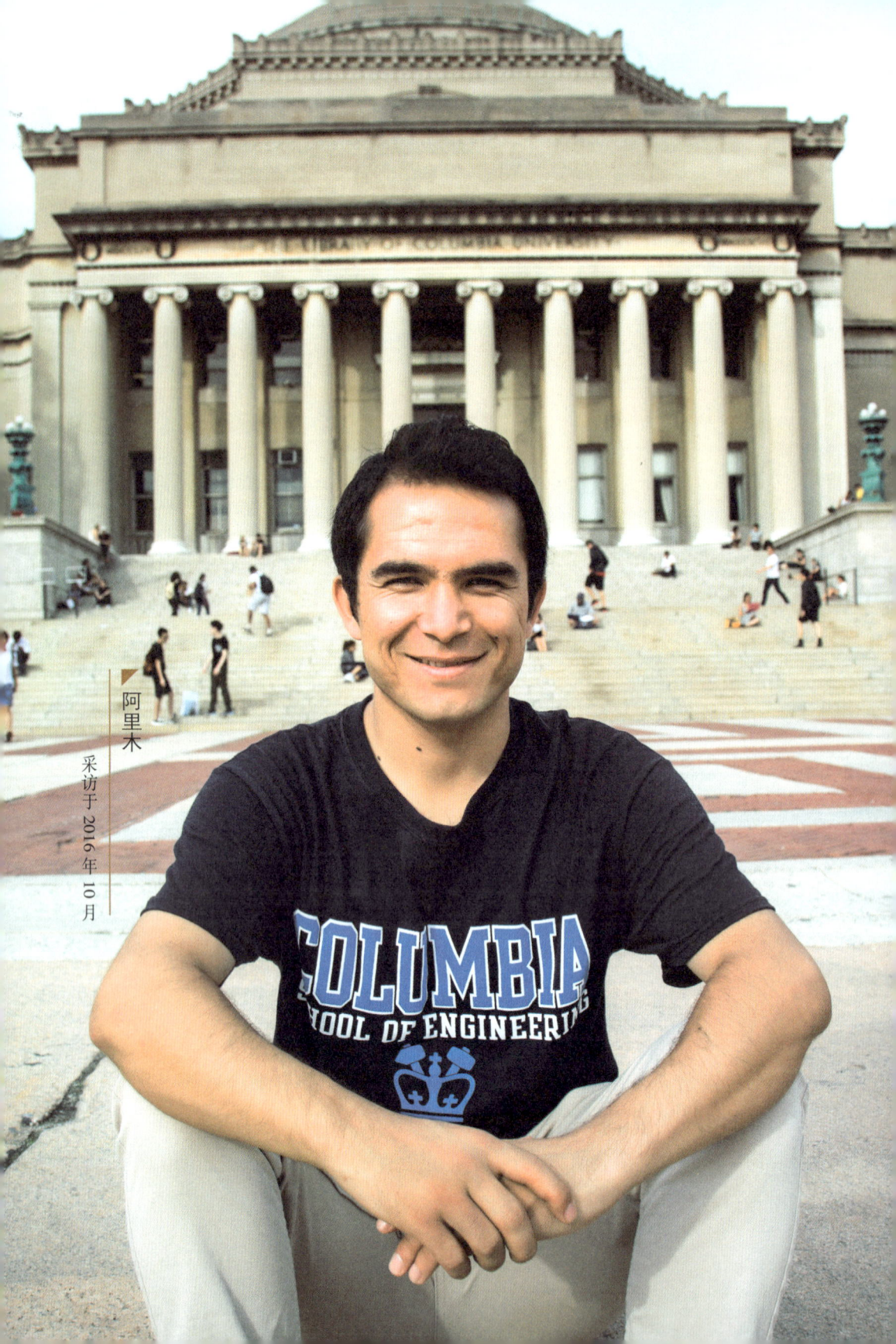

采访于 2016 年 10 月

女老师接了电话，我介绍了自己的情况，老师问了我的成绩还有个人信息，说："你等会儿吧，我们商量一下回复你。"过了十分钟，她打电话告诉我："不好意思，复读班满了。"我有点不信，费了好大劲又找到了校长的电话，恳请他能给我一个机会。我不知道自己当时用了多大的勇气才说出来那些话，但那些话对我来说就是我的未来。电话里校长犹豫了一下，说："来吧，我们收你。"听到这句话我直接哭了出来。

第二天我瞒着家人办了退学，身上的钱都不够买回新疆的火车票，是当时华东师范大学的班主任听我讲了我的情况，用班费凑了五百元钱给我，让我买票回去。那天是 2009 年 10 月 6 日，我永远忘不了那一天。10 月 8 日，我到了乌鲁木齐，又坐公交到了昌吉，找到学校报了到。之后的一年，家人都以为我在上海。

复读班的老师和同学们都很喜欢我，经常鼓励我。我也非常努力，成绩一直保持在前五名。日子一天天过去，终于到了我人生中的第二次高考。由于数学考得不是很理想，填报志愿时很犹豫该不该报北大，最后在老师的支持下还是报了。之后我就回到喀什开始等，跟家里人还是什么都没说，他们都以为我是回来过暑假的。等了一个多月吧，接到了老师的电话："阿里木你被北大录取了，信息管理专业！"

就是这样我还是没跟家人说，一遍一遍在网上查是不是真的。一个星期之后家人听到人们开始议论，说喀什这边的一个孩子高考六百多分，考上了北大……其实他们议论的就是我。我妈听完回来还对我说了一句：你看看"别人家的孩子"。直到录取通知书寄到了手里，我这才跟家里摊牌：我就是那个"别人家的孩子"！起初他们完全不敢相信，我给他们看了录取通知书，把事情的来龙去脉都告诉了大家。而且那时我复读的学校的投资人孙先生还亲自打电话给我，承诺大学四年援助我四万元奖学金。我把这个消息也跟爸妈说了，他们特别高兴。整个县城都在为我骄傲，喀什电视台报道了我和我复读的学校，县城的各个路口的喜报上都是我，大家都很为我自豪。现在想来，回新疆去复读真的是我人生中做出的一个很重要的选择，如果当时我放弃了，一切就不一样了，是我自己改变了自己的命运！

2010年我开始在北京大学读书，非常认真努力。这四年里我一直和孙先生保持着联系，他对我的影响挺大的，那时候就觉得，以后能像他那样的话就非常完美了，因为可以帮助到很多人。孙先生援助我的那四万元对于那时候的我来说真的是很大一笔钱，是很大的事情。大学毕业后我本想创业做自己的企业，但后来觉得必须读个研究生，于是申请了美国的学校。

刚来美国的时候去了纽约大学，因为专业不是太喜欢就换到了哥伦比亚大学。我想在最新的领域学习，因为我觉得很多特别成功的企业家，都是把握住了新领域里的机遇。我现在在学习的就是大数据、人工智能等，都是最前沿的计算机科技，在未来的二十年到四十年里，科学发展也许都会在这个全新的领域里进行。

我现在的学费是靠奖学金，生活费靠自己打工挣，还有在国内读本科的时候做了一点生意，赚了点钱。那时候倒是还没想过要出国深造，就想毕业后做生意或者做其他的事情时备用。但现在想想，去外面的世界看看，去读书去学习，也是对自己人生的一种投资。我甚至觉得一个人在教育上对自己投资得到的回报是最大的，我可能现在花了四五十万元在美国上学，但等到将来回头看，这些投资的价值相比当初的价值翻了好几十倍。

对于我来说生活中最重要的东西就是能看到希望。我是个想象力比较丰富的人，特别会想未来会怎么样，对未来有一个憧憬。一想到现在投资给自己学习这些最先进的科学知识，未来的我就可以有机会做这些事儿，这对我来说是件非常愉快的事情。我觉得生活里可以什么都没有，但是不能没有希望。有希望我就可以活着，就可以好好去努力，我相信未来有无限的可能性，也相信自己可以做很多想做的事儿。

所以那时候为什么会坚定地退学去复读，就是因为当初我一眼看到了未来四年的样子。复读时候的困难，包括刚到美国的时候遇到的那些困难，现在想想，除了一直有老师、同学还有社会上的好人帮助，最重要的是我一直有希望，所以会变好。

我的学业很快就要结束了，毕业之后，我有几个特别想去工作的公司，我希望自己能够继续努力进到其中一家公司，用几年时间学习技能提升自己。我打算将来带着自己的价值，回到国内发展，去帮助更多的人。

古丽巴努：经历磨难后继续向前

我带着理想抱负来到瑞士，这儿却离我的想象差距很大。我算是被介绍人"忽悠"来的，在这边遇到了各种各样的困难，但我很庆幸自己没有被打倒，没有迷失方向。面对种种挫折，我选择继续向前。

我妈妈是做酒店管理的，她独自抚养我长大，家里的所有生活支出都是她在负担，很辛苦。出国前每年寒暑假我都会去打工，想或多或少帮妈妈分担一些压力，虽然她一直不同意。在假期的工作中，我对酒店管理专业产生了兴趣，打算以后从事和妈妈一样的职业，希望将来能和妈妈一起开一家酒店，完成她的愿望。

我在国内的大学读完大一就退学了，因为妈妈突然决定让我出国留学。她的一个朋友向她推荐了瑞士的一所私立酒店管理学校，把这所学校描述得非常好，吹得天花乱坠，我妈妈就相信了，我也相信了。当时我们都觉得毕竟是同胞的推荐，应该值得信赖，便没有去网上查询核实，直接就去了。到了学校的地址之后，我看到那栋楼很漂亮，还特别开心，进去后才知道那栋楼不是学校的，只有二楼那一层是。学校一共只有五个班，老师虽然都挺好，但完全不是之前所听说的情况，简直大相径庭：学校的酒店管理专业是我去的那一年新开设的。当时有不少和我一样慕名而来的学生在得知真实情况后都离开了。我住的地方就有一个中国女孩，她在这所学校学了一段时间后转去了蒙特勒酒店管理学院，学校没有退还她学费，理由是开学后学费一概不退还。我也挺想转校的，就是心疼学费：十八万元一年的学费可不是一笔小数目。

我原本计划要在这所学校完成本科三年的学业，包括半年的语言学习。但来了之后面对实际情况我完全不知道该怎么办，有些崩溃。学校与自己想象的太不一样了，每天的生活都要用到法语，我也不会，连吃饭点菜都不会，特别压抑。那段时间我每天除了哭还是哭，也不敢跟家里人说，尤其怕告诉妈妈。我是最近才告诉她我想要转学的，可能她觉得这是件小事吧，并没有多说什么，只是让我安心学习。

我是单亲家庭的孩子，妈妈为了抚养我把所有的精力都献给了工作，我是姥姥姥爷带大的，和妈妈相处的时间比较少。我一直希望能够得到妈妈的认可，想让她知道我能做好。所以出国之后遇到这些困难，虽然自己其实很害怕、不知所措，但我还是决定要靠自己解决。

在这所学校，还有不少新疆老乡也是被我妈妈的那个朋友介绍来的。之前我很天真地认为在国外接受过教育或者在国外生活的人应该都是好人，但实际上人性到哪都一样。以前的我会单纯相信所有人的话，经历了这些，我现在也懂了，学会去分辨是非、分辨真假，也慢慢知道如何跟别人相处。我当时室友的好朋友看到我整天哭就主动和我聊天、开导我，让我不要担心。我也非常感谢我的英语老师，他知道学校的情况，也了解那位介绍人的问题，给了我很多鼓励和帮助。我还认识了一位老乡姐姐，她是在瑞士长大的新疆人，她帮助我学习法语，鼓励我一定会有好的出路。我的姥姥也是

古丽巴努

采访于 2017 年 二月

我的精神支柱，她说她一直觉得那个介绍人不可信，让我换学校，跟随自己的想法去做事。慢慢地我对未来有了信心，开始重新学习，建立新的目标。我明白我来到瑞士不是为了在这里哭，我要一直朝前走，之前遇到的这些挫折就是对我的考验，让我吸取了很多教训，现在再大的困难都难不倒我了。

目前我有了新的打算，要好好学英语和法语，重新考试，然后换学校。我给现在的学校写信说明自己的情况，说自己满怀着很多希望来到这里，希望能申请更多的英语课，从一周六节变成十二节课。

瑞士这里什么都很贵，我需要去打工分担妈妈的压力。学校先是给我介绍了很多中国人开的餐厅，我一家家去联系。最后是我自己发现有几家韩国餐厅需要懂酒店管理知识的人，就选择了其中一家。面试很直接，就是现场让我引导客人入座，我当时法语还不太好，但客人在用法语交谈，于是我就说抱歉，我能不能说英语？他们说没问题。我是一直微笑着完成了整个面试。餐厅老板很欣赏我这一点，他说我是那种所有困难都能克服过去的女孩儿，虽然我们只见过那么一次，但是他给了我很大的鼓舞，我也更加树立了对自己的信心。

想想自己在新疆的时候，有家人保护着，什么也不用怕，现在只身一人在这里，一切都不一样。所有的事都有好坏两个面吧，现在的我对这些经历其实抱着感激之情，如果没遇到这些事情，就没有现在的我。

面对种种挫折与困难，我没有迷失自己，我选择继续向前！

迪拉热：与世界共舞

我一直觉得爱上舞蹈，为了舞蹈来到遥远的美国学习，就是我的命运。

上幼儿园的时候，有一对业余的拉丁舞老师来教课，我学的特别快，就产生了很大的兴趣。之后我参加了一个舞蹈比赛，拿了女子组冠军，那时候我才四岁。这个冠军更加激发了我的兴趣，开始认真投入精力去学习。我从四岁半开始跟着铁路局文工团的陈军老师学习，五岁半的时候，认识了穆斯塔法，一个同样在学拉丁舞的维吾尔族男生，我们成为搭档。感觉那时候新疆人都比较保守，学跳拉丁舞的孩子很少，更不要说维吾尔族的了。我和穆斯塔法开始去参加新疆还有全国的各种比赛，在参加完一次全国比赛后，我们接到了一些很有知名度的专业老师的邀请，其中就有北京舞蹈学院的老师。我妈考虑到我们都还小，就跟老师说能不能等我们小学毕业了再去学。但北京舞蹈学院的老师不停地打电话给我妈，说艺术这个东西要从小培养，孩子大了骨头硬了就练不了了，最好的时机也就错过了，学校有生活老师，什么都会管，你们放心来吧！我妈说那先去看看吧。2000年的夏天，我妈带着我去看了学校，觉得真的是特别好，什么都管，也有清真餐馆，我也是胆子大，自己就下定决心要来。特别欣慰的是我妈在各个方面都很支持我，只要我喜欢就会支持，从不希望我去做会让自己后悔的事情。所以八岁时，我就离开了父母家人，离开了新疆，到了北京。

我和穆斯塔法一起上的北京舞蹈学院，在那里学习了十一年。老师一直说我们两个不能拆，要把我们推向国际舞台。2010年5月，我和穆斯塔法去了英国黑池，那是国标舞的最高殿堂。我们代表中国参加了比赛，拿到了第二名，那是我人生，也是学习舞蹈的过程中最开心的一次体验。但那场比赛结束后，我和穆斯塔法就产生了分歧。当时老师准备把我俩通过艺术生保送到南京体育大学，高考可以免考。我对文化课一直都很认真，虽然艺术生一般不太会去关注文化课的学习和考试。我觉得人生一定要参加一次高考，即便是艺术生也应该参加一次，不管考得好坏，都应该尝试一下。但穆斯塔法想要直接保送，不想参加高考。也就是因为这件事，我和穆斯塔法这对搭档算是拆开了。其实跳国标舞找到合适的舞伴是非常重要的，合作好的搭档应该一直合作下去，失去搭档这件事对我来说挺可惜的。

我回到家开始准备高考，当时想报考北京电影学院。在补习的过程中我突然想到要不要出国留学，我就问补习老师现在出国晚不晚，他说肯定不晚啊，挺好的。虽然出国留学意味着我要从头开始，但我当时已经有了一种对人生要拿得起放得下的态度，我想要更上一层楼，那就必须得挑战一下自己。

家人对我的选择一如既往的支持，而且觉得我非常独立，想出国那就试试吧！也许是命运吧，我的学校、签证在一个月之内都顺利申请下来了，我妈当时都有点惊到了。这真的是我人生从头开始的一个大转折。

出来之后，一个人在外面，确实吃了不少苦。要学语言，要打工，养活自己是面临的最大难题，在餐馆擦桌子、在星巴克煮咖啡这些都是我从来没有接触过的工作，我都做过了。孤独则是最常感受到的心情，虽然在这边也遇到了一些老乡，但当时接触的老乡群体带给我的可能更多的是打扰吧，因为在他们面前我需要掩盖我对自己专业的热爱。我从没在任何一个老乡的聚会上跳过舞，因为像国标舞这样动作很妖娆，而且要穿贴身服装的舞蹈，在老乡眼里都是"不要打交道"的对象。当然也有很多心地善良的老乡一直在鼓励我，让我一定要坚持自己的梦想，坚持自己的选择。我来美国是为了能向我热爱的专业领域里最优秀的人学习，去向那些成功的人学习，我一直没有忘记自己的目标。

我报考了乔治梅森大学的艺术表演专业，毕业后，我决定去西海岸，去到洛杉矶这样机会多一点的城市。搬到洛杉矶后，我很快找到了一个舞蹈教室教课。之后我开始联系很多专业的老师，去参加经纪公司的试镜。我非常想成为美国电视节目《与明星共舞》的舞蹈老师，便联系了其中的一位评委，希望能成为她的学生。通过努力我得到了认识这位评委的机会，去上了她的课。机会是留给有准备的人的，你不能等着别人来发现你。那些专业的老师、评委，都是我自己写邮件、打电话去联系的。我不像美国本地的孩子，他们有自己的家庭在支持，在这边所有的事情我都要自己想，自己去做、去争取。我一点也不怕失败，我希望能够尽可能地去尝试，总有一条路可以走通！

从八岁离开家到现在，我和父母，还有姐姐在一起的时间真的很少，想家是真的想，但每次我都会安慰自己说没事。家人们也来看过我，他们都很惊讶于我的成长，很佩服我的独立。我总会对他们说："你们别担心，我很好，我自己的事情自己会处理好，就是时间问题罢了。我不着急，我会去争取每一个机会，再苦再累我都不

迪拉热

采访于2017年7月

会放弃。"

我希望有一天能在美国开一个舞蹈工作室，更希望有一天能够回到新疆，在自己的家乡开一个舞蹈工作室，把自己在国外这些年学到的教学方法，带给家乡热爱舞蹈的年轻人。这是我未来的梦想，也是目标。

后 记

"四年前在一次媒体采访时，我给记者吹了一个牛，五年内我会完成三部纪录片、三本书。记者说，五年内能完成得了吗？我说，无论付出多少代价，跪着也好爬着也罢我得做完。如今我站着完成了两部纪录片、三本书，第四本书已进入编辑阶段，2019年5月前能出版。第三部纪录片已启动，有信心2019年12月31日之前完成。"

每年年底我都装模作样给自己做个总结，2018年年底是上面这段话。很可惜这本书"5月前能出版"失控了，其他基本上都在按计划推进。

这是我路程最长、过程最长、经历最丰富、编辑花费时间最多，也是花费最高的一次采访，当然希望有人能出版，也希望在读这本书的你能觉得书里故事的价值远超书的价格。

不够的话，我可以再分享一些故事，比如，"她"的故事……

"她"的故事

好几次在高校做演讲的时候被问到对于跨民族婚姻的看法。这是一个并不那么敏感，却又被大家所在意、关注的问题。我一直认为，不管哪个民族，一个姑娘爱谁、想要嫁给谁，说小了是个体的选择，说大了是性别地位平等的决定。在这次的采访路上，我听到了几个让我印象深刻的"她"的故事，有的是听当事人自己说的，有的是听别人转述的，可能会有一些细节上的偏差。我希望这些故事都是真的，虽然我非常不愿意这样的事情真实发生过。

故事一：

姑娘小 A 是新疆一户普通人家的孩子，父母都是老实且传统的人：女儿大了，能嫁个好人家，就行了。经人介绍，父母给女儿找了一个据称在内地工作，很优秀、很传统的对象，欣然同意了婚事，于是小 A 在没和对方见过面的情况下就这么嫁了出去。跟着丈夫来到内地的小 A，没过多久就发现这个所谓优秀和传统的"丈夫"实际是个人贩子。小 A 被"卖"到了遥远的海南，联系不上家人，终日以泪洗面。好在后来小 A 遇到了一个真心爱她、呵护她的人，他们结了婚，一起去了国外。谁也想不到，事情会那样开始，会这样结束，但终归这是一个好的结果吧……只是有小 A 后来这种"好命"的姑娘，一万个里可能也只有这一个。

故事二：

姑娘小 B 是家里的老大，下面还有个弟弟。小 B 家的条件其实还不错，只是她父母有非常严重的重男轻女思想。用她的话来说，她的成长过程，便是在父母的棍棒和拳头中不断深刻地体会着弟弟是家里的宝这件事。她形容父亲对她是手里抓到什么就砸什么，母亲则是"暴力的啦

啦队"，看到女儿挨打会站在旁边喊"使劲打"。她变得十分叛逆，一心希望能够远走高飞。大学只上了一年，她就背上包去了南方，说走就走，什么后路都没有想。

小 B 在打工期间，无意中在网上认识了一个自称是美国哥伦比亚大学教授的人，她很简单地以为这是一位值得尊敬的老师。当"教授"说要回国，小 B 便去和他见面，而"教授"则在当晚进了小 B 的房间，强暴了她。从小就没有可以依靠和倾诉的家人，小 B 完全不知道该如何处理这件事。"教授"借机开始对她进行洗脑，把她骗去了美国。

来到美国之后小 B 又莫名其妙"被"领了结婚证，就这样从一个迷茫的森林跳进了汪洋的大海。慢慢地她发现了"教授"更多的秘密。这个人比她大二十五岁，而且根本不是大学教授，只是一个骗人留学的中介。没过多久小 B 怀孕了，家暴也开始了。她曾经想过自杀，吃过两瓶安眠药；也离家出走过很多次，却由于不懂英文，眼睁睁看着警察被"教授"忽悠……最后的最后，小 B 终于忍受不了这一切，从家里逃了出来，找到律师打官司离婚，这个过程同样痛苦，持续了两年之久。不过最终还是离了，只是孩子判给了"教授"。

离婚后的小 B 去上了大学，在很长一段时间里都饱受抑郁症的困扰，好在得到了很多好心人的帮助。毕业后小 B 找到了一份很好的工作，有了自己的住所，还被邀请作为杰出女性代表在国际妇女节时发表演讲。前段时间我在她的社交平台上看到，她恋爱了。

很多人看到这个故事可能会觉得她很傻，怎么能相信那样一个人呢？问题是，信任是我们应该批评的吗？我们总说外国人很友好很善良，人与人之间的信任度很高，我们既然这么羡慕有这样一种信任度，为何不保护人与人之间的信任呢？一个信任了别人的人是不该被批评的，惩罚那些利用信任去伤害他人的"教授"才是这个社会以及我们每个人该去想、去做的。我真心祝福小B，也祝福每个心存信任的人。

故事三：

父母年轻的时候从国内奋斗来到美国生活，把女儿小C也一起带到了这里，含辛茹苦让她得到了最好的教育，也有了很好的工作。然而在谈婚论嫁的时候，父母或许是自己认为，也可能是周围人建议，一定要女儿找个"自己人"，觉得语言和文化环境都一样，好生活。经人介绍，小C在来留学的"自己人"里遇到了看对眼的那个男生，两人很快把婚结了。

男生有意愿在硅谷找工作，让小C放弃了自己的工作和生活，跟他去了硅谷。然而在生活中，男生从来不会帮小C去做什么，每天为了所谓的工作早出晚归，回来也什么都不管不问。小C本不想太早生孩子，但男生很是着急。很快孩子生出来了，男生还是漠不关心。一次发生了很严重的口角，小C随手扔了个东西到男生身上，没想到男生打电话给警察说发生了家暴，警察来把小C带走了，关了一晚上。小C的父亲忍不下这口气去找了男生，没想到他连人带孩子都不在，给他打电话，男生口气特别大，不但对长辈出言不逊，还要求赔偿。小C的父亲只好给警察打电话，警察以拐卖儿童为由要求男生把孩子带回来，不到十分钟男生就带着孩子回来了。婚是肯定要离的，在美国离婚过程很是漫长，要分居一年证明没感情了才能离。最后好歹是离了，孩子判给了小C。

后来小C一家才明白，和美国公民结婚可以拿绿卡，虽然一旦离婚绿卡就会被取消，但如果两人有了孩子，绿卡就有了保留的机会。那个男生当初之所以着急让小C生孩子，原因就在这里。

有很多人总喜欢说女孩子跟外国人结婚是为了拿绿卡，但我可是听到过好几个故事，都是关于男人为了拿绿卡也是可以"不要脸"的。

……

关于"她"，我只是个讲故事的，我的立场始终是尊重每个个体的选择，而不是按"标签"批发。我不想去批判什么，也并没有想要去反映什么问题，因为是不是真的有问题存在，还需要足够多的故事，需要足够多的"她"有勇气站出来讲出自己的故事。当真的有问题被足够多的故事反映出来的时候，才有改变的可能。

我希望能讲述自己遭遇的"她"越来越多，也希望有这样遭遇的"她"越来越少。

外面的月亮圆吗

人生是个轮回，很多事情发生在他人身上，也往往影射着人间的规律，并不能保证这样的事情不会发生在你身上。听得多了，看得多了，我总会对那些拍着胸脯说"我绝对不会做出那样的事情"或者"我永远都达不到那个高度"的人说："朋友，话不要说得太早了。"无果的人生如此，成功的人生也如此。我把糟糕的故事说出来给人们警醒，也希望用平淡的故事给大家一个安慰，用成功的故事给大家一个激励，用幸福的故事给大家一个信心。

我并不希望有人借这些个例去酸一把说出国留学、移民的都是家里钱多得花不完的，更加不希望有人借机歧视女性，觉得女性就不该出国、不该表达自己，或者女孩子还是要找本民族的人结婚之类的。信任是最值得被保护的，女性虽与男性相比有不同的擅长，但同男性一样，女性拥有值得被尊重的权利。

我是一个绝对支持要出去看看的人，在能力和财力的允许下，都应该去世界各地看看，现在出国旅游没什么难的。如果认为自己想要换个文化和社会环境生存，在符合自己实力的条件下，也是绝对可以去尝试的。地球虽然是圆的，但这个世界越来越平，这得益于越来越开放的国际关系和越来越容易获得的信息。但要改变自己的生存和文化环境，这真的是一件不能被眼前和表面的光鲜蒙蔽，需要非常非常认真仔细努力地去选择和思考的事情。

外面的月亮圆吗？每采访完一个人，我都会问自己这个问题。我认为看看这个世界很重要，但要不要离开自己生长和熟悉的地方，真的是一场赌局，这不是跳不跳出舒适圈的问题。梦想、家庭和生活的圆满，已经与我们到底在哪个国家无关，在国力日渐强盛的今日，这样的圆满，在越来越多的国人身上发生着。

地球就这一个，不管在哪儿月亮都有阴晴圆缺，而你觉得外面的月亮圆，可能是你只看到了电视或者手机屏幕上给你看到的圆的那一瞬间。那是在朋友圈里，在已经不知道原版是什么样子的口口相传的故事里，在别人也许带着目的希望你相信外面的月亮很圆的谎言里发生的事情。要成为另一个国家的人，至少需要时间和金钱去接受那里的语言和文化教育，至少要花很长时间去熟悉另一种社会运转的方式。

其实很多人不愿意说在国外打工刷盘子、当服务员、合租在小房子之类很苦的事情，似乎衣食无忧才符合出国这个身份，毕竟到目前为止，出国仍然是一种身份的象征，这肯定不会因为一句质疑而改变。所以愿意坦诚地分享自己经历和故事的书中的这些朋友，以及因为版面或者内容问题没能将故事选入这本书的朋友，我要再次感谢你们的信任，谢谢你们愿意分享自己的经历和故事。在这里打个广告，由一百多位大学生志愿者打造的"我从新疆来"微信公众平台有专门的分享板块，希望有越来越多的朋友像他们一样，愿意坦诚地分享自己在海外的生活经历。

所以外面的月亮圆吗？出来转了这么一圈，我看到了外面的月亮也有阴晴圆缺。其实不管在哪里，月亮都不会永远的圆；但无论在哪里，

通过自己的认真、努力、奋斗，你的梦想，也许会圆。

惑？不惑？

记得二十岁时，跟朋友们说我以后要去拍纪录片，去中央电视台拍纪录片，被众人笑话过。甚至挚友还说，求你别吹牛了，挺丢人的。那之后没几年，梦想就实现了。记得想要做《我从新疆来》系列的时候，一个人都还没开始采访，一切都只是个想法，身边人也是"求"我老实点，就做好自己眼前的摄像师工作就可以了。那之后没几年，这件事也做成了。记得三十岁时，我说想要自己开个公司，做制片人，做导演，把《我从新疆来》拍出来，还要拍三部，周围人还是"你都折腾到人民大会堂做新书发布会了，书也出了，就够了吧，拍纪录片哪那么容易"。确实特别不容易，但转眼《我从新疆来》系列的第三部纪录片《新疆滋味》也获得了拍摄许可，已经开拍了。

为什么还要拍新疆？一直在路上，走遍了祖国大江南北，转了一圈地球，脑中一直会回转一句话："新疆自古以来就是中国不可分割的一部分。"这是我国外交辞令中常会提到的一句话。对于外交来说，这是一句话，但对于我们这样的普通老百姓，这句话到底意味着什么？我们总说新疆自古以来是中国固有领土，这不只是一句口号或者外交辞令，这也不是说自古以来就有个栅栏在新疆那块土地的周围。新疆自古以来就是中国的固有领土，那么在这块土地上生活的人们，自古以来就一直在沟通、交流，在彼此尊重，在相互融合。这意味着这片土地上不同民族的生活息息相关，文化共存，并且在不断地相互吸收，不断产生新的活力，这才是"新疆自古以来就是中国不可分割的一部分"的意思。想要更好地理解"自古以来"的最好办法，就是去了解那些文化，去尊重那些文化。

后记

　　本人眼下三十有七，早已而立，算是有了事业，有了自己想要做的事情。在奔向四十的路上，思考着要如何不惑。什么是四十不惑，孔子说一个人到了四十岁，经历了许多，已经有判断是非、善恶、好坏、美丑的能力了。我确实经历了特别多，有过很多非常糟糕的判断，小时候没好好读书绝对是最大的一个。当然也有过很好的选择，比如坚持选择了自己喜欢的事情，坚持做了《我从新疆来》系列等。我一直想要去掉民族的标签，我也一直认为通过影像的表达可以帮助新疆人这样一个经常被误解的群体得到更多的沟通和理解，我并不简单地认为这是我作为新疆人该做的，更认为这是一个纪实摄影师可以做到的。这是我做的一个判断，因此做了那个五年的决定，也因此坚持了五年。我原本希望通过这三部纪录片、四本书，可以让人们明白，在判断一个人好坏的时候，地域、信仰这样的标签，并不是判断的标准。我是这样判断的，是这样选择的，是这样决定的。然而在这五年间，我发现我越是想要把标签去掉，这个签反而标得越深。

　　最简单的例子，每当我询问一个人是否愿意接受采访时，如果不是维吾尔族，对方会说我不是维吾尔族你也要采访我吗？当一个人要给我介绍可以采访的新疆人时，有时候他会说，可惜那个人不是维吾尔族，你也要采访吗？当我询问一个都已经在读博士的维吾尔族是否能接受采访时，他会说，我没那么优秀，没什么突出的成绩，你也要采访吗？所以一个维吾尔族摄影师只能采访维吾尔族，然后对于维吾尔族来说我只能去采访优秀的维吾尔族，甚至一个被公认是优秀的维吾尔族并不认为自己足够优秀到可以接受采访……好在我从来没被这样的标准牵着走过，这只是我在四十不惑的路上非常疑惑的一件事：我不是维吾尔族／我不够优秀，你还要采访我吗？

　　我当然要采访，我要采访的是每一个愿意分享自己经历的新疆人。

但是……

我说我记录的是平凡而普通的新疆人的经历，一百个人里不到十个是明星，也都是放在普通人的角度去讲述的自己的经历。但几年过去了，人们还一直在说书里的一百个人都是明星，只有杰出人士才能上这本书，连被采访者自己都开始这么想。于是慢慢地，我成了利用这些被采访者给自己出名的人。

我说我讲述的是"新疆人的经历，中国人的故事"，但几年了，新疆还是那么遥远神秘，新疆人还是那么特殊，新疆题材的纪录片越来越没人敢碰。于是慢慢地，我成了新疆的代言人、民族的使者，或者被攻击为"出卖民族感情"的人。

我说我只是个纪实摄影师、纪录片工作者，我关注新疆始于自己的经历，但也是有我自己摄影专业的角度和表达方式在里面。几年后，当我依旧自视自己是一个普通的纪实摄影师、纪录片工作者，在继续记录着新疆人的经历之外还关注着不同群体的故事，计划着未来和《我从新疆来》无关的工作和学习时，得到了一句："你除了新疆还能拍啥呢？就老老实实拍一辈子新疆吧！"当我拿着《新疆滋味》的立项书和策划文案四处寻找拍摄资金却难上加难时，得到了一句："库尔班江你那么有能力，为什么一定要只拍新疆呢？拍别的不更好找投资，也更好赚钱吗！"

惑？不惑？该做？不该做？

走，才有希望。我这几年心里一直抱着这句话，有时候开车走错路，也会念叨这句话，反正绕一下还能再回到原路，不需要停下来抱怨怎么走错了路。

等《我从新疆来》系列的第三部大型纪录片《新疆滋味》拍完，我吹的牛也算完成任务了。之后对于我来说并不是单纯拍不拍新疆的事情，我还要继续拍，拍人的故事，拍那些因为群体的变迁带来的个体变化的故事，拍那些因为社会的发展带来的文化改变的故事，拍那些因为世界的平展带来的融合的故事。

到这里，我要说的基本上都说完了，这本《我从中国来》也要结束了，所以《我从新疆来》图文集系列，也要结束了。四面八方而来的新疆人的故事，以我的角度和视野，算是讲完了。但我希望还有更多的人继续去讲。而我，要继续我自己的故事了，再去多看看，再去多学习。比如弥补一下小时候没好好上过学的遗憾，再去做一次好学生；比如回归一下家庭，做一个安稳的普通人；比如去听、去感受海外华人的经历，继续书写另一个多数中的少数群体的故事。

首先谢谢我自己，然后谢谢所有信任和接受过我采访的朋友，谢谢从第一本书到纪录片《我从新疆来》《我到新疆去》《新疆滋味》给予无私奉献的乃菲莎·尼格买提律师、秦超律师、肖洪，谢谢所有参与整理采访和编辑文字的陈馨怡、古丽妃热·吐尔逊、阿布德吾力·阿布德热西提、王静，谢谢支持出版《我从新疆来》系列图文集的出版社和编辑们，谢谢家人和朋友。最后，再谢谢一下我自己。

再见！

编辑统筹：张振明
责任编辑：池　溢
装帧设计：石笑梦
责任校对：马　婕

图书在版编目（CIP）数据

我从中国来：海外新疆人／库尔班江·赛买提 编著 .—北京：人民出版社，
　2019.12
ISBN 978－7－01－021608－9

I. ①我… II. ①库… III. ①访问记－作品集－中国－当代 IV. ① I253

中国版本图书馆 CIP 数据核字（2019）第 264124 号

我从中国来：海外新疆人
WO CONG ZHONGGUO LAI : HAIWAI XINJIANGREN

库尔班江·赛买提　编著

人民出版社 出版发行
（100706　北京市东城区隆福寺街 99 号）

北京新华印刷有限公司印刷　新华书店经销

2019 年 12 月第 1 版　2019 年 12 月北京第 1 次印刷
开本：710 毫米 × 1000 毫米 1/16　印张：23.25
字数：285 千字

ISBN 978－7－01－021608－9　定价：69.00 元

邮购地址 100706　北京市东城区隆福寺街 99 号
人民东方图书销售中心　电话（010）65250042　65289539

版权所有·侵权必究
凡购买本社图书，如有印制质量问题，我社负责调换。
服务电话：（010）65250042